KB050962

조선이
문명함

조선이 문명함 **5**

초판 1쇄 인쇄일 2023년 5월 12일 ｜ **초판 1쇄 발행일** 2023년 5월 18일

지은이 조휘 ｜ **펴낸이** 곽동현 ｜ **담당편집 팀장** 이범수
편집부 정요한 김승건 조혜진

펴낸곳 (주)조은세상 ｜ 출판등록 제2002-23호
주소 서울특별시 동작구 동작대로1길 27 5층
TEL 02)587-2966 ｜ FAX 02)587-2922
E-mail bukdu@comics21c.co.kr

조휘ⓒ2023
ISBN 979-11-391-1828-5 ｜ ISBN 979-11-391-1486-7(set)
값 9,000원

5

조휘
대체역사 장편소설

조선이
문명함

조휘 대체역사 장편소설

NEO ALTERNATIVE HISTORY FICTION

CONTENTS

조휘 대체역사 장편소설

NEO ALTERNATIVE HISTORY FICTION

CONTENTS

아이들은 여전히 겁에 질려 있었다.

생각해 보면 당연한 일이겠지.

이런 산속에서 험상궂은 사내들을 잔뜩 만났으니까.

아마 처음엔 우릴 산적으로 오해하지 않았을까?

세상 물정을 아는 어른이라면 금군이란 소리에 우리 부부의 정체를 짐작할 테지만 아이들에게 그런 걸 기대하긴 어렵다.

더구나 나나 중전 둘 다 복장이 평범하기도 하고.

난 도포에 갓을 썼고. 중전은 붉은 치마와 연두색 저고리를 입고 장옷을 덮어썼다.

옷이 전부 비단이란 거 말곤 달리 특별한 점은 없다.

목에 힘 좀 주는 지주와 그 마누라로 보이기에 십상이다.

금군과 선전관은 호위 무사로 보였을 거고.

그사이, 중전은 애들의 인적 사항을 캐묻고 있었다.

"너흰 이곳에 어떻게 왔니?"

누나로 보이는 소녀가 손으로 치마를 움켜잡았다.

긴장되는 모양이다.

"저, 저흰 이 산에서 쭉 살아왔는걸요."

"아, 그러니까 네 말은 이 산이 너희 집이란 얘기구나. 그럼 내가 실수했는걸. 남의 집에 멋대로 들어와서 집주인에게 어디 사는지 물어본 거랑 같잖니."

중전의 말에 소녀는 그저 얼굴을 붉힐 뿐이지만 소년은 참지 못하고 웃음을 터트렸다.

"하하, 산은 호랑이가 주인이지, 어떻게 사람이 주인이겠어요."

난 그 말에 깜짝 놀라 소년을 다시 보았다.

그제야 더럽고 추한 행색에 가려진 본모습이 눈에 들어온다.

총기가 번득이는 눈이 제일 먼저 보였다.

어릴 땐 눈에서 빛이 번쩍인단 말이 개소리 같았다.

근데 인생을 살아 보니 마냥 개소리로 치부하기엔 우리 주위에도 뭔가 특별한 눈빛을 가진 이가 한두 명씩 있다는 걸 알게 됐다.

여기 와선 김석주와 최석정을 첨 봤을 때 느꼈지.

근데 야산에서 비슷한 눈빛을 가진 소년을 발견하다니!

그러고 보니 소년의 자세도 범상치 않다.

처음엔 겁을 먹은 거로 생각했는데 아니다.

소년은 누나를 보호하기 위해 앞으로 나와 있었다.

거기까진 이해 간다.

나이는 어려도 사내니까.

근데 발뒤꿈치에 힘을 준 모습을 봐선 여차하면 소녀를 데리고 튈 궁리까지 하는 모양이다.

제법인데, 이 녀석.

난 감식안을 써서 재능을 확인했다.

역시 흰색에 빛나기까지 하는군.

레벨 1 스킬로 이 정도면 엄청난 재능을 타고난 녀석이다.

이젠 중전이 아니라, 내가 나서서 어떻게든 데려가야 할 판이다.

그사이 중전의 인적 사항 조사는 계속되고 있었다.

향이, 단이라는 이름을 쓰는 이 남매의 가족은 원래 아버지, 어머니까지 해서 네 명이었는데 얼마 전에 부모가 차례로 세상을 뜨는 바람에 산에 들어와 사는 거라고 하였다.

소녀가 어디까지 사실대로 얘기했는진 나도 모른다.

굳이 스킬까지 쓰고 싶지도 않고.

다만, 지금까지 대답에 이상한 점은 없다.

"향이야, 그럼 이쪽으로는 왜 온 거니?"

"저기 아래에 있는 우물에서 마실 물을 떠 가려고요."

사실이다.

얼마 떨어지지 않은 장소에 이가 빠져 볼품없는 항아리가 굴러다녔다.

"너희 둘만 산에 살면 무섭지 않니? 여긴 무서운 짐승도 많을 텐데."

단이란 소년이 산에서 100년 산 노인네처럼 우쭐거리며 대답했다.

"평소에 짐승이 다니는 길을 피해 다니고 밤에 함부로 돌아다니지만 않으면 짐승도 사람을 공격하진 않아요."

"그래도 너무 위험해 보이는데……, 혹시 다른 가족은 없니? 친척처럼 너흴 맡아 보살펴 줄 사람 말이야."

"애초에 돌봐 줄 가족이 있었으면 여기에 들어와 살지 않았겠죠."

"돌봐 줄 사람이 있으면 산에서 내려올 생각은 있어?"

"누가 우리를 돌봐 준다는 거죠?"

"내가 돌봐 줄게."

"당신들도 우리를 잡아다가 노비로 삼으려는 건가요?"

중전은 사람에게 상처 입은 짐승처럼 경계하는 단이를 바라보며 단호하게 말했다.

"약속할게. 결코 그런 일은 없을 거야."

"정말인가요?"

"하늘에 맹세코."

마음이 약간 흔들린 단이가 누나를 보았다.

누나의 의사를 묻는 거겠지.

향이는 의외로 고개를 저었다.

"이 산에 부모님이 묻혀 계셔서 당분간은 떠날 수 없어요. 짐
승이 무덤을 파헤치지 못하게 우리가 지켜 드려야 하거든요."

이제 내가 나설 차례인가?

"부모님이 묻혀 계신 곳이 여기서 멀어?"

단이가 중전보단 날 더 경계하며 되물었다.

"그건 왜 묻는 거죠?"

"짐승이 부모님 무덤을 파헤치지 못하게 해 주려고 그러지."

"아, 그렇게 멀진 않아요."

"그럼 우릴 안내해 주겠니?"

"이쪽이에요. 따라오세요."

우린 남매를 따라 산길을 중턱까지 올라갔다.

중턱 공터, 해가 제법 잘 드는 곳에 작은 봉분이 있었다.

옆에는 거적으로 지붕을 만든 더러운 움막집도 있고.

난 봉분을 보고 고개를 끄덕였다.

역시 쉘로우 그레이브, 얕은 무덤이었어.

이러니까 짐승들이 냄새를 맡고 찾아오지.

죽은 무언가를 묻으려면 최소 '식스 핏 언더'는 되어야 하
는데 말이야.

곧 남매를 멀찍이 떨어트려 놓고 봉분 옆에 깊은 구덩이를
파서 거적에 둘둘 말린 시신 두 구를 새로 안장했다.

힘 좀 쓴다고 자부하는 장정 10여 명이 달려든 작업이다.

그야말로 눈 깜짝할 사이에 무덤 옮기는 일이 끝났다.

남매가 새로 만든 정식 봉분 앞에서 큰절을 올릴 때.

난 왕두석을 불렀다.

"네 환도를 잠깐 써야겠다."

"환, 환도는 뭐 하시게요?"

"그냥 빌려 달라는 건데 그게 그렇게 아깝냐?"

"칼을 써야 하는 일이 있으면 하명하시옵소서. 소관이 하겠사옵니다."

난 왕두석의 귀를 잡아당겨 속삭였다.

"인마, 마누라 앞에서 폼 좀 잡아 보겠다는데 꼭 그렇게 나와야겠냐?"

"휴, 알겠사옵니다. 대신, 소관을 베시면 안 되옵니다."

난 왕두석이 건넨 환도를 뽑아 몇 번 휘둘러 보았다.

"글쎄다. 칼을 안 써 본 지가 하도 오래되어서 이거 어디로 날아갈지 나도 모르겠는데……."

말을 하다가 옆이 허전해 돌아보니.

잔뜩 겁을 먹은 왕두석은 이미 저만치 물러나 있다.

"하, 자식, 그렇다고 설마 내가 실수로 널 베기야 하겠냐?"

"실수로는 안 그러실 분이지요."

"그럼 왜 도망쳤어?"

"전, 전하는 고의로 베실 분이니까요."

"너 말 다 했어?"

내가 칼을 들고 다가가니 왕두석이 손사래를 치며 물러섰다.

"잠, 잠시만요, 전하."

"왜? 내 칼에 베이기 전에 유언이라도 남기려고?"

"여기서 이렇게 지체하다간 상선 영감이 뿔이 잔뜩 나서 우릴 찾으러 오지 않을까요? 산보 나간다고 한 지가 언젠데 아직도 안 돌아온다면서요."

"그건 맞는 말이다. 이러다간 점심이 아니라, 저녁을 먹게 생겼어."

정신을 차린 난 근처에 있는 제법 굵은 나무 앞에 가서 섰다.

고개를 돌려 뒤를 슬쩍 보니.

중전과 남매도 내가 뭘 하는지 궁금한 표정으로 쳐다본다.

좋아, 여기서 점수 좀 왕창 따 놓자고!

환도를 두 손으로 쥐고 체중을 실으면서 내리쳤다.

그러면서 머릿속으로 간단한 물리 공식을 떠올렸다.

F=ma.

힘은 질량과 가속도에 비례해 늘어난다.

엄밀히 말하면 질량 m이 a의 가속도로 움직이는 데 필요한 힘 F를 구하는 공식이지만 그냥 적당히 넘어가자.

일단 질량은 내가 어떻게 하기 힘들다.

내가 원한다고 늘어나는 것도 아니고 줄어드는 것도 아니다.

단, 가속도는 내가 조절할 수 있다.

허리와 팔 근육을 잔뜩 비틀었다가 풀면서 전 체중을 실어 칼을 내리쳤다.

결과는? 당연히 대성공이지.

팔뚝 굵기의 나무가 톱으로 자른 것처럼 반듯하게 잘려 나갔다.

무예를 잘 모르는 중전과 남매는 신기해할 뿐이지만, 무예를 좀 아는 금군과 선전관은 놀란 표정이 역력하다.

칼로 무언가를 깔끔하게 벤다는 게 쉬운 일이 아님을 알기 때문이지.

더구나 팔뚝 굵기의 나무를 단숨에 베는 건 더더욱 어렵고.

왕두석 등의 감탄하는 시선을 느낀 난 한껏 우쭐대며 칼로 나무를 다듬어 말뚝을 만들었다.

만든 말뚝은 왕두석에게 주어 무덤 앞에 꽂게 했다.

마치 비석을 세워 둔 거처럼.

"이렇게 해 두면 다음에도 쉽게 찾아올 수 있을 거다."

일을 마치고 나서 남매에게 물었다.

"이제 우릴 따라올 마음이 생겼어?"

향이가 단이의 손을 잡고 나서 고개를 숙였다.

"좋아요. 나리들을 따라가겠어요."

"좋아. 다들 이만 내려가자고."

숙영지로 돌아가는 길.

중전은 걸어가면서도 계속 뒤를 힐끔거렸다.

남매가 잘 따라오는지 보는 거다.

다행히 새지 않고 일행 꽁무니를 잘 쫓아오고 있다.

난 한숨을 쉬며 고개를 저었다.

"이런 일은 오늘뿐이오."

"무슨 말씀이십니까?"

"고아나 형편이 어려운 이들이 보일 때마다 거두어들이면 왕실이 먼저 파산할 거요."

"그럼 그런 이들이 보이면 신첩은 못 본 척해야 하는 겁니까?"

"차라리 돈을 몇 푼 쥐여 주시오."

"그 돈을 다 쓰고 나면 또 같은 생활을 하게 되겠지요."

"맞소. 그리고 그건 우리도 어찌할 수 없는 일이오."

그때부터 중전은 부쩍 말수가 적어졌다.

아마 현실과 이상의 괴리에서 오는 차이에 압도당한 거겠지.

우리가 숙영지에 도착했을 때는 막 상선이 중심이 된 수색대가 꾸려지려던 참이다.

뭐 수색대라기보단 할아버지가 가출한 손자, 손녀를 찾아보려는 모습에 더 가깝긴 했지만.

아무튼 우린 해가 지기 전에 무사히 돌아왔고.

수색대는 결성되기도 전에 해체부터 되었다.

궁인들이 식은 밥과 국을 덥힌다고 법석 떠는 사이.

중전은 남매를 불러 당부했다.

"옷만 금방 갈아입고 나올게. 그동안 저쪽 그늘에 앉아서 쉬고 있으렴."

"예……."

중전은 남매의 대답을 듣고 나서야 서둘러 막사로 들어갔다.

난 궁녀가 가져온 물로 얼굴과 손을 씻다가 남매 쪽을 보았다.

남매는 숙영지 정문 앞에서 들어올 생각을 안 했다.

그저 몸만 바들바들 떨 뿐이다.

이제야 우리가 임금, 중전인 걸 알았나 보네.

난 정문으로 돌아가서 남매에게 물었다.

"왜 안 들어오고 거기 서 있어?"

확실히 단이가 향이보단 강단이 있었다.

비현실적인 상황에 넋이 나간 향이는 멍한 표정으로 서 있었지만 단이는 얼른 바닥에 꿇어 엎드려 머리부터 조아렸다.

"용서하세요. 임금님이신 줄도 모르고 소인과 누이가 큰 죄를 지었습니다."

"죄라니? 너희가 무슨 죄를 지었는데?"

"그야 임금님을 알아보지 못하고 말을 함부로 한……."

"됐어, 인마. 배고플 텐데 누나 데리고 가서 얼른 밥부터 먹어."

난 아직도 어안이 벙벙한 남매를 데려가 제조상궁에게 맡겼다.

"얘들 밥 좀 배불리 먹이고 나서 깨끗이 씻기고 옷을 갈아입히시오. 오늘은 여기서 숙영하고 내일 아침에 떠날 거니까."

"예, 마마."

제조상궁을 따라가는 남매를 잠시 지켜보다가 막사 안으로 들어갔다.

오늘 땀을 많이 흘린 중전이 옷을 갈아입고 나오다가 나를 보고 멈칫했다.

"아이들을 보러 가야겠습니다."

"그럴 필요 없소. 내가 제조상궁에게 잘 챙기라고 했으니까."

"신첩이 가서 봐야겠습니다."

난 나가려는 중전을 잡아 자리에 앉혔다.

"제조상궁에게 맡겼다고 하지 않았소. 중전은 오지랖 그만 부리고 얌전히 앉아 과인과 수라나 같이 듭시다. 어제 만난 현감이 마침 좋은 술을 한 병 보냈다니까 반주하면 되겠지."

내가 이렇게 나오니 중전도 더는 고집을 부리지 못했다.

반주를 곁들여 저녁을 먹고 나서 숙영지 점호를 보고받기 위해 잠깐 나갔다가 왔더니 중전이 그새 사라지고 없었다.

"이런."

앉아서 30분쯤 기다렸을까.

중전이 다급한 기색으로 들어와 묻기도 전에 어디 갔다 왔는지 털어놓았다.

"남매를 만나고 오는 길입니다."

"짐작했소."

"남매의 가족이 고향을 떠난 이유를 알아냈습니다."

"그랬소?"

"고향의 아전 하나가 지독한 사람이었다고 합니다. 올해 봄에 보릿고개가 닥쳤을 때, 마을을 돌며 다른 고을로 부임하는 사또의 송덕비를 세운단 명목으로 돈을 걷었는데 송덕비는 거짓말이고 사실은 돈을 착복하기 위해서였다고 합니다. 남매의 부모는 그 돈을 내지 못해 괴롭힘을 당하다가 남매를 데리고 야반도주한 거고요."

"그렇군."

"하실 말씀이 그거뿐입니까?"

"돌아오면서도 말했다시피 이건 우리가 어찌할 수 없는 문제요."

"그럼 그 아전도 그냥 놔두시겠단 말씀이십니까? 올해는 남매의 부모만 고향을 등졌을 테지만 내년엔 몇 가족이 그런 일을 당할지 모르는 일입니다."

"맞소. 그래도 어쩔 수 없는 일이오."

"이유가……, 이유가 무엇입니까?"

"정말 이유가 궁금하오?"

"신첩은 궁금합니다."

"우리가 가난하기 때문이오."

"예?"

"우리가 가난해서 어쩔 수 없다는 거요. 조정이 그 아전들을 어떻게 대하는지 아시오? 그들에게 줄 녹봉이 없어 밭 몇 뙈기 주고 알아서 먹고살라고 치워 버렸소. 그 밭도 대부분 다른 사람이 힘들어서 경작을 포기하는 땅들이지. 더구나 아전은 중앙의 관원들처럼 스스로 그만둘 수도 없소. 한번 아전이 되면 평생 아전으로 살아야 하는 거요."

"……."

"그럼 아전들은 정말 알아서 먹고살기 위해 백성을 괴롭히는 거요. 백성은 그런 아전의 괴롭힘을 참다못해 남매 부모처럼 야반도주하는 거고. 그렇게 해서 달아나는 백성의 수가 느니까 반대로 세곡은 줄어 나라 재정은 점점 더 안 좋아지는 거고."

중전은 엄청난 충격을 받은 사람처럼 날 바라보았다.

알고 있소. 쉽게 믿기 힘든 얘기일 테지.

하지만 이게 우리 조선이 당면한 진짜 현실이오.

이어진 사슬이 너무나도 단단해 누구도 절대 깰 수 없을 것처럼 보이는 악순환이지.

"중전 말대로 과인이 그 아전을 찾아 벌을 줬다고 칩시다. 그럼 죄를 지은 다른 아전들은 어떻게 할 거요? 중전은 이참에 싹 뒤집어엎어야 한다고 보시오? 아마 그렇게 하면 아전을 하려 드는 이가 없어 우리 조선은 저 옛날 제후국처럼 될 거요. 지방까지 조정의 힘이 미치지 못할 테니까."

"그, 그럼 방법이 없는 것입니까?"

"하나 있소."

"무엇이옵니까?"

"바로 그 아전들에게 제대로 된 녹봉을 지급하는 거요. 그럼 죄를 지은 아전을 처벌할 명분도 생기고 아전이 되고 싶다며 지원하는 이들도 늘어날 테니 행정이 마비될 일도 없소."

충격을 크게 받은 중전은 아예 입을 다물었다.

난 한숨을 쉬었다.

뭔 첫 부부싸움을 이런 주제로 하냐?

보통은 양말 아무 데나 벗어 놓는다거나.

치약 끝까지 안 짜는 걸로 싸우는 거 아니었어?

어쨌든 중전도 이제 현실을 제대로 알았겠지.

지금까지의 중전들처럼 현실은 외면한 채 사람들이 떠받들어 주는 삶을 계속 살 건지, 아니면 정말 조선에 존재하지 않던 특별한 중전으로 성장할진 그녀의 결심에 달린 일이고.

나야 그녀가 어느 쪽을 선택하든 존중해 줄 생각이다.

군식구가 둘 늘었지만, 일정에 차질을 빚진 않았다.

다음 날 아침, 어가는 순조롭게 홍천으로 나아갔다.

중전과의 관계 역시 일상으로 돌아갔다.

전에 말한 적 있다시피 중전은 감정 기복이 적다.

그게 나와 가장 다른 점인데 참 다행이지 싶다.

둘 다 기복이 심하면 나중에 왕실 드라마 소재로나 쓰이겠지.

그렇다고 중전이 남매에게 관심을 끊었단 말은 아니다.

중전은 여전히 남매를 살뜰히 챙겨 주려 노력하는데…….

상황이 좀 애매해졌다.

이젠 남매 쪽에서 피해 다니기 시작한 거다.

하긴 중전이 쫓아다니면 누구라도 부담을 느끼겠지.

이쯤에서 교통정리를 해야겠네.

난 상선을 불러 단이를 떠넘겼다.

"몇 달 데리고 다니며 이것저것 가르쳐 보시오."

"내관으로 만들란 말씀이시옵니까?"

하, 이 영감님도 참.

누굴 맡기면 꼭 고자부터 만들려고 하시네.

"그냥 데리고만 있으시오. 나중에 과인이 쓸데가 있소."

"알겠사옵니다."

이어 제조상궁을 불러 향이를 떠넘겼다.

"데려가서 우선 글부터 가르치고 글을 다 배우면 뭘 잘하
는지 알아보시오. 뭐가 됐든 타고난 재주 하나는 있을 테지."

"없으면 어찌하옵니까?"

"없으면……, 좋은 혼처를 찾아봐야겠지."

"상감마마께서 중매를 서신단 말씀이옵니까?"

"임금이 중매 서면 안 된단 법은 없는 걸로 아는데."

"그, 그렇지요."

단이와 향이가 아직은 임시이긴 해도 각각 내시부, 내명부
소속으로 바뀌면서 중전도 더는 오지랖을 부리지 못했다.

여기서 더 관여하면 주책이다.

그사이, 어가는 무사히 홍천에 도착했다.

난 우선 멀대 과장부터 만났다.

"작황은 어때?"

"직접 보시옵소서."

"작황이 좋은가 보네."

"어, 어찌 아셨사옵니까?"

"안 좋았으면 땅에 머리 박고 제발 살려 달라 빌었을 거니까. 그리고 평작이나 풍년 정도였으면 내가 물어보기도 전에 멀대 과장이 먼저 날 밭으로 데려가려 안달복달했을 테지."

"……."

"근데 직접 보라는 건 그만큼 자신이 넘친단 거 아니겠어?"

"흠흠."

"왜? 감기 걸렸어?"

"아, 아니옵니다."

"그럼 가 보자고."

"어, 어디로?"

"어디긴 어디야. 밭이지."

"모, 모시겠사옵니다."

말로 혼을 빼놓고 나서 멀대 과장을 따라 밭으로 이동했다.

결론부터 말하면 멀대 과장이 우쭐거릴 만했다.

아니, 내가 멀대 과장이라면 몇 배 더 심했을 수도 있다.

첫 밭부터 로또 대박급으로 터졌으니까.

"감자밭이라고 했지?"

"그렇사옵니다."

감자가 밭에 심어진 모습을 못 본 사람들을 위해 설명하자면 감자는 대, 줄기, 잎으로 이루어진 전형적인 풀이다.

근데 이 밭의 감자는 풀이 아니다. 무슨 덩굴 식물을 심은 것처럼 줄기가 이랑 너머까지 뻗어 있다.

당연히 사람 다니라고 만든 고랑은 아예 안 보일 지경이고.

무엇보다 감자의 색이 놀랍다.

한파가 여기라고 비켜 가진 않았을 거다.

근데 파랗다 못해 녹빛이 뚝뚝 떨어질 것처럼 푸르다.

근처에 온천이라도 흐르나?

암튼 이런 건 굳이 땅을 안 파 봐도 안다.

아마 감자가 포도송이처럼 달려 있을 거다.

난 손톱이 살을 찌를 정도로 주먹을 움켜쥐었다.

"됐어! 됐다고!"

"예?"

"아니, 잘했다고."

"황송하옵니다."

"다음은 어디야?"

"고개 두 개 넘으면 고구마밭이 있사옵니다."

"가 보지."

"모시겠사옵니다."

잠시 후, 고구마밭에 도착해 시선을 옮기는 순간.

"와우!"

내 입에서 나올 수 있는 최고의 찬사가 터져 나왔다.

고구마는 감자와 달리 전형적인 덩굴 식물이다.

그런데 그 줄기가 무슨 외계인 촉수처럼 사방으로 뻗어 있다.

심지어 멧돼지 출입 금지 펜스를 넘어가 자란 놈도 있다.

고구마 역시 이 정도면 대대대풍년이다.

좋았어!

그렇게 이틀 동안, 화전 20여 개를 도는 강행군을 펼쳤다.

힘드냐고? 전혀. 실패한 밭이 두 군데뿐인데 힘들 리가 있나.

오히려 신이 나면 신이 났지.

감자, 고구마만 대풍이 아니란 점도 마음에 든다.

옥수수, 순무, 생강 등 왜국에서 들어온 종자 전부 대풍이다.

수확량은 아직 모르지만, 이제야 마음이 한결 놓인다.

이 정도 작황이면 급한 대로 땜질은 가능하겠지.

밭 투어의 하이라이트는 으레 그렇듯 마지막에 찾아왔다.

어라? 이게 왜 여기서 나와?

난 눈을 비비고 다시 보았다.

그래도 변하는 건 없다.

"이거 내가 버리라고 준 와사비 아냐?"

멀대 과장의 좁은 어깨가 하늘로 승천하기 직전이다.

"시험 삼아 경작해 봤는데 생각보다 잘 자라 기르고 있사
옵니다."

와사비는 왜국에서도 키우기 까다로운 작물이다.

더구나 기온이 낮은 강원도에선 100퍼센트 얼어 죽는다.

그게 멀대 과장에게 짬 시키라고 준 이유다.

우리야 애초에 잘 안 먹는 향신료기도 하고.

근데 이 미친 농부가 기어이 사고를 쳤다.

청정수 계곡에 자갈로 논을 만들어 와사비를 키워 낸 거다.

난 와사비 논에 손을 집어넣었다.

다른 계곡은 손이 얼얼할 정도로 차다.

근데 여긴 중탕한 것처럼 물이 미지근하다.

"이 근처에 온천이 있어?"

"저쪽 산 중턱에 용신탕이란 작은 온천이 있사옵니다."

"용신탕? 무슨 보신탕 이름도 아니고 엄청 거창하네."

"백성들은 실제로 용이 그 온천에서 태어나 승천한 줄 믿고 있사옵니다. 심지어 단오에는 용에게 제사까지 지내지요."

"그래?"

난 까칠하게 자란 수염을 쓰다듬으며 고민했다.

흠, 용이 태어난 온천이라 이거지?

좋아, 미신인 걸 알지만 어쨌든 시험은 해 보자고.

정말 용이 태어나는지 말이야.

난 홍귀남에게 손짓했다.

홍귀남은 바로 궤짝에서 은 주머니를 꺼내 멀대에게 건넸다.

묵직한 은 주머니에 꼿꼿하던 멀대 과장의 허리가 바로 접혔다. 역시 자본주의가 이래서 무섭다니까.

"성, 성은이 망극하옵니다."

"농사 잘 지어서 주는 보너스야."

"보너스가 무엇이옵니까?"

"성과급이랑 같은 거야."

"성과급은 무엇이옵니까?"

보다 못한 홍귀남이 옆에서 몇 마디 속삭이니.

멀대 과장이 그제야 알았다는 듯 고개를 주억거린다.

"아아, 성과급이 그런 뜻이었군요."

"은 주머니 하나 더 받아."

"이렇게 황송스러울 데가……."

"좋아하지 마. 그건 농업 사업부 직원들 주라고 주는 거니까."

"아!"

"왜? 아쉬워?"

"그, 그럴 리가 있겠사옵니다."

"멀대 과장만 고생하진 않았잖아. 이참에 같이 고생한 직원에게 인심 좀 팍팍 쓰라고. 그래야 사기가 오르지 않겠어?"

"소인은 그런 의미인 줄도 모르고 그저 눈앞의 은에 눈이 멀어 추태를 부렸사옵니다. 용서하여 주시옵소서."

"그럴 필요 없어. 이런 거 하라고 나 같은 사람이 있는 거니까."

난 와사비 밭까지 둘러보고 나서 숙영지로 돌아갔다.

숙영지가 얼마 남지 않았을 때.

"두석아."

"예, 전하."

"사람을 시켜 중턱에 있다는 그 온……."

"용신탕 말씀이시지요."

"그래, 용신탕."

"소관이 가서 살펴보고 준비해 놓겠사옵니다."

"무슨 준비를 하겠단 거야?"

"소관이 이래 봬도 전하를 3년 동안 모신 몸이옵니다. 이젠 전하의 눈빛만 봐도 무슨 생각을 하시는지 알 수 있지요."

"그래, 너 잘났다, 인마."

"그럼 갔다 오겠사옵니다."

씩 웃은 왕두석은 바로 온천이 있다는 산 중턱으로 달려갔다.

난 그 모습을 보고 고개를 저었다.

"하여튼 그런 쪽에는 아주 눈치가 100단이라니까. 그래도 개떡같이 말해도 찰떡같이 알아듣는 놈이 있어 다행이네."

다음 날, 마침내 수확의 기쁨을 누릴 때가 찾아왔다.

아침 일찍 방문한 멀대 과장이 은근슬쩍 권한다.

"개시는 상감마마께서 하시지요."

"개시는 무슨. 가게 신장개업하는 것도 아니고."

"그럼 없던 일로……."

"허어, 누가 안 한다고 그랬어? 말이 그렇단 거지, 말이."

쇼 하면 내가 또 빠질 수 없지.

궁인과 금군, 화전민, 농업 사업부 전 직원이 지켜보는 가운데. 난 보무도 당당하게 밭으로 걸어 들어가 사냥감을 쭉 훑었다.

오, 저놈이 아주 실하구만.

내가 찍은 감자는 키가 내 허리쯤 되는 놈이다.

뭐 감자계의 군계일학쯤 되겠지.

바로 양다리를 고랑 양쪽에 박아 지지대로 삼고 양손으로 감자 대 밑동을 단단히 틀어쥐었다.

"으랏차차!"

처음에는 금방이라도 올라올 것처럼 몇 번 들썩거리던 놈이 파테르 자세에 들어간 레슬링 선수처럼 꿈쩍하지 않는다.

난 뒤를 힐끗 보았다.

지켜보는 이들의 시선이 비수처럼 날아와 등에 박힌다.

이런 몸을 하고서 감자 하나 못 뽑으면 그게 무슨 개쪽이냐.

난 데드 리프트를 하듯 줄기 양쪽을 잡고 복근에 힘을 주었다.

"끄으응."

자세는 완벽하다. 팔의 너비, 다리 너비, 광배근의 형태 모두. 심지어 그립도 정상이다.

근데 이 빌어먹을 놈의 감자 새끼는 몇 번 깔짝거리다가 날 비웃듯 다시 파테르를 시전해 내 헬창 자존심을 짓밟았다.

아, 이 철갑 같은 근육은 결국 데코레이션이란 말인가?

그래도 쪽을 팔 순 없지.

버프!

이의민의 괴력! (C)

타인의 척추를 반대로 접을 정도의 괴력을 잠시 갖게 해 준다.

버프 기준: 반경 1미터

광역 범위: 반경 10미터

지속 시간: 1분

이의민이 정말 의종의 허리를 접어 죽였는진 나도 모른다.

다만, 지금은 근육에서 폭발적인 에너지가 뿜어져 나와 정말 사람을 반대로 접어 죽일 수 있을 거 같다.

"으랏차차!"

우렁찬 기합성을 내지르며 용을 쓰기 무섭게. 마침내 파테르가 풀리며 감자 뿌리가 미역처럼 끌려 올라온다.

감격한 나머지 뽑은 감자를 챔피언 벨트처럼 번쩍 들어 올렸다.

주먹만 한 감자 수십 개가 주렁주렁 매달린 챔피언 벨트다.

감자를 내려놓고 나서 땀을 닦으며 멋지게 돌아서니.

"와아아아아!"

지켜보던 이들의 환호성이 메아리가 되어 울린다.

허허, 역시 이 맛 때문에 쇼를 끊을 수 없다니까.

환호성을 들으며 간만에 어깨 뽕을 한껏 세우고 있는데.

멀대 과장이 옆에 주저앉아 호미질 몇 번 하더니. 곧장 감자 줄기를 하나 뽑아 별거 아니라는 듯 옆으로 던졌다.

아, 호미를 써서 뽑는 거였구나.

쇼한다고 나섰다가 진짜 생쇼를 해 버렸네.

암튼 그때부터 본격적인 수확이 시작되었다.

작황은 예상대로 대대대풍년이다.

오히려 수확량이 너무 많아 캐다가 지칠 판이다.

난 그사이, 멀대 과장을 따라 산 반대편으로 넘어갔다.

"저기가 공장이옵니다."

그곳에는 제재소와 목공소를 합친 가구 단지가 있었다.

가구 단지는 세 부분으로 나뉜다.

벌목꾼이 산 정상의 통나무를 베어 산등성이로 굴리면 제재소 직원들이 받아 자르고 썰어 목재로 다듬는다.

그럼 목공소에서는 그 목재로 수레와 바퀴, 지게를 만들었고.

난 가구 단지를 둘러보며 물었다.

"양은 어때?"

"충분하옵니다."

"여기가 창고야?"

"들어가 보시지요."

난 창고에 들러 수레와 지게에 문익점의 목화씨 버프를 걸었다.

알다시피 조선은 육로 교통 사정이 좋지 않다.

그래서 대부분 뱃길과 강을 이용하는 물길에 의존한다.

문제는 홍천에선 강과 바다까지 가는 일 자체가 힘들단 거고. 결국, 유일한 해결책은 인력을 갈아 넣는 거다.

수레와 지게는 더 효율적으로 갈아 넣기 위한 수단이고.

수확이 끝난 구황작물은 수레, 지게에 실려 곧장 가장 가까운 나루터로 옮겨져 운송되었다.

북한강이든, 남한강이든 상관없이 한강에 도착만 하면 된다.

그럼 함경도를 제외한 팔도 주요 고을에 운송할 수 있다.

대동강, 금강, 섬진강, 낙동강, 임진강으로 갈아타면 되니까.

함경도는 좀 고생스러워도 다시 주문진으로 옮겨서 조운선에 싣고 함흥, 북청, 경흥으로 올라가 운송하는 수밖에 없다.

다행히 인력 자체는 부족하지 않다.

올해 농사를 망친 농부들이 서로 하겠다고 나섰으니까.

농부들은 작물을 옮기고 품삯으로 작물 일부를 받아 갔다.

난 각 고을 수령들에게 구황작물 운송에 최선을 다하라 명했고.

고을 수령들은 혼나기 싫어 빠릿빠릿 움직였다.

덕분에 추석이 오기 전에 구황작물이 함경도 경흥부터 전라도 해남까지 빠르게 운송되어 땜질 역할을 제대로 하였다.

화전민 아이들이 감자와 고구마를 맛있게 먹는 모습을 보며 말로 설명하기 힘든 보람과 무거운 책임감을 동시에 느꼈다.

앞으로 감자, 고구마는 우리의 친구가 되어야 한다.

그래야 소빙하기란 지상 최악의 재난에서 살아남는다.

구황작물을 대대적으로 홍보할 필요가 생긴 거다.

내가 또 한 PR 하지.

103장. 신첩은 얼른 돌아가고 싶습니다.

극도로 배고프면 못 먹는 게 없다.

창호지에 바른 밥풀도 떼어 먹고.

더러는 가죽을 삶아 그 물까지 국물처럼 마신다.

그쯤 되면 이미 풀과 나무는 주식이나 다름없고.

그런 점에서 감자, 고구마는 사막의 오아시스와 같다.

포만감이야 애초에 둘을 따라올 작물이 없다.

식감도 아주 훌륭하다.

풀과 나무처럼 먹는 일이 고행처럼 느껴지진 않으니까.

주식으로 삼기엔 좀 그럴지 모르지만, 구황작물은 조선의 만성 질환인 백성의 영양실조를 해결할 유일한 방안이다.

문제는 기근이 끝나면 구황작물 인기가 시들해질 거란 점이다.

감자, 고구마가 쌀, 보리보다 맛있진 않으니까.

인기가 시들해지면 농부는 감자, 고구마를 키우지 않게 되겠지.

대기근을 두 번 더 겪어야 하는 우리로선 좋은 징조는 아니다.

이런 이유로 PR, 즉 선전 활동이 필요한 거다.

우선 현실적으로 가장 필요한 조치부터 취했다.

모두가 좋아하는 세금 감면이다.

앞으로 3년 동안은 농가가 감자, 고구마 같은 구황작물을 재배했을 시, 원래 내는 전세에서 3할을 감면해 주기로 했다.

3년, 3할은 내가 숫자 3을 좋아해 나온 것도 아니다.

삼정승이 주사위 굴려 나온 숫자도 아니고.

집현전 엘리트인 젊은 관원들이 며칠 동안 빡세게 시뮬레이션을 돌려 뽑아낸 거라, 어느 정도 근거가 있는 숫자다.

농가에 돌아가는 혜택이 크면 농부는 감자, 고구마만 심는다.

그럼 재정과 농업 안보 면에서 아주 취약해진다.

감자 역병이라도 도는 날엔 역사책에 아일랜드 감자 대기근이 아니라, 조선 감자 대기근이란 내용이 실리게 될 거다.

반대로 혜택이 적으면 당연히 거들떠보지도 않을 거고.

그래서 나온 숫자가 3년, 3할이다.

이 정도면 농가에서 관심을 보일 거라는 게 집현전 주장이다.

나도 동의해 3, 3을 윤허한 거고.

두 번째 PR은 양반에게 강제 취식시키는 방법이다.

종두법에서도 효과를 본 방법이라 망설일 이유가 없다.

일반 백성은 양반을 보며 느끼는 감정이 복잡하다.

백성은 양반을 3할쯤 존경하고 3할쯤 질시한다.

그리고 나머지 3할은 두려워하는 마음이 차지한다.

물론, 감정을 계량할 방법은 없다.

그냥 내가 몇 년 살아 보고 느낀 바가 그렇단 거다.

내가 이용하려는 감정은 그중에 질시다.

난 작든, 크든 상관없이 팔도의 모든 관아 수령에게 반드시 감자와 고구마를 이용해 끼니를 때우라는 엄명을 내렸다.

당연히 조정의 대소 신료에게도 같은 명을 내렸고.

결과는 역시 기대한 대로다.

백성은 자기 고을의 수령이 감자, 고구마에 환장한 사람처럼 매끼 꼬박꼬박 챙겨 먹는 모습을 보고 따라 먹기 시작했다.

지체 높은 양반인 고을 수령이 저렇게 환장해 먹는 거면 분명 맛도 있고 몸에도 좋을 거란 오해가 작용한 덕분이다.

덕분에 삼남 어느 산골에서 이런 대화가 오고 갔다.

"형님, 손에 든 건 뭐요?"

"감자라는디."

"아따 그놈 참 희한하게도 생겼소. 소죽 쓰려고 캐 온 거요?"

"소죽은 무슨 놈의 소죽이여. 얼마 전에 상감마마가 우리처럼 없는 것들 배 곯지 말라고 관아를 통해 배급한 거 아녀."

"난 금시초문인데요."

"자네도 아가 일곱이잖어. 얼른 관아에 가서 받아 오더라고."

"됐수다. 올해 보리 지은 게 남아 아직 버틸만하니까."

"자네 소식이 너무 늦은 거 아녀?"

"문 소식요?"

"내가 이방에게 들은 건데 이게 얼마나 몸에 좋은지 고을 원님이 글쎄 저녁마다 마누라, 애들 다 불러 놓고 먹인다잖어."

"정말로요?"

"내가 이방하고 부랄친구잖어. 틀림없다니까."

"아이고, 양반님네가 싹 먹어 치우기 전에 얼른 가서 우리도 받아 와야겠네요. 그렇게 좋은 거면 우리 애들도 멕여야지요."

"서두르라고. 늦으면 국물도 없을 거여."

구황작물 PR의 대미는 C-푸드 페스티벌이 장식했다.

감자와 고구마 같은 구황작물만을 쓰는 요리 경연 대회를 열어 우승자와 준우승자에게 푸짐한 상품을 주기로 한 거다.

반응은 아주 뜨거웠다.

모든 민족이 경연을 좋아하긴 하지만 우리도 만만치 않다.

곧장 요리 명인과 장인이 나서서 구황작물 요리를 창작했고. 예조는 창작한 요리를 묶어 책으로 발간해 배포했다.

물론, 우승자 등에게는 로또 당첨에 버금가는 상품도 주었고. 난 예조에 이런 페스티벌을 정기적으로 개최하라 지시했다.

그럼 백성이 구황작물을 좀 더 친근하게 느낄 테니까.

남은 일은 멀대 과장에게 맡기고 환궁 준비에 들어갔다.

추석 전에 돌아가야 욕을 먹더라도 덜 먹는다.

아, 가기 전에 중요한 일을 두 가지 더 처리했다.

하난 정말 중요한 일이고 다른 하난 좀 그런 일이긴 하지만.

난 바위에 올라가 밑을 내려다보았다.

올해 구황작물 재배를 실질적으로 도맡은 화전민 수천 명이 둘러앉아 내가 무슨 말을 하는지 귀를 쫑긋 세우고 듣는다.

이러니까 꼭 어릴 때 읽은 무협 소설이 생각나네.

천하 통일을 앞두고 바위 위에 올라가 부하들에게 일장 연설을 하려던 일월교 교주가 지병이 도져 그대로 죽었지.

나야 지병도 없고 수명도 충분하니 그럴 일은 없겠지만.

더욱이 여기가 천하 통일의 포부를 밝히는 자리도 아니고.

가만? 천하 통일이라고?

17세기식으로 하면 세계 통일쯤 되는 걸까?

뭐 지금까지 세계 통일한 왕이 없긴 하지.

자기 대륙 못 벗어난 왕들은 자격이 안 되니 빼고.

일단 가장 가까이 접근한 건 몽골의 칭기즈칸, 마케도니아의 알렉산더, 대영제국, 냉전 시대 소련, 현대 미국 정도려나.

흠, 세계 통일이라. 어쨌든 성공하면 인류가 멸망하기 전까진 내 이름이 남겠군.

"흠흠."

갑자기 헛기침 소리가 들려와 고개를 돌려보니.

상선이 다가와 속삭였다.

"마마, 다들 기다리고 있사옵니다."

"알겠소."

상선 덕에 정신 줄을 붙잡은 난 배에 힘을 꽉 주며 소리쳤다.

"세계 통일……!"

"……."

"흠흠, 세계 통일은 아직 먼 훗날의 얘기고……, 오늘 이 자리에 너희들을 부른 이유는 몇 달 동안 고생 많았단 얘길 해 주고 싶어서다. 물론, 과인은 말로만 때울 생각이 없다. 그런 놈은 양아치니까. 해서 과인이 전에 왔을 때 한 약조대로 이번 작물 수확량의 1할을 너희에게 모두 나누어 주마!"

"와아아아!"

화전민의 환호성 소리가 계곡 전체를 떨어 울린다.

"아직 기뻐하지 마라! 좋은 소식이 하나 더 있으니까!"

그 말에 화전민이 다시 쥐 죽은 듯 조용해진다.

역시 뭐든 1+1이 좋은 법이다.

"사정상, 너흴 다 고용할 순 없지만 각 가호에서 가장이거나 가장 역할을 하는 인원이 서유럽회사에 입사하길 원한다면 모두 받아 주마. 정직원인 만큼, 녹봉도 많이 오르겠지."

다시 환호성이 억눌려 있던 화산처럼 분출한다.

그들도 서유럽회사 직원이 녹봉으로 얼마 받는지 꿰고 있다. 당연히 환호성이 터져 나올 수밖에.

갑작스러운 발표로 축제 분위기가 이어지던 그날 밤.

난 서둘렀다.

내일이면 돌아가야 해서 오늘밤에 기회가 없었다.

무슨 기회냐고?

당연히 용신탕이 진짜 영험한지 알아볼 기회지.

난 중전을 살살 꾀었다.

"내일이면 도성으로 돌아가야 하는데 아쉽지 않소?"

"신첩은 얼른 돌아가고 싶습니다."

"그, 그렇소?"

"할마마마와 어마마마께 문안 인사를 못 드린 지 벌써 한 달 가까이 돼 가는데 며느리로서 이런 불효가 어딨겠습니까?"

"아들인 나도 문안 인사 못 드린 건 마찬가진데."

"마마와 신첩은 다르지요."

"암튼 오늘이 마지막이니만큼, 특별한 추억을 쌓아 보지 않겠소?"

"어떤 추억을 말씀하시는 겁니까?"

"지금은 밤마실이라고 해 둡시다."

중전이 살짝 의심스러운 눈빛을 보내긴 했지만 결국 이른바 '밤마실'이란 놀이에 처음으로 도전했다.

금군이 등롱으로 산길을 비추는 가운데.

우린 밤 풍경을 느긋하게 감상하며 산 중턱으로 올라갔다.

중전은 숙영지가 멀어지는 걸 보고 갑자기 걱정되는 모양이다.

"아직 더 가야 하는 겁니까?"

"아, 거의 다 왔소."

실제로 산길을 100보쯤 더 걸었을 때.

왕두석의 큰 머리가 수풀 속에서 쑥 올라왔다.

"전하, 이쪽이옵니다!"

난 얼른 다가가서 슬쩍 물었다.

"준비는?"

"진작에 끝내 놓았지요."

"잘했다. 넌 지금부터 금군하고 이 주변을 철통같이 지켜라."

"염려 마시옵소서. 개미 새끼 하나 통과 못 하게 하겠사옵
니다."

"그래, 너만 믿는다, 왕두석 수석 선전관."

"소, 소관이 선전관 중에서 수석이란 말이옵니까?"

"왜? 싫어? 그냥 선전관만 하고 싶어?"

"싫, 싫을 리가 있사옵니까."

"자식, 입이 귀에 걸리다 못해 뒤통수에서 서로 만나겠네."

"어서 들어가시지요. 이러다 날 새겠사옵니다."

"알았어, 인마."

난 중전을 데리고 좀 더 올라갔다.

곧 한 사람이 간신히 들어갈 만한 작은 동굴 입구가 나왔다.

왕두석이 벽에 걸어 둔 등롱을 따라 안으로 들어갔다.

입구만 좁을 뿐, 내부는 생각보다 훨씬 넓었다.

동굴 중간쯤에 서서 온천이 어디 있나 찾는데.

중전이 동굴 앞에서 들어오지 않고 머뭇거렸다.

"여긴 왜 오신 것입니까……?"

"쉿!"

"왜, 왜 그러십니까?"

"여기서 평생을 산 노인한테 들은 얘긴데, 이 동굴에 이무기가 산다고 하오. 아마 승천하기 전까지 숨어 있는 거겠지. 암튼 그래서 시끄럽게 떠들면 이무기가 화가 나 사람을 해친다고 들었소. 그러니 지금부턴 조용해야 하오."

"이, 이무기요?"

"쉿! 떠드는 소릴 듣고 이무기가 나타나면 어쩌려고 그러시오."

"그럼 더 들어가면 안 되지 않습니까?"

"그건 중전이 하나만 알고 둘은 몰라 하는 얘기요. 이무기는 보통 밤에 구천을 날며 수련하기 때문에 지금은 비어 있소."

"그, 그렇습니까?"

"어서 안으로 들어오시오. 구천을 활보하던 이무기가 자기 집에 우리가 멋대로 들어온 걸 보면 화가 나 덤벼들지 모르오."

"알, 알겠습니다."

겁에 질려 동굴 안으로 냉큼 들어온 중전이 소곤거렸다.

"한데 이런 위험한 곳엔 왜 오신 겁니까?"

"아, 저기 있네."

내가 가리킨 방향을 본 중전이 깜짝 놀랐다.

"이런 동굴에 온천이 다 있군요."

"그렇소. 그것도 무려 이무기가 잠을 자는 온천이오. 이무기처럼 우리도 저서 목욕하면 기운을 받아 장수할 수 있을 거요. 놈이 다시 돌아올지 모르니 서둘러 목욕부터 합시다."

난 바로 옷을 훌렁훌렁 벗고 온천으로 뛰어들었다.

온천은 작은 욕조처럼 생겨 두 사람이 들어가면 딱 맞는다.

벌거벗은 내 모습을 본 중전이 얼굴이 빨개져 급히 돌아섰다.

"신첩은 마마가 목욕을 마치실 때까지 여기서 기다리겠습니다."

"이건 부부가 같이해야 효과가 있소. 중전도 어서 들어오시오."

"예에?"

잠깐 밀당이 있고 나서.

"그, 그럼 돌아서 계십시오."

"흠, 우린 부분데 꼭 그래야겠소?"

"신, 신첩은 너무 부끄럽습니다."

"알겠소. 내 시키는 대로 돌아 있지."

난 반대편으로 돌아서서 귀를 기울였다.

곧 옷깃이 스치는 소리가 들렸다.

후후, 9부 능선은 넘었군.

잠시 후, 물이 출렁이며 중전이 안으로 들어온 게 느껴졌다.

난 재빨리 돌아서서 중전을 보았다.

"어맛!"

중전은 깜짝 놀라 얼른 목만 내놓고 물속으로 들어갔다.

난 그 모습마저 귀여워 웃음이 터져 나왔다.

"하하하!"

"너무하십니다."

"그보다 물 온도는 어떻소? 너무 뜨겁진 않소?"

"괜, 괜찮습니다."

난 왕두석이 가져다 놓은 술병으로 잔을 채워 건넸다.

"쭉 들이켜시오. 그럼 신선이 되는 느낌을 받을 거요."

그제야 중전은 이 한바탕 촌극의 정체를 깨달은 듯했다.

이무기가 술꾼이 아니고서야 동굴에 술병이 있을 리 없다.

"신첩을 속이셨군요."

"허허, 그럴 리 있겠소? 원만한 부부 관계의 핵심이 바로 신뢰인데 그런 신뢰를 깨트려서야 어찌 부부라 부를 수 있겠소?"

"그럼 술병과 술잔은 어찌 된 겁니까?"

"이무기 놈이 지독한 술꾼이겠지."

"마마도 참."

어쨌든 중전도 온천물에 그새 몸이 노곤해진 모양이다.

내가 주는 술을 넙죽넙죽 잘도 받아 마셨다.

뭐 그다음이야 자연스럽게 10부 능선을 넘었고.

중전이 내 품에 안겨 고개를 들었다.

"저번에 하신 말씀 있지 않습니까?"

"무슨 말을 말하는 거요?"

"형편이 어려운 사람들을 돕다 보면 왕실이 먼저 파산할 거란 말씀 말입니다. 해서 요 며칠 생각해 본 건데 향이처럼 돌봐 줄 이가 없는 여자아이들에게 베 짜는 법이나, 옷 짓는 법 등을 가르쳐서 자립할 수 있게 도와주면 어떻겠습니까?"

중전은 모를 테지만 방금 그녀는 껍데기를 깨고 밖으로 나왔다.

아직 애벌레이긴 하지만 언젠간 나비가 되어 날아오를 테지.

조선의 국모 뉴 버전의 등장이다.

중전의 제안은 내 장기 플랜과도 일맥상통한다.

그게 1순위가 아니라, 11순위라 문제지만.

역사대로 산업혁명이 경공업에서 시작된다면 노동력, 특히 여성의 노동력이 중요해진다.

근데 중전이 이걸 캐치한 거다.

그렇다고 중전에게 혜안이 있느니 뭐니 하며 팔불출 같은 소리를 하려는 게 아니다. 아마 불쌍한 아이들을 돕고 싶어 고민하다가 나온 걸 테니까.

암튼 중전 덕분에 장기 플랜을 일부 수정할 필요가 있었다.

"서유럽회사에 섬유 사업부를 만들어 시작해 보시오. 음, 처음부터 규모가 너무 크면 부담되니까 한 100명쯤이 좋겠지."

"신, 신첩이 하란 말씀이십니까?"

"원래 말을 꺼낸 사람이 총대도 메야 하는 법이오."

"신첩은 윗전도 모셔야 하고 내명부도 다스려야 하는데……."

"그래서 대리인이 있는 거요. 잘하겠다 싶은 인재가 보이면 데려와 일을 시키시오. 물론, 중간중간 살펴보긴 해야겠지."

"너무 갑작스러워서 어떻게 해야 할지 모르겠습니다."

"당장 섬유 사업부를 만들란 얘기가 아니오. 천천히 시간을 갖고 계획을 세우시오. 그럼 어느 순간, 길이 딱 보일 거요."

"예, 마마……."

"미리 주눅들 필요 없소. 내가 옆에서 도와줄 테니까."

"마마께서 도와주신다니 힘이 나는 것 같습니다."

"돌아갑시다. 이무기가 돌아오면 우릴 잡아먹으려 들 테니까."

"그 술꾼 이무기 말이지요?"

"맞소. 술꾼 이무기, 하하."

옷을 챙겨 입고 동굴을 나왔을 때.

왕두석이 다가와 은근히 물었다.

"성공하셨사옵니까?"

"자식, 내가 누구냐?"

"역시 전하시옵니다."

그렇게 왕두석의 존경스러운 눈빛을 받으며 숙영지에 돌아와 한숨 자고 다음 날 아침 일찍 떠날 채비를 서두르는데.

밖이 갑자기 소란스러워졌다.

막 아침 밥상을 받은 참이라 말이 좋게 안 나갔다.

"식전부터 밖이 왜 이리 소란스러운 거요?"

바로 상선이 들어와 머리를 조아렸다.

"황송하옵니다."

"무슨 일이오?"

"떠난단 소식을 접한 농업 사업부 직원과 화전민, 홍천 관아의 수령과 아전이 인사를 드리겠다며 찾아와 그렇사옵니다."

"수령과 아전은 돌려보내시오."

"그럼 직원과 화전민은 만나 보시겠사옵니까?"

"그들은 돌아가는 길에 잠깐 얼굴만 보고 가겠소."

"예, 마마."

상선이 나가고 나서. 막 아침밥을 맛있게 한 숟갈 뜨려는데.

"즈어어어언하!"

어디서 돼지 멱따는 소리가 들려와 갑자기 사레가 들렸다.

"커컥, 밥 먹을 땐 모름지기 개도 안 건드리는 법인데 어떤 새끼가 감히 겁도 없이 임금이 밥 먹는 데 지랄이야, 커컥."

"마마, 어서 물부터 드시고 진정을."

난 중전이 건넨 물을 비우고 숟가락을 쾅 놓았다.

"당장 그 돼지 멱따는 소리로 날 부른 새끼 데려와!"

"마마, 듣는 사람이 많사옵니다. 좀 더 언사에 신중을……."

"흠흠, 그건 그렇구려. 앞으론 조심하겠소."

난 김준익을 불러 은밀히 명했다.

"좌별장이 가서 그 돼지 멱따……, 아니, 그 간절하게 날 부른 손님이 누군지 알아보고 별일 아니면 적당히 처리하시오."

그러면서 눈을 찡긋했다.

김준익은 알아들었다는 듯 군례를 취하고 뛰쳐나갔다.

흐흐, 김준익이 직접 갔으니 호된 맛 좀 보겠군.

쌤통이다, 새끼야.

난 신경 끄고 좋아하는 아침밥에 집중했다.

여기 와선 새벽에 일어나는 일이 많아 아침을 든든히 먹는다.

사실 다 먹고살자고 하는 짓 아닌가.

맛있는 거 많이 먹으면 그게 행복이지, 행복이 뭐 별건가.

"뒷산에서 캔 도라지로 만든 무침입니다. 드셔 보시지요."

그러면서 중전이 내 밥숟갈에 도라지무침을 올려 준다.

"중전이 손수 무친 거요?"

"숙수에게 배워 무쳐 보긴 했는데 입에 맞으실지 모르겠습
니다."

"오, 맛있네."

"입에 맞으신다니 기쁩니다."

"중전이 먹여 주면 더 맛있을 것 같은데."

"아이, 애들처럼 왜 그러십니까."

"저 꿩고기가 좋겠군. 저걸 먹여 주시오."

"궁인들이 다 보는데……."

"허엄, 너희들은 잠시 눈을 감고 있거라."

"예, 전하."

"이러면 됐소?"

"휴우, 정말 못 말릴 분이십니다. 그럼 아 하십시오."

"아."

아침부터 중전과 한창 깨를 쏟는데.

김준익이 쭈뼛거리며 들어왔다.

"전하, 그것이⋯⋯."

"무슨 일인데 천하의 김준익마저 당황한 거요?"

"가까이 가도 되겠사옵니까?"

"괜찮소."

난 김준익이 속삭이는 소리를 듣고 눈을 번쩍 떴다.

"정말이오?"

"그렇사옵니다."

"흠, 중전은 식사 마저 하시구려. 난 만나야 할 사람이 생겼소."

"조금 더 드시지 않고⋯⋯."

"난 괜찮소. 제조상궁은 중전이 식사를 끝까지 다 하는지 옆에서 지켜보시오."

"예, 마마."

막사를 나와 김준익이 안내하는 뒤편으로 돌아가니.

점잖게 생긴 중년 사내가 바로 큰절부터 올린다.

"신 성이성이 상감마마께 처음으로 인사 올리옵니다."

성이성은 목소리와 얼굴이 매치되지 않아 신기한 노인네였다.

얼굴은 무슨 70년대 방화에 나오는 선 굵은 미남 배우처럼 생겼는데 목소리는 못 끝으로 유리창을 긁는 거 같다.

"목소리가 참 특이하오. 그 돼지 멱따……, 음, 아니오."

"젊어서 목을 많이 쓰는 바람에 이렇게 되었사옵니다."

"그래, 강원도에 나와 있는 암행어사라고?"

"그렇사옵니다."

난 머릿속의 기억을 재빨리 뒤졌다.

세종대왕 스킬 덕분에 기억이 사라지는 일은 없다.

다만, 중요한 일이 아니면 바로바로 기억 안 날 뿐이지.

올봄에 삼정승이 갑자기 강원도 민심이 흉흉하다며 암행어사를 파견해 달라 해서 그러라고 했다.

그때, 의정부가 암행어사 후보로 몇 사람을 올렸는데.

난 왠지 성이성이란 이름이 익숙해 그를 뽑았다.

당시엔 다른 일로 바빠 왜 이름이 익숙한지 찾아보지 않았다.

근데 오늘 실물을 보니 뭔가 번쩍 떠오른다.

성이성이 그 성이성이구나!

"혹시 예전에 암행어사 신분으로 전라도에 간 적 있소?"

"세 차례 다녀온 적이 있사옵니다."

"세 차례라……. 그럼 '금 술잔의 술은 백성의 피요, 옥쟁반의 고기는 백성의 기름이구나'로 시작하는 시조를 지었소?"

"신이 소싯적에 혈기를 자제하지 못하고 지은 시조이옵니다."

그러면서 부끄럽다는 듯 시선을 피했다.

맞네, 맞아. 그래서 성이성이란 이름이 익숙한 거였구나.

난 또 어디서 들었나 했네.

춘향전 이몽룡의 모티브가 이 성이성이다.

그는 남원부사 아들로 태어나 소싯적에 기생과 잠시 연애했고 급제하고 나서는 암행어사로 남원에 들른 적이 있었다.

이 두 가지만 팩트고. 나머지 변사또, 춘향, 방자, 월매, 향단은 다 소설 속 허구다.

암튼 희한한 곳에서 이런 인물을 다 만나 보네. 근데 나이도 적지 않은 양반이 왜 또 암행어사로 뽑힌 거지?

"암행어사로 뽑히기 전엔 어디 있었소?"

"강계 부사로 있었사옵니다."

"당시 암행어사를 선발할 때 과인은 그저 이름이 익숙해서 뽑은 거였는데 애초에 그 명단에는 왜 올라가게 된 거요?"

"영의정이 친히 인편을 보내 설득했사옵니다. 전하께서 즉위하신 지 몇 년 지나지 않았는데 강원도 민심이 흉흉하다며 신이 암행어사를 맡아 고장을 평안케 하라고 말이옵니다."

"아, 이경석 대감이?"

"그렇사옵니다."

이경석 대감이 그럴 정도면 성이성은 정말 포청천인 모양이다. 뇌물은 거들떠도 안 보고. 외압 따윈 콧방귀를 뀌며 무시하겠지.

아마 이런 성격이 출셋길을 막았을 거다.

식년시에 급제하고도 말년에 외직을 전전하는 중이니.

"이제 과인을 찾아온 이유를 말해 보시오."

"예, 전하."

성이성에 따르면 오봉서원이 바로 문제의 핵심이다.

성이성이 분통을 터트리며 보고했다.

"오봉서원에 딸린 전답에서 거두어들이는 양곡만으로도 제향을 수십 번 올릴 수 있사옵니다. 한데 감영과 강릉 관아에서 올해는 제기와 음식 재료를 보내 주지 않는다고 강릉 유지와 유생들이 백성에게 강제로 세곡을 걷고 있사옵니다."

벌써 빡치지만, 일단 최대한 평정심을 유지하려 애썼다.

"으음, 계속해 보시오."

"한파가 들이닥쳐 자기들도 가까스로 입에 풀칠하는 마당에 누군지도 모르는 이의 제향에 쓴다고 유지와 유생들이 세곡을 걷어 가는 상황이 백성의 마음에 들 리 있겠사옵니까?"

"없겠지."

"분개한 농부 수십 명이 오봉서원으로 몰려가 항의했는데 유지와 유생들이 종놈을 동원해 무자비하게 진압했사옵니다."

"……."

"거기서 죽은 이만 스물 몇에 다친 이는 부지기수라 하옵니다. 더욱이 농부들에게 본때를 보인답시고 일가족을 전부 죽여 마을 느티나무에 걸어 두는 패악까지 저질렀사옵니다."

"관찰사랑 강릉 부사는 그걸 지켜만 보고 있었소?"

"그들은 오히려 농부들을 협박해 이번 일이 조정에 흘러가지 못하게 막고 있사옵니다. 거기다 이런 변고가 발생하면 반드시 올려야 하는 장계도 차일피일 미루고 있사옵니다."

"흠, 그렇단 말이지. 한데 암행어사란 막강한 지위에 있음에도 군이 과인을 찾아 하소연하는 이유는 뭐요?"

"암행어사는 비리가 드러난 수령의 직무만 정지시킬 수 있을 뿐이지, 그 이상의 권한은 갖고 있지 않사옵니다. 더욱이 관찰사나 강릉 부사가 조정 대신과 인척 관계라면 처벌하기가 쉽지 않지요. 마침 전하께서 다른 일로 홍천에 머무신단 소문을 듣고 고민 끝에 찾아온 것이옵니다."

"조정 대신 누구와 인척이오?"

"대사헌 이상진의 아우 이상민이 관찰사고 형조판서 유계와 사촌인 유경필이 강릉 부사이옵니다."

"관찰사 이상민은 현재 원주 감영에 있소?"

"도를 돌아본단 핑계로 달포 전부터 강릉 관아에 머무르고 있사옵니다."

"그럼 강릉이 놈들의 소굴이로군."

"그렇사옵니다."

난 주먹을 으스러지라 움켜쥐었다.

누군 배곯는 백성들 입에 뭐라도 넣어 주려고 새빠지게 고생하는데 이 새끼들이 공자에게 제향 지내야 한단 핑계로 감히 사사로이 세곡을 걷어?

더구나 그걸 항의하는 내 백성을 지들 맘대로 때려잡고?

이거 완전 미친 새끼들이네.

미친개에겐 예로부터 몽둥이가 약이라 했지.

그리고 이참에 서원까지 깔끔하게 정리해 버려야겠어.

이놈들이 호의가 계속되니 그게 권리인 줄 아는 것 같으니까.

"어사는 강릉으로 돌아가 과인을 기다리시오."

"직, 직접 행차하시겠단 말씀이옵니까?"

"과인도 이참에 암행어사 흉내 한번 내 봐야겠소."

"그럼 신은 먼저 가서 기다리고 있겠사옵니다."

성이성이 떠난 뒤에 난 다시 막사로 돌아가 상선과 제조상궁을 불렀다.

"두 사람은 중전을 뫼시고 도성으로 돌아가시오. 과인은 아직 몇 가지 처리할 문제가 있어 좀 더 머물러야겠소."

상선과 제조상궁은 침을 꿀꺽 삼키고 나서 얼른 대답했다.

"어명을 따르겠사옵니다."

아마 내 인상이 심상치 않아 둘 다 찍소리도 못 하는 거겠지.

이렇게 빡친 건 나도 오랜만이니까.

난 표정을 최대한 풀고 나서 안쪽 막사로 건너갔다.

중전은 나인들이 짐을 정리하는 모습을 지켜보고 있었다.

내 충고가 먹힌 듯 전처럼 마구 오지랖을 부리진 않았다.

정확히 말하면 지금은 때와 상황을 봐 가며 부린단 게 맞겠지.

암튼.

"중전, 과인은 아직 할 일이 남아 며칠 더 머물러야겠소. 중전이 먼저 돌아가서 윗전께 나 대신 문안 인사를 드려 주시오."

"큰일입니까?"

"지금은 아니오."

"그럼 장차 큰일이 될 수도 있단 뜻입니까?"

"그렇소."

"알겠습니다. 신첩은 먼저 돌아가겠습니다. 마마는 일 보시고 천천히 오십시오. 윗전께는 신첩이 잘 말씀드리겠습니다."

"고맙소."

난 체격이 비슷한 금군에게 내 융복을 입혀 말에 태워 보냈다.

놈들이 날 감시할 정도로 치밀하진 않을 테지만 어쨌든 내가 도성으로 돌아갔단 소문이 나야 일하기가 좀 더 편해진다.

중전 일행이 환궁하고 나서.

난 바로 선전관 넷에게 지시했다.

"지금 당장 용호군과 팔장사 수뇌를 만나야겠다. 용호군은 내 명령을 기다리느라 근처에 있을 거다. 그리고 팔장사는 얼마 전에 양양에서 산악 훈련 중이란 보고를 받았다."

"예, 전하!"

선전관이 흩어지고 나서 난 이를 으드득 갈았다.

이러면 추석 전에 못 돌아갈 테지만 상관없다.

명절 쇠는 거보다 이게 훨씬 더 중요하니까.

이번에는 진짜 피바람이 몰아치겠군.

의외로 팔장사가 먼저 도착했다.

대장사 오효성을 필두로 김지웅, 박배원, 신진익 세 명이 장사 100명을 데리고 양양에서 홍천으로 넘어왔다.

창설부터가 특수한 팔장사는 계급 이름이 특이하다.

일단, 팔장사 대장은 대장사로 불리고.

그 밑에 부장사, 소장사와 같은 지휘관 계급이 있다.

나머지는 다 일반 대원, 즉 장사로 불리고.

대장사는 당연히 오효성이다.

다른 팔장사 일곱 명도 만장일치로 동의했다.

그리고 남은 팔장사 일곱 명은 자진해서 부장사를 맡았고.

소장사는 대원 아홉을 통솔하는 부사관 같은 계급이다.

현대로 치면 분대장, 옛날 병제로 따지면 십부장에 해당하겠지.

난 며칠 전에 오른 바위에 또 올라가 팔장사의 사열을 받았다.

맨 앞에 오효성이 서고 그 뒤에 부장사 셋이 위치했다.

부장사 뒤로는 소장사와 장사 100명이 열을 지어 늘어섰다.

오효성이 한쪽 무릎을 꿇고 대표로 선창했다.

"팔장사가 상감마마를 알현하옵니다!"

그 즉시, 부장사, 소장사, 장사가 일제히 군례를 취하며 외쳤다.

"팔장사가 상감마마를 알현하옵니다!"

"팔장사가 상감마마를 알현하옵니다!"

"팔장사가 상감마마를 알현하옵니다!"

104명이 외치는 소리라곤 믿기지 않을 정도로 우렁차다.

뒷산에서 다람쥐가 도토리 까먹다가 체했겠네.

난 그들을 찬찬히 살펴보았다.

그동안 팔장사는 정식 편제 인원인 800명을 채우고 나서 1년이 넘는 기간 동안, 산과 바다를 오가며 훈련에 매진했다.

물론, 정확히 말하면 800명은 아니다.

평소에 100명 정도의 예비대를 따로 운영하며 팔장사에 부상, 질병, 사고로 결원이 생겼을 시, 바로바로 충원한다.

900명이 넘는 인원에게 현대 특수 부대가 하는 훈련과 비슷한 훈련을 시키려면 당연히 비용이 만만치 않게 든다.

사실 조금만 움직여도 돈이 억수로 드는 조직이 군이다.

더욱이 내 사재를 동원해 만든 군대여서 더 그런 면이 컸고.

암튼 사열을 받아 보니 돈을 들여 육성한 티가 이제야 좀

난다.

장사들의 몸은 전보다 거의 두 배 가까이 커졌다.

눈빛과 행동에서도 특수 부대다운 기운이 느껴졌으니까.

이 맛에 돈지랄을 하는 거 아니겠나.

난 흡족한 표정으로 손을 저었다.

"모두 일어나라!"

"예, 전하!"

"그동안 혹독한 훈련 받느라고 다들 고생 많았다!"

"황송하옵니다!"

난 몇 마디 칭찬하는 말을 하고 나서 해산을 명했다.

소장사가 장사들을 데리고 야영지를 건설하는 동안.

난 대장사와 부장사 셋을 불러 물었다.

"나머지 부장사와 병력은 양양에 있는 거야?"

오효성이 긴장한 듯 딱딱한 목소리로 대답했다.

"그렇사옵니다."

"그럼 이번엔 정예만 따로 추려 데려온 거야?"

"그렇사온데……, 혹시 병력이 더 필요하시옵니까?"

"됐어. 100명이면 충분해."

"알겠사옵니다."

"교범에 나온 코스는 어디까지 끝냈어?"

말주변이 별로인 오효성을 대신해 김지웅이 재빨리 나섰다.

"기초 체력과 기초 병기 코스를 완료하고 현재는 무인도에 이어 양양 산속에서 험지 적응 훈련을 하는 단계이옵니다."

"장사들 식단은 관리하고 있겠지?"

"전하께서 주신 교범에 나온 대로 단백질과 탄수화물, 지방의 균형을 맞춘 식단을 꾸려 먹이고 있사옵니다."

"체력 운동은 병행하고 있나?"

"예, 전하. 중량 운동과 왕복달리기, 오래달리기, 턱걸이로 근력, 순발력, 지구력이 골고루 발전할 수 있게 신경 쓰고 있사옵니다."

"오늘 보니 교범에 나온 대로 잘하는 것 같더군."

네 명이 동시에 머리를 조아렸다.

"황송하옵니다."

"앞으로도 계속 그렇게 하라고."

"예, 전하."

"이건 성과가 좋아서 주는 보너스야. 소장사들하고 나눠 가져."

옆에 있던 홍귀남이 은 보따리 세 개를 건넸다.

"성은이 망극하옵니다."

신진익과 박배원이 은 보따리를 챙기고 나서.

난 쌍둥이를 불렀다.

"그건 준비됐어?"

"돼지는 충분한데 술이 좀 모자라옵니다."

"그럼 내가 마시려고 가져온 놈까지 다 풀어 버려."

"예, 전하."

어리둥절해하는 오효성 등을 보며 히죽 웃었다.

"이런 날 회식해야지, 언제 하겠어? 다들 나가서 먹고 마시자고."

"예, 전하!"

그 어느 때보다 우렁차게 대답하는 팔장사를 데리고 나와 보니. 돼지 열 마리와 독주가 든 술독이 수레에 가득하다.

여기에 내 술까지 합치면 대충 회식 분위기는 나겠네.

잠시 후 돼지 잡는 소리와 불 피우는 소리, 술잔에 술을 따르는 소리 등으로 한 며칠 조용하던 숙영지가 왁자지껄해졌다.

범 같은 사내가 백 명 넘게 모인 데다, 적당히 술기운까지 오르는 바람에 회식하면 빠질 수 없는 힘자랑이 벌어졌다.

곧 가운데 모닥불을 중심으로 씨름, 수박 대결이 열렸다.

이럴 때는 더 화끈하게 놀라고 밀어줘야 아랫사람들에게 점수를 따는 법이지.

"우승하는 장사에겐 은 보따리를 상으로 주마!"

"와아아아아!"

"상감마마, 천세 천세 천천세!"

그렇지 않아도 화끈하던 대결이 은 보따리 하나로 더 화끈해져 실전을 방불케 하는 열기를 발산했다.

한창 재미지게 구경하는데.

"전하, 강대산 대장이 안교안, 고검 두 군장과 도착했사옵니다."

왕두석의 보고에 고개를 끄덕였다.

"같이 놀게 그들도 여기로 불러와라."

"예, 전하."

잠시 후, 강대산이 안교안, 고검을 데리고 찾아와 인사하고 물었다.

"소장이 빨리 와서 전하의 흥을 깬 건 아닌지 모르겠사옵니다."

"오, 왔구만! 자네들도 어서 앉아. 지금이 한창 재있을 때야."

"예, 전하."

"자자, 오느라 고생했는데 술부터 한 잔 받고."

"황송하옵니다."

"아, 그렇지. 정식으로 소개를 안 해 줬네. 경강상인 작업 할 때, 얼굴 본 사람도 있을 테지만 서로 인사들 하라고. 이쪽 은 용호군 강대산, 안교안, 고검이고 이쪽은 팔장사 오효성과 김지웅, 박배원, 신진익이야. 앞으로 같이 작전을 펼칠 일이 많을 거야. 지금이라도 서로 안면을 빨리 익혀 두라고."

팔장사와 용호군이 통성명하고 각자 자리에 앉을 때.

고검이 고리눈을 번쩍이며 커다란 얼굴을 들이밀었다.

"전하, 청이 하나 있사옵니다."

"부, 부담스러우니까 좀 떨어져서 말해."

"이쯤이면 되겠사옵니까?"

"좀 더……, 그래, 그쯤이면 되겠네. 부탁이 뭐야?"

"소장도 수박 대결에 참여시켜 주시옵소서."

"애들 노는 데 왜 어른이 끼려고 그래?"

"어른이 애들을 가르칠 때도 있는 거 아니겠사옵니까!"

고검이 일부러 크게 외친 탓에 팔장사도 똑똑히 들었다.

이는 마치 착호군은 어른이고 팔장사는 애들이란 말로 들릴·수 있어 상대를 도발하기에 충분했다.

가장 성격이 급한 박배원이 벌떡 일어나 군례를 취했다.

"전하, 애들 노는 데 어른이 눈치 없이 끼어들어 흥을 깨서야 쓰겠사옵니까? 추룡군 군장이 정 몸을 풀고 싶다면 소장이 그와 한번 겨루어 보겠사옵니다. 부디 윤허해 주시옵소서."

고검이 콧방귀를 흥 꿰더니 등에 멘 환도를 풀어 손에 쥐었다.

"자신 있는 모양인데 진검으로 해볼 테요?"

"흥, 내가 더 원하던 바요."

박배원도 기세에서 지지 않고 언월도를 집어 들었다.

강대산과 오효성은 내 눈치를 보며 안절부절못했다.

여기가 감히 어떤 자린데 자존심 싸움을 한단 말인가.

그런 건 제발 상감마마가 없는 자리서 하라고!

강대산은 고검을 보며 한숨을 내쉬고.

오효성은 매서운 눈으로 박배원을 쏘아볼 때.

"하하하, 그거 재밌겠네!"

갑자기 터진 내 웃음소리에 다들 벙쪘다.

난 잠시 고민하다가 히죽 웃었다.

"그래도 둘 다 명예를 목숨처럼 여기는 무인들인데 애들 앞에서 깨지는 모습이 보이면 쪽팔리겠지. 붙을 거면 저 뒤안 보이는 쪽에 가서 붙어 봐. 그리고 그냥 승부만 내면 별로 재미없잖아. 음, 지는 쪽이 술 항아리 하나 비우는 거 어때?"

고검이 즉시 대답했다.

"팔장사의 허명을 박살 내 버리겠사옵니다."

박배원도 자신감을 드러냈다.

"기필코 승리해 고 군장이 낯짝을 들지 못하게 하겠사옵니다."

고검과 박배원이 개와 원숭이처럼 으르렁대며 뒤편으로 걸음을 옮길 때.

안교안이 얼굴에 걱정을 숨기지 못하며 물었다.

"전하, 괜찮겠사옵니까?"

"뭐가?"

"전하께서는 용호군과 팔장사의 관계가 좋아지길 원하셔서 이런 자리를 마련하셨을 것이옵니다. 한데 저 둘의 골이 깊어지면 두 조직의 관계도 같이 나빠질 것이옵니다."

어느새 다가온 김지웅도 안교안과 같은 우려를 전했다.

"안 군장의 말이 옳사옵니다. 둘 중 한 명이 패하면 겉으론 아닌 척해도 결국 마음속에 앙심이 남을 텐데 그러면 장차 손발을 맞춰야 하는 처지에선 득보다는 실이 많사옵니다."

"괜찮아. 내비 둬. 애들은 싸우면서 큰다잖아."

"좀 전에 둘 다 어른이라고 하시지……."

"둘 다 하는 짓만 보면 혈기 방장한 애들 같잖아."

"그, 그건 그렇지요."

안교안과 김지웅이 이해할 수 없단 표정으로 물러났을 때.

난 김준익을 몰래 불러 은밀히 명했다.

"좌별장이 가서 지켜보다가 적당히 손을 쓰시오."

"어떻게 말이옵니까?"

"싸움이 절정으로 치달을 때 개입해 무승부를 만들 수 있겠소?"

눈을 반쯤 감고 뭔가를 가늠하던 김준익이 고개를 끄덕였다.

"할 수 있사옵니다."

"그럼 좌별장만 믿지."

"성심을 다하겠사옵니다."

김준익까지 떠나고 나서 난 장사들의 대결을 구경했다.

다들 실력이 좋아 박진감이 넘쳤다.

그래도 승자는 있기 마련이라 약조를 지켰다.

우승자에게 은 보따리를 주고 안교안, 김지웅을 따로 불렀다.

"지금부터 내 얘길 듣고 작전 하나 기깔나게 만들어 봐."

난 그들에게 강릉의 사정을 전했고.

두 사람은 바로 작전을 만들어 내 윤허까지 받아 냈다.

다음 날, 고검과 박배원이 몸에서 술 냄새를 풀풀 풍기며 나타났다.

"하하하, 박 공의 언월도 솜씨가 관우보다 나은 거 같더군."

"허허, 고 공이야말로 사돈 남 말을 하는구려. 어젯밤에 본 고 공의 솜씨는 내게 새로 개안하는 기쁨을 안겨 주었소."

서로 얼굴에 금칠해 대는 걸 보니 일이 잘 풀린 모양이네.

뒤에 시립한 김준익을 슬쩍 보니.

그는 평소와 같은 표정으로 대답했다.

"무승부가 나서 항아리에 든 술을 사이좋게 나눠 마셨사옵니다."

"그렇소? 그거 잘됐군."

어쨌든 작전은 바로 시작되었다.

잠시 후, 강대산이 먼저 용호군을 데리고 강릉으로 출발했고.

난 팔장사 병력과 천천히 그 뒤를 따랐다.

강릉 초입에서 초조하게 기다리던 성이성이 득달같이 달려왔다.

"오셨사옵니까?"

"암행어사가 위험하게 왜 혼자 다니는 거요?"

"평소에는 부리는 종자가 열 명쯤 되옵니다."

"그럼 오늘은?"

"저들의 눈에 띌까 싶어 신만 몰래 왔사옵니다."

"일 처리가 믿음직하구만."

"황송하옵니다."

"그럼 우리도 여기서 흩어져야겠군."

난 오효성에게 손짓했고. 오효성은 부장사를 불러 장사들을 정해 둔 위치로 이동시켰다.

이후 10여 명만 데리고 성이성을 따라 강릉읍성으로 향했다.

성이성이 읍성 근처 갈림길에서 큰길 쪽을 가리켰다.

"여기가 강릉 관아로 이어지는 길이옵니다."

"놈들이 나무에 매달았다는 일가족은 어디에 있소?"

"반대편에 있는 작은 길 쪽으로 가야 보이옵니다."

"그럼 먼저 그쪽으로 갑시다."

"지키는 자들이 꽤 있사옵니다."

"순식간에 때려잡으면 놈들의 귀에 들어가지 않을 거요."

"모시겠사옵니다."

고개를 몇 개 넘어가니. 성이성이 말한 나무가 보였다.

500년쯤 묵은 느티나무에 부부와 자녀 네 명의 시체가 여전히 매달려 있었다.

심지어 그중에는 대여섯 살 먹은 여자아이의 시체도 있었다.

이런 패악을 저지른 놈들은 보통 자기 죄를 숨기기 마련이다.

근데 이놈들은 대놓고 나무 앞 팻말에 '천것들이 강상의 죄를 저질러 하늘을 대신해 천벌을 내렸다!'라고 적어 놓았다.

미친 새끼들.

지주 놀이에 빠져서 지들이 무슨 신이라도 된 줄 아나 보네.

느티나무 앞에 서서 시체를 계속 올려다보니.

바로 옆 정자에서 신나게 개고기를 뜯던 양반 한 놈과 우락부락한 종놈 10여 놈이 콧김을 뿜으며 달려왔다.

나이 지긋한 양반 놈은 이쑤시개로 이를 쑤시면서 내 복색부터 훑는다. 도포를 걸쳐서 그의 눈엔 잘생긴 양반 자제처럼 보일 거다.

"처음 보는 얼굴인데 강릉 분이오?"

"뭐 그렇게 볼 수도 있겠지. 나에겐 천하가 내 집 같으니까."

"젊은 친구가 버릇이 없구만. 그건 그렇고 어느 댁 자제분이오?"

"이씨 댁."

"이씨라면 혹시 밤나무골 이 참봉 댁 자제요?"

"글쎄다. 후원에 밤나무가 몇 그루 있는 것 같긴 한데 요즘 일이 많아 정확히 몇 그루인지는 안 세어 봤는데."

"이 참봉 댁 자제가 아니면 그냥 못 본 척하고 지나가시오. 이놈들은 천것 주제에 감히 양반을 우습게 아는 강상의 죄를 범하여서 백성을 계도하는 차원에서 걸어 둔 거니까."

"계도?"

"계도란 말을 모르오?"

그러면서 양반 놈이 한껏 비웃는 표정을 짓는다.

난 피식 웃고 고개를 저었다.

"내가 아는 계도는 승려가 쓰는 칼 계도(戒刀) 하나뿐인데."

"이상한 소린 그쯤하고 더러운 꼴 보기 싫거든 어서 지나가거나 하쇼."

"네놈은 계도로 포를 떠야 정신을 차릴 놈이구나."

"이 미친놈이 뭐라고 지껄이는 거야!"

양반 놈의 눈짓에 종놈들이 개를 잡던 몽둥이를 들고 다가왔다.

난 고개를 절레절레 저으며 돌아섰다.

그 즉시, 사방에서 금군과 선전관이 미친개처럼 달려들었다.

106장. 밤나무골 이 참봉 댁 자제일세.

나도 조선왕조실록을 다 읽어 보진 않았다. 필요한 자료는
대개 잘되어 있는 검색 시스템으로 찾았으니까.

근데 가끔 검색하다 보면 이런 문구가 눈에 띈다.

왕자나 대갓집 종놈이 사족을 폭행하거나, 주변에 사는 백
성을 괴롭혀 그 원성이 도성 저잣거리에 자자하단 기록이다.

전형적인 호가호위다.

종놈들이 주인을 믿고 안하무인으로 날뛰는 거다.

뭐 대부분은 주인이 그렇게 하라 사주한 거긴 하지만.

여기서 궁금한 점이 하나 생긴다.

대체 집에서 부리는 종이 몇 명이기에 그들이 저지른 패악

이 민간의 기록도 아니고 실록에까지 실려 있는 걸까?

종이라고 해서 다 힘 좀 쓰는 돌쇠는 아닐 거 아냐?

그래서 호기심을 참지 못하고 찾아본 적 있는데.

중산층 양반은 무려 100명이 넘는 종을 거느렸다고 한다.

물론, 그게 다 솔거노비, 즉 주인집에서 사는 종은 아닐 거다.

그래도 양반이 웬만한 종대 하나를 부린 거는 틀림없다.

이황조차 360명이 넘는 노비를 자식에게 물려주었는데 웃긴 건 정작 그는 평생 자신이 가난하다고 생각했다는 점이다.

16세기 중산층 양반의 경제력을 짐작케 하는 기록이다.

여기서 잠깐 짚고 넘어가야 할 점이 있다.

노비는 당연히 사내종과 계집종을 아울러 부르는 용어다.

애초에 노비의 노는 사내종, 비는 계집종을 뜻하기도 하고.

그런 사내종 중에서 힘 좀 쓰는 장정은 주인의 생명과 재산을 보호하거나, 도망간 다른 노비를 잡아 오는 일을 한다.

그리고 가끔은 일반 백성을 괴롭히는 데 동원되기도 한다. 지금 이놈들처럼.

"쯧쯧."

이럴 때 쓰는 표현이 하룻강아지 범 무서운 줄 모른다인가?

아니지, 우물 안 개구리란 표현이 더 맞겠네.

동네에서 주먹 좀 쓴다고 어깨에 힘주며 돌아다니는 놈들 치고 제대로 주먹 쓰는 놈 없단 말처럼 이놈들도 형편없었다.

물론, 다 상대적인 이야기다. 놈들의 상대는 무지렁이 백성이 아니라, 진짜 무인들이니까.

금군의 주먹 한 방에 코피가 터지고. 선전관의 발길질 한 번에 사타구니를 부여잡으며 주저앉는다.

으윽, 저놈은 알이 정말 깨졌겠는데.

그나마 금군과 선전관이 무기를 안 써 다행이다.

무기까지 썼으면 오늘 줄초상 났을 거다.

나를 지키느라 남은 김준익과 홍귀남이 손을 움찔움찔한다.

아마 같이 싸우고 싶은 모양이다.

"좌별장도 몸을 풀고 싶은 거요?"

"흠흠."

헛기침한 김준익이 군례를 취했다.

"소장은 전하를 지키는 임무에 평생을 바치기로 마음먹은 지 오래이옵니다. 그런 소장에게는 일순간의 살육이 주는 쾌락보다 전하 옆을 지키는 게 훨씬 더 중요한 임무이옵니다."

그 말을 들은 홍귀남의 얼굴이 빨개진다.

김준익의 말을 듣고 깨닫는 게 많은 모양이네.

난 고개를 끄덕이고 나서 전투, 아니 개싸움을 구경했다.

종놈들이 들고 있던 개 잡는 데 쓴 몽둥이는 주인이 바뀌었다.

이젠 금군과 선전관이 몽둥이로 종놈들을 개 잡듯 때려잡았다.

왕두석이는 어디 있나? 아, 저기 있네.

하긴 체형상 못 알아보기가 더 어렵겠지.

왕두석은 대가리가, 아니 머리가 커서 금방 눈에 띈다.

지금도 남들 머리 두 배는 됨직한 거대한 머리를 버블헤드처럼 흔들며 달려가 덩치 좋은 종놈에게 몽둥이를 내리쳤다.

그놈은 종놈들의 두목급이 분명했다.

몽둥이를 비스듬히 내리쳐 왕두석의 공격을 막았다.

쾅!

힘에서는 의외로 왕두석이 밀리는 모양이다.

왕두석이 쥔 몽둥이가 옆으로 빗나가 허공을 때렸다.

그 순간, 히죽 웃은 왕두석이 몸을 날려 그대로 머리를 들이박았다.

커다란 머리가 대포알처럼 날아가 종놈의 이마에 명중했다.

콰직!

뭔가 불길한 소리가 들리고 나서.

종놈이 눈알을 뒤집으며 넘어가 사지를 바르르 떨었다.

나도 같이 몸을 부르르 떨었다.

어휴, 무식한 새끼.

그런 흉악한 물건으로 사람 대가리를 때리다니!

왕두석이 해치운 종놈이 마지막이다.

곧 선전관과 금군이 제압한 놈들을 무릎 꿇렸다.

물론, 그중에는 입을 털던 양반 놈도 있었고.

내가 막 양반 놈에게 한마디 하려는데.

김준익이 먼저 사냥칼을 손에 쥐고 양반 놈에게 다가갔다.

난 고개를 갸웃하며 물었다.

"뭘 하려는 거요?"

"좀 전에 이놈의 포를 뜨라 하셔서 준비하는 것이옵니다."

"그래서 진짜 포를 뜨려는 거요?"

"얼마 안 걸릴 것이옵니다."

김준익의 대답에 양반 놈은 멘탈이 터져 버렸다.

"히이익!"

기이한 비명을 지르더니 오줌을 지리며 그대로 기절했다.

"쯧쯧, 하는 짓은 지독한 놈이 간덩이는 드럽게 작네."

고개를 저은 난 나무에 걸린 시신부터 수습하라 명했고.

곧 억울하게 죽은 일가족의 시신이 하나둘 밑으로 내려왔다.

"흠, 수습한 시신은 근처 양지바른 곳을 찾아 임시로 매장하시오. 나중에 다시 와서 제대로 염을 해 묻어 주어야겠소."

부하들에게 지시를 내린 김준익이 물었다.

"종놈들은 어찌할까요?"

"밧줄에 묶어 나무에 매달아 두시오. 그럼 죽을 놈은 죽고 살 놈은 살겠지. 산 놈들 처우는 다시 와 결정하면 될 테고."

"알겠사옵니다."

작업을 마치고 강릉읍성으로 가려는데. 성이성이 나무에 매달린 놈들과 그 앞의 팻말을 번갈아 보았다.

「천것들이 강상의 죄를 저질러 하늘을 대신해 천벌을 내렸다!」

"이제야 이 팻말이 제 주인을 만난 것 같사옵니다."

"이제 시작일 뿐이오."

"그렇지요. 강릉읍성은 이쪽이옵니다."

성이성은 일흔에 가까운 나이임에도 몸이 날렵했다.

단숨에 말에 올라타 나와 일행을 강릉읍성 쪽으로 안내했다.

곧 읍성이 보였다.

성에는 당연히 성문이 있기 마련이고. 성문 주위에는 지나가는 이를 감시하는 감시병이 있는 법이다.

말을 탄 우리 일행을 본 감시병이 술렁댄다.

하긴 강릉이 강원에서 제법 큰 고을이라고는 하지만 일행 전부 말을 탄 데다, 일부는 무기까지 버젓이 들고 있으니까.

성이성이 감시병의 행동을 주시하며 소곤거렸다.

"감시병들이 관아에 가서 고하기라도 하면……."

성이성의 말이 끝나기도 전에 감시병이 알아서 길을 터 주었다.

난 성문을 지나가면서 감시병의 수장 얼굴을 확인했다.

예상대로 추룡군 과장 최제문이다. 지금은 철릭에 전모까지 착용해 군 장교로 위장해 있었지만.

최제문이 다가와 군례를 취하고 내 말고삐를 잡았다.

"오랜만에 뵙사옵니다."

"그래, 오랜만이네."

"강릉읍성 성문 네 곳 모두 용호군이 접수했사옵니다."

"잘했다. 끝날 때까지 한 놈도 빠져나가게 두어서는 안 된다."

"여부가 있겠사옵니까."

"대장과 군장은?"

"사거리 왼쪽에 있는 객주에 있사옵니다."

73

"고생해라."

"살펴 가시옵소서."

최제문의 군례를 받으며 사거리로 말을 천천히 몰았다.

성이성이 놀란 목소리로 묻는다.

"저들이 누군지는 모르겠으나 실력이 다들 대단하옵니다. 그 짧은 시간에 읍성의 성문을 모조리 수중에 넣다니요."

"쟤들에게 들어가는 밥값을 생각하면 이 정돈 당연히 해 줘야지."

"그, 그런 것이옵니까?"

"아, 저기 객주가 있네."

영업한단 뜻의 깃발이 걸린 객주에 들어가니.

강대산, 안교안, 고검이 방에서 뛰쳐나와 군례를 취했다.

"오셨사옵니까?"

"고생 많다. 그래, 작전은?"

안교안이 바로 품에서 종이를 한 장 꺼내 두 손으로 바쳤다.

"이거부터 읽어 보시옵소서."

"뭐야?"

"이번 일에 개입한 자들의 명단이옵니다."

"이게 그 개새끼들 이름이라 이거지?"

"그렇사옵니다."

"하, 개새끼들이 많기도 하네. 이거 30명이 넘잖아. 거기다 양양, 삼척, 고성, 인제 같은 다른 지역에서 온 놈들도 있고."

"제향을 지내러 강릉으로 온 자들이옵니다."

"읍성 밖에도 꽤 많고."

"그렇사옵니다."

"작전 세부 사항은 완성했어?"

"뒷장에 있사옵니다."

그 말에 뒷장을 돌려 보았다.

안교안 말대로 작전 세부 사항이 있었다.

김지웅와 안교안이 세운 작전을 큰 틀로 잡고 나서 허점은 없애고 약점은 보완하고 강점은 더 강화한 작전 계획서다.

"좋네. 이대로 해."

"황송하옵니다."

내 윤허를 받기 무섭게 강대산이 고검을 보았다.

"고 군장이 읍성 외부에 있는 놈들을 맡아 줘야겠네."

"놈들의 대가리를 깨부숴도 됩니까?"

"흠흠, 전하 앞이네. 말을 골라서 하게."

"죄인의 두부를 함몰시켜도 됩니까?"

"그냥……, 상황 봐 가며 알아서 적당히 처리하게."

"예, 대장."

고검은 무슨 살인 면허를 받은 킬러처럼 신이 나서 떠났다.

난 그 모습을 보고 고개를 절레 저었다.

읍성 안에 있는 놈들은 운이 좋군.

안 그랬으면 고검을 상대해야 했을 테니까.

고검이 이끄는 착호군이 떠나고 나서.

바통 터치하듯 오효성, 김지웅이 들어와 군례를 취했다.

난 인사를 받고 나서 물었다.

"어디 갔다가 오는 거야?"

오효성이 처음 보는 성이성 쪽을 힐끗 보고 나서 대답했다.

"현장을 쭉 둘러보고 왔사옵니다."

"어땠어?"

김지웅이 앞으로 나와 대답했다.

"오늘이 작전을 펼칠 적기로 보였사옵니다."

"그래?"

"추룡군이 작성한 명단에 오른 인물 상당수가 공교롭게도 강릉 관아와 오봉서원에 모여 있었사옵니다. 시간을 주면 흩어질 위험이 있는 탓에 오늘 결행하심이 좋을 듯하옵니다."

"용호군 생각은 어때?"

강대산이 안교안과 눈빛을 나누고 나서 대답했다.

"같은 의견이옵니다."

난 다시 오효성에게 물었다.

"병력 매복은 끝났나?"

"일각 전에 끝냈사옵니다."

난 용호군, 팔장사 수뇌들을 둘러보며 당부했다.

"팔장사, 용호군 둘 다 이런 실전을 겪을 기회가 많지 않을 거야. 이번에 경험을 제대로 쌓아 대원들 실력을 끌어올려."

"예, 전하!"

"작전 개시 신호는 과인이 직접 내릴 거야."

"알겠사옵니다."

난 돌아서서 성이성과 왕두석을 불렀다.

"어사는 마패 좀 내놓고 두석이는 내 얼굴에 재 좀 묻혀 봐라."

왕두석은 촉이 좋은 녀석이다.

아니, 그보단 내 옆을 오래 지킨 덕분에 내가 사고 치려 한 단 사실을 장내의 누구보다 빨리 캐치했다는 말이 맞을 테지.

"혹시 어사로 위장해 관아에 찾아가 볼 생각이시옵니까?"

"왜? 그러면 안 돼?"

"아휴, 왜 또 그러시옵니까."

"선전관 앞에 수석 떼고 싶지 않으면 얼른 분장이나 해."

"재만으론 좀 부족한데 먹을 칠해도 되겠사옵니까?"

"그렇게 해."

그제야 다른 이들도 내 계획을 눈치챈 모양이다.

다들 극구 말렸지만 내 고집이 어디 보통 고집인가.

똥고집 중의 똥고집을 누가 말려.

분장을 마친 난 옷을 갈아입고 나서 성이성에게 마패를 받았다.

이게 마패란 말이지?

구리로 만들었다더니만 꽤 무겁네.

마패에는 정말 말 그림이 그려져 있었다.

이걸 가지고 가까운 역에 가면 말을 빌려준단 거지?

성이성의 마패엔 말이 다섯 마리다.

즉, 암행어사 중에서 대빵이란 뜻이다.

어사는 다섯 마리가 한계니까.

물론, 왕인 나도 마패가 있다.

그것도 말이 열 마리나 그려진 마패다.

쓸 일이 없어서 한 번도 본 적은 없지만.

내가 평소에 말을 빌릴 일이 뭐가 있겠어.

난 채비를 마치고 나서 성이성에 물었다.

"이러면 놈들이 속을 것 같소?"

"전하, 정말 꼭 직접 가셔야겠사옵니까?"

"이참에 지방 수령들이 어찌 행동하는지 내 눈으로 봐야겠소. 글 몇 쪼가리 읽는 것보단 눈으로 보는 게 확실할 테지."

난 홍귀남 한 명만 방자로 삼아 강릉 관아로 걸어갔다.

왕두석은 너무 특이하게 생겨 이목을 끈다.

난 때가 잔뜩 묻은 도포를 내려다보며 홍귀남에게 물었다.

"네 눈에도 몰락한 양반처럼 보여?"

"그렇사옵니다."

"보라매는 챙겼어?"

"봇짐에 다섯 자루를 챙겼사옵니다."

"두 자루 늘었네."

"전하를 지킬 사람이 소관밖에 없으니까요."

"괜찮아, 별일 없을 거야."

"소관도 그랬으면 좋겠사옵니다."

다행인지, 불행인지 알 순 없지만, 관아는 바로 눈에 띄었다.

아니, 눈이 아니라 귀가 먼저 알아냈단 말이 정확하다.

커다란 풍악 소리에 웃음소리가 간간이 섞여 들려왔으니까.

이 미친 새끼들이 지금 잔치를 벌인 거야?

백성들은 한파 때문에 굶고 있는데?

알고 보니 왕은 내가 아니라 이 새끼들이었네.

난 정문으로 걸어가 관아 현판을 올려다보았다.

정문을 지키던 문지기 두 명이 바로 창을 내밀며 막아섰다.

"신분을 밝히시오!"

"밤나무골 이 참봉 댁 자제일세."

"아, 그러시군요."

창을 치우려던 문지기 하나가 고개를 갸웃거렸다.

"한데 멀리서 오셨습니까? 행색이……."

홍귀남이 재빨리 나섰다.

"감히 겁도 없이 밤나무골 이 참봉 댁 작은 나리의 앞길을 막아서다니! 치도곤을 당해 봐야 정신을 차릴 놈들이로구나!"

"아, 아닙니다. 어서 들어가시지요."

그 말에 겁을 먹은 문지기가 얼른 길을 비켜 주었다.

난 한껏 거드름을 피우며 안으로 들어갔다.

관아 동헌을 지나 내아로 들어가니 가관도 이런 가관이 없다.

마당, 사랑채, 정자 할 거 없이 술과 음식이 산처럼 쌓여 있다.

거기다 강원도의 기생이란 기생은 전부 다 불러온 모양이다.

갓 쓰고 있는 놈들치고 옆구리에 기생 안 낀 놈이 없다.

그중 제일 가관인 놈은 정자에 기생 넷을 혼자 차지한 놈이다.

연신 부어라, 마셔라 외치는데 술기운이 정수리까지 차 있다.

난 그쪽으로 뚜벅뚜벅 걸어가 정자 앞에 우뚝 섰다.

"관찰사 나리, 소생이 나리의 흥취를 좀 더 돋기 위해 잘 못하는 시지만 한 수 읊어 보려 하는데 허락해 주시겠습니까?"

술이 잔뜩 취한 놈은 기생의 옆구리를 더듬으며 손짓했다.

"에잇, 비렁뱅이 양반 놈이 또 술을 얻어먹으러 왔나 보네. 알았으니까 대충 읊고 나서 술이나 한 잔 얻어먹고 돌아가라."

"그러지요."

난 놈이 보지 못하게 고개를 숙이고 나서 히죽 웃었다.

그래, 지금이 네 인생의 클라이맥스일 거니까 즐기고 있어라.

곧 자이로드롭을 타는 기분을 느낄 테니까.

상석에 앉은 허우대 멀쩡한 영감이 강원 관찰사 이상민이고. 놈의 왼쪽에 앉은, 탐관오리 스테레오타입을 그대로 옮겨 놓은 거처럼 고약하게 생겨 먹은 놈이 강릉 부사 유경필이다.

오른쪽엔 이번 사건의 쩌리라 할 수 있는 놈들이 앉아 있었는데. 양양 부사 박손득 등등 그다지 중요한 놈들은 아니다.

어쨌든 강원도 동쪽 고을의 수령이 다 모인 셈이다.

이들을 한눈에 담은 내 감상은?

이거 아주 개새끼들이네.

어가가 홍천에 머무는 근 한 달 동안.

관찰사, 부사, 목사, 군수, 현감 가릴 거 없이 인근 강원도, 충청도, 경기도 고을 수령이 방문 의사를 끊임없이 전해 왔다.

물론, 난 홍천 관아 수령 외엔 전부 거절했고.

날 찾을 시간에 굶주린 백성을 하나라도 더 보살피란 의도다.

홍천이야 어가가 있는 곳이라 어쩔 수 없었지만.

처음에는 잘 지켜지는 듯했다.

근데 이 새끼들이 내가 도성으로 돌아갔다는 소문을 듣기 무섭게 이곳 강릉 관아에 모여 술판을 벌이고 앉아 있는 거다.

아직도 기근에 고생하는 백성들 천지인데 말이다.

구황작물이 있다곤 하지만 완벽할 순 없다.

양도 넉넉지 않고 보급에도 시간이 걸리니까.

한데 그걸 감독해야 할 수령 새끼들이 이러고 앉아 있는 거다.

내가 안 빡치고 배기겠어?

이건 공무원이 수해 중에 골프 친 수준이 아니다.

도지사, 시장, 군수 놈이 수해 중에 풀싸롱을 찾은 거나 같다.

그 순간, 불난 집에 휘발유를 끼얹는 일이 일어났다.

저렇게 생겨 먹어야 탐관오리가 되는 건가 싶은 유경필이 닭 다리 하나를 뜯어 개에게 먹이 주듯이 내 앞으로 던졌다.

"덩치는 산만 한 놈이 오늘내일하는 병자처럼 얼굴이 거무죽죽하구나. 우선 닭 다리로 요기부터 해라. 네놈의 시를 들어 보고 썩 괜찮으면 닭 다리를 하나 더 내어 주마. 어떠냐?"

아, 씨발놈이.

근데 이걸 먹어, 말아?

드래곤이 유희하듯 폴리모프해서 좀 골려 주려 온 거긴 한데.

왕 체면이 있지, 땅에 떨어진 닭 다리까지 먹기는 좀 그렇잖아.

아, 바보같이 이걸 왜 고민하고 있었지.

나한텐 방자가 있는데 말이야.

"소생의 종이 며칠 동안, 아무것도 먹지 못해 많이 굶주려 있습니다. 소생 대신에 소생의 종이 먹어도 되겠습니까?"

"비렁뱅이 주제에 그래도 아랫것 하나는 잘 챙기는구나. 좋다. 네놈이 닭 다리를 먹든, 종놈이 먹든 난 관여치 않겠다."

"감사합니다."

고개를 조아리고 나서 얼른 닭 다리를 집어 들었다.

근데 닭 다리에 흙이 묻어 그냥 이대로 주긴 좀 그렇다.

에헴, 나도 양심이 있는 사람이라고.

얼른 내 옷에 닭 다리에 묻은 흙을 닦아 내려는데.

기겁한 홍귀남이 내 손을 덥석 잡았다.

"그, 그냥 먹겠습니다."

"흙 털어서 줄게. 잠깐 기다려 봐."

"나, 나리가 입은 옷이 흙보다 더 더럽습니다, 우읍."

"그래?"

내 옷을 살펴보니 홍귀남 말에 일리가 있단 생각이 들었다.

위장한답시고 몇 달 동안 빨지 않은 도포를 걸친 탓에 옷에 온갖 오물이 덕지덕지 붙어 있어 내가 봐도 이건 좀 아니다.

"천천히 먹어. 체한다."

"예, 나리……."

홍귀남은 손으로 대충 흙을 털고 나서 닭고기를 입에 넣었다.

유경필이 좋다고 낄낄거렸다.

"하하하, 종놈이 눈물까지 글썽이며 먹는 걸 보니 배가 정말 많이 고팠나 보군. 쯧쯧, 그러기에 주인을 잘 만났어야지."

난 빡친 홍귀남이 보라매를 뽑아 들기 전에 얼른 돌아섰다.

"나리들, 그럼 소생이 시 한 수 지어 올리겠습니다."

"그래, 솜씨가 얼마나 좋은지 들어 보자꾸나."

난 목을 몇 번 가다듬고 즉석에서 시를 지어 읊었다.

백성의 비명과 통곡에 산하마저 숨죽이는데

동헌에는 주향과 여인의 분 냄새만 가득하구나.

적선하듯 건넨 닭 다리로 귀인을 희롱하니

하늘에서 떨어질 칼날을 누가 피할 수 있으리오.

이미 정수리까지 술이 찬 이상민과 유경필은 별 반응 없었지만, 그나마 덜 취한 놈들은 흠칫하며 내 얼굴을 확인했다.

아, 내 신분을 알아냈단 말은 아니다.

이 정도 변장이면 어마마마도 날 알아보지 못할 거니까.

거기다 외직으로 돌던 놈들이 내 얼굴을 봤으면 얼마나 봤겠어.

그렇다고 암행어사라기엔 내 나이가 너무 적다.

암행어사는 몇 가지 이유로 인해 주로 장년층이 맡는다.

스물 안팎인 내가 어사라 하기엔 뭔가 맞지 않는다.

안심한 양양 부사 박손득이 일어나 삿대질을 해 댔다.

"네 이놈! 어느 안전이라고 불경한 말을 지껄이는 게냐!"

하, 빌어먹을 클리셰 같으니라고.

탐관오리 새끼들이 하는 말은 왜 맨날 똑같을까.

"어느 안저어어언? 이 시팔 놈들이 그래도 정신을 못 차리네."

내 말에 이상민과 유경필도 정신이 좀 돌아온 모양이다.

기겁한 이상민이 딸꾹질하는 동안.

유경필이 돼지 꼬리 같은 수염을 바르르 떨었다.

"지, 지금 뭐라 했느냐?"

"어느 안전인지 궁금해?"

"……."

"그럼 알려 줄 테니까 귓구멍 파고 잘 들어!"

"……."

"바로 암행어사 안전이다, 새끼들아!"

난 품에서 암행어사 마패를 꺼내 자랑스레 보여 주었다.

그 순간, 드래곤이 정지 마법을 건 것처럼 모든 이가 동작을 멈췄다.

난 그 틈에 재빨리 마패를 들고 와인드업 자세에 들어갔다.

주자 없고 카운트는 쓰리 볼-투 스트라이크 풀카운트.

타자는 주정뱅이 4번 타자.

이런 놈한테 어울리는 마지막 구질은?

뭐긴 뭐야, 대가리로 날아가는 빈볼이지.

이거나 맞고 뒈져라!

난 소싯적에 사회인 야구 좀 해 본 경험을 살려 힘껏 던졌다.

한창 사회인 야구 할 땐 투수는 언감생심, 바라지도 않았다.

외야나 돌며 주로 발로 승부하는 타입이었지.

근데 지금은 메이저리거급 체격을 가진 몸이다.

최소 120은 나올 것 같은 구속으로 날아간 마패가 유경필의 대가리를 정확히 때리고 튀어 올라 정자 천장으로 날아갔다.

"아싸, 명중!"

"으아악!"

유경필은 이마에서 피를 쏟아 내며 정자 난간 위로 쓰러졌고, 이상민은 급한 김에 옆에 있는 기생의 치마 속으로 숨었다.

그때부터는 한 편의 슬랩스틱 코미디가 벌어졌다.

기생을 끌어당겨 방패로 삼는 놈.

부모라도 죽었는지 갑자기 엎드려 대성통곡하는 놈.

수류탄을 본 것처럼 정자 난간 밖으로 몸부터 던지는 놈.

아예 실성해 실실 웃는 미친놈까지 나왔다.

곧 사방에서 돌림노래처럼 같은 외침이 이어졌다.

"암행어사 출또요!"

"암행어사 출또요!"

"암행어사 출또요!"

그와 동시에 관아의 모든 문이 동시에 박살 나더니.

팔장사가 뛰어 들어와 움직이는 모든 생명체를 때려잡았다.

반격에 나선 아전과 관졸은 두 배로 처맞고 개구리처럼 뻗었고, 잠시 후, 어디선가 돼지 멱따는 소리가 들려 돌아보았다.

성이성이 종자 10여 명과 현장을 정리하고 있었다.

"너흰 관아 곳간과 무기고부터 확보해라! 그리고 남은 인원은 아전이 숨겨 둔 세곡 장부와 노비 장부, 토지 장부를 찾아내라! 분명 동헌 어딘가에 이중장부가 숨겨져 있을 거다!"

아, 저래서 성이성의 목소리가 저렇게 됐구나.

나라도 몇 시간 동안 저리 소리 지르면 목이 나가겠지.

상황이 얼추 정리되었을 때.

난 성이성에게 현장을 맡기고 오봉서원으로 이동했다.

사실 관졸은 암행어사란 말만 들어도 벌벌 떤다.

사슴이 호랑이를 보고 떠는 거랑 비슷하다.

근데 유지와 유생이 부리는 종놈들은 그렇지 않다.

그들은 카르텔을 형성해 보스를 섬기고 외부인을 배척했다.

진짜 싸움은 오봉서원에서 벌어질 거란 뜻이지.

오봉서원 앞마당.

수십 개가 넘는 천막이 펼쳐진 가운데 무려 300명에 달하는 대규모 인원이 숙식하며 오봉서원 제향을 준비하고 있다.

그중 3, 40명만 제사 음식을 준비하는 여자고.

나머진 제향하러 온 유생과 유지를 지키는 사내종이다.

난 오봉서원 뒷산에 올라 안교안을 만났다.

망원경으로 감시하던 안교안이 벌떡 일어나 군례를 취했다.

"오셨사옵니까?"

"어, 수고 많아. 근데 종놈들이 왜 이리 많아?"

"자신들의 세를 주변에 과시하기 위한 목적 같사옵니다."

"하, 새끼들. 칼만 안 들었지, 반란군이나 다름없구만."

"그게 저······."

"뭔데 머뭇거려?"

"전하께서 호포제를 시행하시고 나서부터 불만을 가진 유지를 중심으로 불온한 움직임을 보이는 자가 늘었다고 하옵니다."

"정말이야?"

"그렇사옵니다."

"반란군 같은 게 아니라, 진짜 반란군 새끼들이었구만."

"황송하옵니다."

"자네가 황송할 게 뭐 있어. 잘못은 저놈들이 했는데."

잠시 후, 강대산이 오효성, 김지웅과 올라와 보고했다.

"방금 느티나무 쪽에서 연락이 왔사옵니다."

"발견했대?"

"예, 전하. 몇 놈이 느티나무 쪽 인원에게 음식을 가져다주러 갔다가 나무에 죽은 일가족 대신에 자기 동료들이 걸려 있는 모습을 보고 급히 이쪽으로 돌아오는 중이라 하옵니다."

난 고개를 돌려 오효성을 보았다.

"팔장사는 매복을 마쳤겠지?"

"예, 전하. 전 인원이 매복 위치에서 대기 중이옵니다."

그때, 안교안이 다가와 속삭였다.

"전하, 느티나무 쪽에 간 인원이 돌아왔사옵니다."

난 안교안이 건넨 망원경으로 서쪽을 확인했다.

과연 안교안 말대로였다.

말을 탄 몇 놈이 급히 천막 쪽으로 달려갔다.

소란이 이는 데는 3분이면 충분했다.

곧 양반 몇 놈과 종놈 수십 명이 느티나무가 있는 서쪽으로 먼지를 일으키며 우르르 몰려갔다.

병신들, 매복계에 제대로 걸렸군.

이는 특전사가 쓰는 전술이다.

의도를 갖고 적을 다치게 하거나, 혹은 시체를 노출해 지원 병력을 유인하고 나서 매복해 둔 아군으로 처리하는 거다.

난 고개를 돌려 오효성에게 물었다.

"느티나무 쪽은 누가 맡았다고 했지?"

"박배원 부장사가 맡고 있사옵니다."

"그는 실력이 어때?"

"성격이 좀 급하긴 해도 실력은 소장이 보장할 수 있사옵니다."

오효성은 말주변이 없는 이다.

그런 그가 보장한다면 박배원 역시 진짜배기란 거겠지.

30분쯤 기다렸을 때.

앞서 출발한 몇 놈이 낭패한 모습으로 급히 도망쳐 왔다.

박배원이 해냈구만.

잠시 후, 좀 전에 출발한 인원의 거의 두 배에 달하는 인원 이 뛰쳐나와 느티나무가 있는 서쪽으로 다시 먼지를 피우며 뛰어갔다.

"지금 나간 놈들은 누가 맡기로 했지?"

김지웅이 오효성과 눈빛을 나누고 나서 대답했다.

"박배원 부장사가 놈들을 계곡 안으로 유인하고 나서 숨어 있던 신진익 부장사가 뒤를 기습해 정리하기로 되어 있사옵니다."

"신진익은 어떤 사람이야?"

이번에도 오효성이 대답했다.

"철벽처럼 아주 단단한 친구이옵니다."

"박배원이 칼이라면 신진익은 방패란 거네."

"정확하시옵니다."

"그럼 느티나무 쪽은 그 두 장사에게 맡기면 될 거 같고 남은 건 관아 쪽인가? 지금쯤이면 놈들도 소식을 들었을 텐데."

그 말이 끝나기 무섭게. 남쪽에서 몇 명이 허겁지겁 달려와 천막 안으로 뛰어들었다.

남쪽은 관아가 있는 방향이다. 암행어사가 나타났단 소식엔 놈들도 평정을 유지하지 못했다.

당황한 모습이 여기서도 똑똑히 보일 정도다.

곧 50명이 넘는 인원이 나와 남쪽으로 내려갔다.

관아의 상황을 알아보기 위해 파견한 정찰대다.

느티나무와 관아를 이용해 놈들의 병력을 100여 명으로 줄였다. 이 정도면 충분하겠지.

"시작해."

"예, 전하."

곧 사방에 매복해 있던 용호군과 팔장사 대원 수십 명이 벼락처럼 뛰쳐나가 오봉서원 앞에 모인 놈들을 때려잡았다.

강대산과 오효성은 밑으로 내려가 부하들을 지휘했고.

난 안교안, 김지웅, 김준익과 근처에서 현장을 관찰했다.

병력 대부분을 유인했다고는 해도 여전히 수는 아군이 적다.

물론, 그런 계산은 양쪽 실력이 비등비등할 때나 통하는 얘기다. 용호군, 팔장사 하나가 대여섯 명 때려잡는 건 일도 아니다.

다들 실력이 좋지만, 그중에서도 특출한 인재는 있는 법.

옷깃에 아라비아 숫자 1이 적힌 덩치가 시선을 잡아끌었다.

종놈이 휘두른 낫을 가볍게 피하고 뒤로 돌아가 뒷덜미를 잡은 그는 그대로 들어 올려 다른 종놈이 있는 곳으로 던졌다.

그 즉시, 볼링핀처럼 종놈 대여섯 명이 동시에 나가떨어졌다.

어우, 거의 프로레슬러네.

"힘이 엄청나군. 누구지?"

김지웅이 자랑스레 대답했다.

"대장사 휘하에 있는 소장사인 조지웅이옵니다. 함경도 씨름판에서 알아주는 씨름꾼으로 평소에 군문에 뜻이 있었는지 팔장사를 모집할 때 가장 먼저 달려와 입대하였사옵니다."

"머리는 어때?"

"생긴 거와 다르게 아주 똑똑하옵니다."

"그래? 인재군. 잘 키워 봐."

"예, 전하."

용호군 쪽에도 인재는 있었다.

고양이처럼 날렵하게 움직이며 손에 쥔 단도로 상대의 급소를 찔렀는데 워낙 빠르고 날카로워 제대로 받는 놈이 없었다.

"저 고양이 같은 사내는 누구야?"

안교안이 머리를 긁적였다.

"그게……."

"왜?"

"사내가 아니라, 계집이옵니다."

"뭐어?"

안교안이 한숨을 내쉬었다.

"사내놈처럼 꾸미고 다니지만, 실상은 계집이지요. 원래는 추룡군에서 모집한 기생 중 하난데 호신 무예를 가르쳤더니 저리되었사옵니다. 오늘 작전에서도 망이나 보라고 했는데 기어코 싸움판에 끼어들어 피를 보고 있는 것이옵니다."

그 말을 듣고 자세히 보니 과연 여자가 맞다.

얼굴은 곱상하고 가슴은 볼록하다.

당연히 허리와 엉덩이 곡선도 사내랑은 좀 다르고.

"재밌네. 이름이 뭐야?"

"기생일 때 이름은 아진이옵니다."

"물건이네. 잘 키워 봐."

"계집이지 않사옵니까?"

"내가 전에 뭐라고 했지?"

"어떤……?"

"용호군은 무조건 실력대로 돌아갈 거라 하지 않았어?"

"소장이 실수했사옵니다. 용서하여 주시옵소서."

"앞으로 잘해."

"예, 전하."

잠시 후, 오봉서원 정문이 벌컥 열리더니.

유건을 쓰고 도포를 걸친 유생 수십 명이 뛰쳐나왔다.

그중에 수염이 허연 유생 하나가 분기탱천해 소리쳤다.

"뭐 하는 놈들이냐! 이곳이 어떤 분을 모신 서원인 줄 알고 떼로 몰려와 난장을 피우는 것이냐? 책임자는 썩 나오거라!"

그때, 허공을 빙글빙글 돌며 날아간 더러운 신발 한 짝이 노인의 따귀를 제대로 갈기고 나서 계단 위로 툭 떨어졌다.

"나다, 씹쌔끼야!"

난 얼굴을 부여잡고 주저앉은 영감 쪽으로 걸어가며 외쳤다.

108장. 다 알면서 능청을 부리는군.

영감 옆에 있던 중년 사내가 얼굴이 뻘게져 고함을 질러 댔다.

"대가리에 피도 제대로 안 마른 어린놈의 새끼가 약한 노인을 폭행하다니! 네놈은 집에 할애비나 애비도 없단 말이냐?"

"없는데?"

"뭐, 뭐?"

"우리 집엔 할아버지랑 아버지가 없다고. 다 돌아가셨거든. 그래서 그런지 내가 가정교육을 제대로 못 받았어. 나이 많은 니가 이해해 줘라. 원래 이 나인 땐 물불을 못 가리잖냐?"

"허, 말하는 꼬라지를 보니 어떤 집구석인지 자알 알겠구나. 분명 천벌을 받아 3대를 못 가 폭삭 망할 집안이야! 퉤엣!"

"인마, 그런 악담은 함부로 하는 게 아냐."

"뭣, 뭣이?"

"우리 집안이 3대를 못 가고 망하면 나라에 큰 망조가 든다는 얘긴데 너 그게 무슨 소리인지는 알고 씨부리는 거냐?"

"무, 무슨 얘긴데?"

"네놈이 왕실 전복을 원하는 역적 놈이란 소리지!"

그러면서 손짓하니. 이때만을 기다린 김지웅, 안교안 등이 벌떼같이 달려들었다.

그들의 손에는 전부 육모 방망이가 들려 있었는데. 방망이가 떨어질 때마다 나 죽는단 소리가 자동으로 나왔다.

"야야, 너무 심하게는 하지 마! 쓸데가 많은 놈들이야!"

"예, 전, 아니, 나리!"

나 죽는단 소리는 곧 살려 달란 소리로 바뀌었고.

마지막엔 그마저도 비명이나 신음으로 변했다.

곧 강대산과 오효성이 달려와 보고했다.

"모조리 제압했사옵니다."

"방금 전령에게서 박 부장사와 신 부장사가 느티나무 방향으로 유인해 제압한 놈들을 데려온다는 전갈을 받았사옵니다."

"그럼 압송할 준비를 해 둬. 곧 호송대가 올 거야."

"예!"

"오 대장사는 몇 명 데리고 가서 관아로 정찰 간 놈들 잡아오고. 아, 가는 김에 관아에 들러 곧 내가 넘어간다고 전해."

"알겠사옵니다."

잠시 후, 아직 자기 다리로 걸을 수 있는 놈들은 굴비 엮인 것처럼 포승줄에 줄줄이 묶여 오봉서원 계단 앞에 무릎이 꿇려졌다.

난 쌍둥이가 가져온 의자에 앉아 소리쳤다.

"그 부자 놈들 상판대기 좀 보게 다시 데려와!"

"예!"

곧 나에게 신발 싸다구를 맞은 놈과 감히 나에게 애비가 있느냐 물은 천인공노할 놈이 사이좋게 내 앞으로 끌려왔다.

늙은 유생의 수십 년 묵은 서릿발 같은 기개인지. 아니면 아직 천지 분간을 제대로 못 해 그런 건진 모르겠다.

암튼 노인은 끌려오면서도 쉼 없이 나를 꾸짖었다.

"네 이놈! 대체 정체가 뭐냐? 뭔데 이런 짓을 벌이는 것이냐?"

"재촉하지 마. 싫어도 곧 알게 될 테니까."

"네놈은 이 서원이 공자님 영정을 모신 곳임을 모르는 것이냐?"

"아는데?"

"아는 놈이 이런 엄청난 짓을 벌인단 말이냐? 곧 상감마마께서 조정의 토벌군을 보내 네놈을 능지처참에 처하실 거다."

"능지처참? 참 이것도 한번 언급하고 넘어갈 때가 되긴 했네."

"무, 무슨 소리냐?"

"능지처참의 원래 이름은 능지처사야, 할배. 능지처사는 뭔지 알지? 죄수의 살을 한 조각, 한 조각 발라내서 최대한 많은 고통을 주는 게 목적인 형벌이지. 어휴, 중국 놈들이 참 지독하긴 해. 그건 그렇고 우리도 중국 법을 베꼈으니까 법전에는 능지처사란 형벌이 있긴 한데 좀 그래서 그냥 참수하거나, 거열형 같은 걸 하고 능지처참했다고 쓰는 거야."

"……"

"근데 우린 하고 싶어도 못 해. 이유가 뭔지 알아? 그게 엄청나게 섬세한 기술이 필요한 형벌이거든. 법전에 포를 몇 번까지 뜨라고 나와 있어서 횟수를 채우기 전에 죄수가 죽어 버리면 그 포 뜨던 놈도 벌을 받았다고 하더만."

"……"

"오랑캐도 만만치 않지. 툭하면 삶아 죽였으니까. 아, 우리도 비슷한 게 하나 있긴 하네. 압슬형 말이야. 들어 봤어, 압슬형?"

"……"

"아, 압슬형은 형벌은 아니고 고문 기술이라서 좀 다른가? 암튼 그것도 엄청 끔찍하지. 깨진 사기 조각 위에 무릎을 올려놓고 그 위에 돌멩이를 괴는 건데 버티는 놈이 이상하지."

뭔가 부산스러워서 뒤를 돌아보니. 김준익이 금군에게 사기그릇을 찾아오라 말하는 게 들렸다.

아, 저 양반이 또!

"할배가 양대찬, 그 옆의 아들놈이 양고천 맞아? 이름을 지어도 어떻게 이렇게 지었지. 니네 때문에 한동안 양대창이랑 양곱창은 못 먹겠다. 먹을 때마다 니네 생각날 거 아니야?"

"……"

"뭐야? 묵비권이야? 압슬형은 안 쓰려고 했는데 이런 간단한 프로필 조사에서조차 그러면 내가 빡치겠어? 안 빡치겠어?"

그 순간, 아들 양고천이 묶인 몸을 꿈틀거리더니 바닥에 머리를 찧었다.

"즈어언하아, 소, 소생이 죽을죄를 지었사옵니다아아아!"

그 말에 옆에 있는 아버지 양대찬은 물론이고 그 뒤에 있던 양반 놈들, 그리고 그 뒤에 있는 종놈들이 동시에 멍해졌다.

"하, 새끼. 눈치는 빨라서 유희를 깨 버리네. 내가 임금인지 어떻게 알았어? 왕두석이 놈이 위장을 제대로 못 해서 그런가?"

그 말에 양대찬은 입에 거품까지 물고 넘어갔고.

뒤에 있던 양반과 종놈들은 울고불고 난리가 아니었다.

그제야 현실 파악이 된 거다.

그들 앞에 앉아 있는 이 버릇없고 말을 상스럽게 하고 행색까지 비루한 젊은 놈이 맙소사! 조선의 현 임금이었던 거다.

상감마마가 이 무도한 무리를 토벌할 토벌군을 보내 줄 거로 믿었는데 알고 보니 상감마마가 그 무도한 무리를 이끌었다.

어찌 보면 기절 안 한 놈이 대단한 거다.

그때, 안절부절못하던 왕두석이 양고천 뒤통수를 후려갈겼다.

"너는 전하의 용안을 어찌 알아본 것이냐?"

"종, 종각 종두법 행사 때 목소리를 들어 본 적 있어서……."

왕두석이 재빨리 다가와 머리를 조아렸다.

"전하, 위장은 완벽했사옵니다. 놈이 말한 대로 용안을 들킨 건 이놈이 종각 행사에서 옥음을 직접 들었기 때문에……."

"됐어, 인마."

"예, 전하."

왕두석이 물러났을 때. 먼지가 서쪽 먼 하늘에서부터 뿌옇게 올라오더니. 얼마 지나지 않아 무장을 완벽히 갖춘 기병 부대가 나타났다.

무려 500기가 넘는 기병으로 군마가 지면을 힘차게 박찰 때마다 발생한 거대한 진동이 오봉서원 전체를 뒤흔들었다.

기병 부대의 훈련 상태는 아주 훌륭했다.

군마가 만든 먼지가 오봉서원을 덮치기 직전.

싱크로나이즈드 스위밍 하듯이 부대 전체가 정지했다.

물론, 몇몇 기병이 사방으로 튀어 나가긴 했지만, 전체적인 그림을 망칠 정도는 아니어서 다들 입을 쩍 벌리고 보았다.

곧 선두 군마에서 내린 훤칠한 중년 장군이 바로 뛰어왔다.

훈련받은 엘리트 육상 선수가 아닌 다음에야 누구나 힘껏 뛰기 시작하면 볼썽사나운 모습이 한두 군데는 있기 마련이다.

근데 중년 장군은 뛰는 모습조차 우아했다.

오봉서원 계단 앞에 도착한 중년 장군이 흐트러진 갑옷과 투구를 매만지고 나서 절도 있게 걸어와 임금인 나를 찾았다.

흠, 눈썰미가 있나 볼까?

난 지금 누가 봐도 몰락한 양반이니까.

오히려 강대산이나 김준익이 더 임금 같다.

물론, 나이가 좀 안 맞긴 하지만.

어쨌든 날 본 적 없는 이가 날 한 번에 찾긴 쉽지 않다.

근데 중년 장군은 다른 데는 쳐다보지도 않고 곧장 다가왔다.

그리고는 쿵 소리가 날 정도로 무릎을 꿇고 군례를 취했다.

"강원청 별장 윤준, 전하의 부르심을 받고 왔사옵니다!"

별장이면 원스타 장군이다.

장군 계급이 도원수, 도제조, 제조, 대장, 별장 순이니까.

그리고 지방군인 강원청에서 별장이면 최고 지휘관이고.

"일어나라."

"황송하옵니다."

"무과에 급제했나?"

"예, 전하."

"원래는 어디 있었지?"

"총융청에 있었사옵니다."

"몇 년 전 숙군에서 살아남은 걸 보면 능력이 뛰어난 모양이군."

"소장의 능력보단 성은을 입은 덕분일 것이옵니다."

난 감식안으로 재빨리 살폈다.

오, 흰 점에 빛무리!

여기서 또 인재를 하나 만나네.

"강원청은 병력이 몇 명이지?"

"1,500명이옵니다."

"남은 천 명은?"

"500명은 주둔지에, 나머지 500명은 요충지에 있사옵니다."

"임금이 불렀다고 임무를 팽개치지 않는 점도 마음에 드는군."

"황송하옵니다."

"여기 이놈들은 반역도당이다."

임무의 내용을 전혀 모른 윤준이 흠칫하며 몸을 살짝 떨었다.

그만큼 왕조 국가에서 반역이란 살 떨리는 일인 거다.

"바로 한양으로 압송해 의금부에 넘겨주어라."

"예, 전하."

윤준은 일 처리도 깔끔했다. 걸어갈 수 있는 놈은 말 뒤에 묶고. 걸어가지 못하는 놈은 징발한 수레에 태웠다.

얼마 후.

박배원과 신진익, 오효성이 남은 잔당을 포박해 데려왔다.

윤준은 우렁찬 군례를 올리고 나서 오봉서원에 있던 놈들을 데리고 우리보다 한발 먼저 한양이 있는 서쪽으로 떠났다.

"우린 관아로 다시 돌아간다."

"예, 전하!"

관아에 도착해 둘러보니 정리가 깔끔하게 되어 있었다.

수령, 아전과 그들의 식솔은 포승줄에 묶여 왼쪽에 모여 있고. 군졸, 관노, 기생 등은 머리를 조아린 채 오른쪽에 모여 있었다.

날 본 성이성이 일어나 달려오려는 걸 막았다.

"암행어사가 나 대신에 신문하고 있어."

"어찌……?"

"옷 좀 갈아입으려고. 이 옷은 냄새가 나서 더는 못 참겠어."

난 손을 흔들어 주고 내아로 들어갔다.

선전관 넷이 달라붙어 내 옷을 융복으로 갈아입히는 동안,
밖에서는 성이성이 신문하는 소리가 들렸다.

◆ ◈ ◆

성이성이 특유의 돼지 멱따는 소리로 엄히 추궁했다.

"죄인 이상민은 혐의를 인정하시오?"

"대답하기 전에 하나만 묻겠네."

"좋소. 물어보시오."

"어사가 관찰사를 체포하는 일이 가당키나 하는가?"

"그 문제는 죄인이 신경 쓸 일이 아니외다."

"뭣이?"

"설령 본 어사가 월권을 저질렀다고 해도 그건 내가 알아서
감수하면 되는 일이오. 죄인 이상민은 혐의를 인정하시오?"

"무슨 혐의를 인정하란 것인가?"

"진사 양대찬과 그의 아들 양고천 등이 오봉서원에 제향한
단 핑계로 사사로이 세곡을 거두었을 뿐만 아니라, 이를 거부
하는 백성을 공격해 수십 명이 죽고 다친 일을 알 것이오."

"……."

"관찰사라면 국법에 따라 강릉 부사에게 명을 내려 죄인을
모조리 잡아들이고 나서 장계를 올려 처리를 하문함이 마땅
한데 어찌 잡아들이지도 않고 장계도 올리지 않는단 말이오?"

"그건 어사가 이곳 강릉의 사정을 잘 몰라 하는 소리일세.

진사 양대찬과 그의 아들 양고천은 모두 인품이 뛰어나고 학식이 깊을 뿐 아니라, 강릉 백성의 존경을 받는 유생일세."

"계속하시오."

"공자님의 영정에 제향을 드리는 일이 어찌 우리 글하는 사족만의 일이겠는가? 공자님이 계시지 않았으면 이미 조선은 고려조처럼 사람이 가축이 되고 오히려 가축이 사람처럼 행동하는, 충과 의와 덕이 모두 무너진 말세였을 것이네."

"……."

"백성이 사람답게 살 수 있는 이유는 바로 공자님 말씀을 우리와 같은 사족이 본받아 그들을 계도하고 있기 때문 아닌가? 그렇다면 백성도 공자님 은혜를 간접적으로 입은 셈이지."

"……."

"내 말은 강릉 백성 전체가 합심하여 공자님 영정에 제향을 올리는 일이 도리에 맞는 일이란 뜻일세. 한데 무지렁이 백성 몇몇이 그러한 이치조차 알지 못해 난동을 피우는 상황에서 기개 있는 유생이 나선 일이 어찌 죄가 된단 말인가?"

"국법에선 사적 제제를 엄히 금하고 있소."

"국법이 꼭 모든 상황에 들어맞는 것은 아니네."

"양대찬 등은 죄 없는 일가족을 죽여 나무에 걸기까지 하였소."

"백성을 가르치기 위해선 때론 강하게 나가야 할 때도 있는 법일세. 자네도 살 만큼 살았으니 그런 이치를 알 게 아닌가?"

"난 모르는 이치요."

"하, 소문대로 앞뒤가 꽉 막힌 인사로구만. 좋네. 내 조정에 아는 이들이 꽤 많네. 이번 일만 넘어가 주면 내가 그들에게 직접 인편을 띄워 자네를 잘 봐 달라고 부탁하지. 어떤가?"

"어떻게 잘 봐준단 거요?"

"다 알면서 능청을 부리는군."

"……."

"아, 그 전에 한 가지 조건이 있네."

"조건까지 있단 말이오?"

"조정 요직을 차지하는 일이 그럼 쉬운 줄 아셨는가. 암튼 강릉 부사 머리에 마패를 던진 비렁뱅이 놈은 나에게 꼭 넘겨줘야 하네. 그런 막돼먹은 부하를 데리고 있으면 자네 평판만 떨어지는 셈이니 오히려 내게 고마워해야 할 것이야."

"흐음, 그건 좀 어렵겠소."

"왜? 그 비렁뱅이 놈이 대단한 놈이라도 되는가?"

그 순간.

획!

더러운 신발짝이 날아가 이상민 입에 정확히 박혔다.

"스트라이크!"

이상한 말을 외친 덩치 큰 청년이 나와 갑자기 고함을 질렀다.

"그 비렁뱅이 놈이 나다, 이 십쌔꺄!"

처음엔 웬 미친놈이 뛰어들었나 싶어 다들 벙쪘다.

그리고 얼마 지나지 않아 미친놈이 입은 융복에 시선이 향했다.

붉은색 용복의 가슴과 어깨에 용무늬가 선명했다.

신발을 벨은 이상민은 고개를 몇 번 흔들고 나서 다시 보았다.

당연히 무늬 속 용이 어디로 날아가거나 하진 않았다.

고개를 흔들고 눈을 껌뻑이던 이상민은 그대로 졸도했다.

"하, 간덩이가 콩 반쪽보다 작은 새끼네."

고개를 절레절레 저은 청년이 수령 의자에 앉아 다리를 꼬았다.

제2막이자 진정한 막이 올라가는 순간이다.

내가 신분을 드러내는 순간.

사실상 조사, 문초, 고문이 필요 없어졌다.

멘탈이 터져 다들 제정신이 아니었으니까.

특히, 나한테 닭 다리를 던진 유경필은 사시나무인 줄 알
았다.

어찌나 몸을 떠는지 감전된 사람 같다.

그 모습을 보니 김이 팍 새 버렸다.

좀 버팅기는 맛이 있어야 마우스 배틀도 뜨고 스킬도 쓰
는데.

이러면 잡은 토끼를 재미 삼아 괴롭히는 놈 같잖아.

내가 미친놈이긴 하지만 그런 걸로 스트레스를 풀진 않는다.

"팔장사가 놈들을 도성으로 압송해라."

오효성이 바로 달려와 물었다.

"놈들의 가솔은 어찌할까요?"

"풀어 줘."

"예, 전하."

팔장사가 놈들을 굴비처럼 엮어 압송하는 사이.

난 성이성을 불러 지시했다.

"기생과 군졸, 관노도 풀어 주시오."

오효성은 내 스타일을 알아 명을 그대로 따랐지만 성이성은 나와 일해 보는 게 이번이 처음이라 당황한 기색이 역력했다.

"저들 중에도 죄가 있는 자들이 있을 터인데⋯⋯."

"조무래기 몇 잡자고 과인이 여기까지 행차한 거 같소?"

"아, 아니지요."

"무대에 배우로 올릴 놈들은 다 잡았소. 풀어 주시오."

"예, 전하."

성이성은 곧 부하들에게 지시해 기생 등을 방면했다.

기생 등은 풀려나기 직전, 울면서 나에게 큰절을 올렸다.

그럴 만도 했다.

몇 분 전만 해도 이상민 등과 엮여 고초를 겪을 줄 알았는데 임금이 직접 풀어 주라는 명령을 내릴 줄 누가 알았겠나.

나를 살아 있는 부처, 그러니까 무슨 활불처럼 오해하는 기생 등을 무죄방면하고 나서 난 홍천 현감 장익주를 만났다.

"늦었네?"

"황, 황송하옵니다. 길이 험하여……."

"임금이 부르는데 길이 험하면 늦어도 되는 거야?"

"아, 아니옵니다."

"오면서 소식은 들었겠지?"

"들, 들었사옵니다."

"장 현감은 운빨이 아주 터진 거야. 그렇게 생각하지 않아?"

"어, 어떤……?"

"내가 홍천이 아닌, 인제나 춘천에 있었으면 어땠을 거 같아?"

"무, 무슨 말씀이신지 소관은 감을 잡지 못하겠사옵니다."

"내가 홍천에 없었으면 장 현감도 초청받기 무섭게 쫄래쫄래 달려와 잔치를 즐겼을 거란 얘기지. 왜? 내 말이 틀려?"

"소, 소관은 절대 초대에 응하지 않았을 것이옵니다……."

"오늘 강원도 동쪽 고을 수령 여섯 놈이 현장에서 붙잡혔어. 근데 홍천은 강릉이랑 제법 가깝지. 솔직하게 말해 봐. 정말 관찰사 놈이 초청하는데도 강릉에 안 올 자신이 있어?"

"……없었을 것이옵니다."

"그래, 솔직하게 나와야 나도 말을 하기 편하지. 내가 현감이라도 관찰사 놈이 부르면 당장 달려갔을 텐데 뭐. 그렇다고 저지르지도 않는 죄로 장 현감을 벌주자는 거는 아냐."

"……."

"내가 하고 싶은 말은 이거야. 장 현감은 이번에 운이 아주 좋았으니까 그 운을 꼭 잡고 놓치지 말라는 거야. 그리고 허튼 생각이 들 때마다 지금 도성으로 끌려가고 있는 관찰사 놈의 미래를 떠올려 봐. 그럼 없던 정신도 번쩍 들 테니까."

"명, 명심하겠사옵니다."

"이만큼 갈궜으면 알아들었겠지. 엎드려."

"예?"

"엎드리라고."

"예, 전하……."

"두석아."

"여기 있사옵니다."

왕두석이 달려와 강원 관찰사 관인과 병부를 건넸다.

난 관인과 병부를 양손에 쥐고 일어났다.

"홍천 현감 장익주를 현 시간부로 강원 관찰사 직에 제수한다."

엎드려 있던 장익주의 몸이 부르르 떨렸다.

이런 식의 반전은 예상 못 한 모양이다.

"강원 관찰사 장익주는 흐트러진 강원도 관아의 기강을 바로잡고 기근에 허덕이는 백성을 진휼하는 데 최선을 다하라!"

"성, 성은이 망극하옵니다."

큰절을 올린 장익주가 떨리는 손으로 관인과 병부를 받았다.

"관찰사는 당분간 강릉 관아에 머물며 이번 일의 뒤처리를 확실히 매듭지으시오. 놀란 백성이 동요하지 않게 신경 쓰고."

"예, 전하."

"동헌 곳간에 남은 양곡이 있으면 굶고 있는 백성에게 전부 푸시오. 만약, 없으면 놈들의 재산을 처리해서라도 떠나간 민심을 다시 얻도록 하시오. 내 관찰사의 실력을 지켜보지."

"성심을 다하겠사옵니다."

"말로만 하지 말고, 진짜 성심을 다하시오."

"여, 여부가 있겠사옵니까."

남은 일은 장익주에게 맡기고.

난 용호군, 성이성 등을 데리고 느티나무로 돌아갔다.

내가 다른 건 몰라도 약속 하나는 꼭 지키는 놈이다.

느티나무에 걸려 있던 놈들은 네 명만 남고 다 도망쳤다.

당연히 그 네 명은 이미 죽은 몸이라 도망치지 못했고.

아쉽진 않다. 애초에 오봉서원 놈들을 낚기 위해 쓴 미끼였으니까.

그리고 조무래기 몇 놈 잡으려고 이 고생을 한 것도 아니고.

곧 근처 사는 장의사를 불러 임시 매장한 일가족의 시신을 제대로 염해 관에 다시 안장하고 양지바른 땅을 찾아 묻었다.

무덤 앞에는 석공이 공들여 만든 비석도 세웠다.

왕두석과 홍귀남이 슬쩍 다가와 물었다.

"제사 음식을 구해 왔는데 제를 올려도 되겠사옵니까?"

"잘했다. 그건 나도 미처 생각 못 한 건데."

성이성이 상주가 되어 술을 올리고 향을 태우고 절을 올렸다.

난 그 모습을 지켜보다가 고개를 돌려 하늘을 보았다.

긴 하루가 끝나 가면서 날이 많이 어둑해졌다.

고요히 내려앉는 어둠을 보며 많은 생각이 들었다.

난 지금 제대로 하고 있나?

열심히 한다고는 하는데 혹시 내 노력이 부족하진 않았나?

좀 더 일찍 알았더라면 이 가족을 살릴 수 있었을까?

삼정승이 강원도 민심이 흉흉하다고 했을 때.

성이성만 보낼 게 아니라, 용호군을 파견해 살펴봐야 했을까?

그럼 오늘과 같은 비극이 없었을까?

물론, 내가 신이 아닌 이상 가지 않은 길은 알 수 없다.

내 개혁은 전형적인 탑다운 방식이다.

큰 틀에서 나라의 제도나 법령을 고치거나 혁파해, 거기서 나온 긍정적인 효과가 백성에게 미치길 기대하는 방식이다.

내가 임금이기에 취할 수 있는 거의 유일한 방식이기도 하고.

이런 방식은 성공할 확률이 높단 장점이 있다.

단점은 성공하기까지 시간이 오래 걸린다는 거고.

호포제만 봐도 그렇다.

제도는 이미 정착되었지만 거기서 발생한 실수, 혹은 여파가 오늘 이 일가족과 같은 무고한 피해자를 만들어 내고 있다.

탑다운의 반대는 바텀업이다.

말 그대로 밑에서 위로 올라가는 형태의 개혁 방식이다.

다시 호포제로 예를 들면. 민중이 먼저 군역의 불평등에 분노해 혁명을 일으키고. 그 결과로 정부나 군이 호포제와 같은 정책을 도입하는 거다.

바텀업은 결과를 빠르게 알 수 있단 장점이 있다.

프랑스 혁명, 한국의 6월 항쟁처럼 단기간에 결과가 나온다.

당연히 단점도 있다.

이는 반드시 민중에게 어느 정도의 희생을 요구한다.

또한, 바텀업 방식의 개혁은 실패할 확률도 높다. 결과를 내기도 전에 민중이 진압되어 버리는 경우도 많으니까.

민중 혁명가가 아닌 난 애초에 쓸 수 없는 방식이기도 하고.

그럼 어떻게 해야 하지?

전에 세워 둔 계획을 계속 고수해야 하나?

아니면 좀 더 개혁 드라이브를 강하게 거는 게 좋을까?

피를 조금 보더라도 말이다.

그 순간, 갑자기 하나 있는 국가 스킬이 떠올랐다.

역동의 표상! (S)

한 국가의 국민성을 어떤 식으로든 정의하는 행동은 위험하기도 하고 불가능하기도 하다. 그래도 국민 대다수가 같은 공감대를 형성한다면 국민성의 하나로 봐도 괜찮지 않을까?

역동의 표상 스킬은 국가 레벨이 오를 때마다 더 많은 수의 국민이, 더 빠른 속도로 정부가 제안한 정책을 수용한다. 물론, 레벨이 오른다고 항상 좋은 결과로 이어지진 않는다.

※국가 스킬 첫 개방 특전으로 1, 2레벨 완료 상태로 시작함

현재 2레벨 완료

-국민 10퍼센트가 10퍼센트 빨라진 속도로 정책을 수용함

그래, 이거야!

탑다운 개혁 방식을 고수하면서 국민의 지지를 얻어 바텀업이 내는 효과를 더한다면 개혁이 좀 더 수월해지지 않을까?

막 그런 생각을 하는 중인데.

백성이 하나둘 모이더니 금세 수천으로 불어났다.

강원도 인구 밀도를 생각하면 무시 못 할 숫자다.

백성은 멀리서 지켜보다가 내가 쳐다보면 큰절을 올렸다.

"흠, 두석아, 가서 저들의 촌장을 데려와라."

"예, 전하."

곧 허름한 노인 하나가 허리를 숙이며 걸어와 무릎을 꿇었다.

난 촌장을 일으켜 세우고 물었다.

"백성들이 왜 모여 있지?"

촌장이 떨리는 목소리로 대답했다.

"다들 상감마마께 죄를 청하기 위해 모였사옵니다."

"그게 무슨 소리야? 죄를 청하다니? 왜?"

"길동이네가 잡혀갈 때, 소인들은 다 알고 있었지만 해코지 당할 것이 무서워 문을 걸어 잠그고 내다 보지 않았사옵니다."

"흐음."

"더욱이 양반님네들이 길동이네를……, 길동이네를 저렇게 끔찍한 모습으로 만들었을 때도 무서워 아무도 그들을 도

와주지 않았사옵니다. 느티나무 앞을 매일 걸어 다니면서도 그냥 쳐다보기만 했지, 그래서는 안 된다고 용기 있게 말하지 못했사옵니다. 어, 어찌 이것이 죄가 아니겠사옵니까?"

그러면서 촌장이 엎드려 통곡했다.

"그게 어찌 너희들의 탓이겠느냐. 다 과인이, 그리고 과인이 제수한 고을 수령이 정치를 잘못해 그런 거지. 너흰 죄책감을 가질 필요 없다. 그래도 죽은 길동이네를 위해 뭔가를 해 주고 싶다면 무덤을 잘 관리해 다오. 그거면 충분하다."

"망, 망극하옵니다."

촌장이 돌아가고 나서 우린 바로 도성으로 출발했다.

다음 날 저녁.

강릉 밖에 있는 놈들을 잡으러 간 고검 일행이 합류했다.

고검 뒤로 이번 사건에 책임 있는 자들이 줄줄이 끌려왔는데. 다행히 대가리가 깨진 놈은 없었다.

하긴 대가리가 깨졌으면 끌려오지도 못했겠지.

고검이 합류하고 나선 속도를 더 높였다.

다행히 더 어두워지기 전에 원주 감영에 들어갈 수 있었다.

관찰사가 강릉에서 어찌 되었는지 다들 들은 모양이다.

관원, 아전, 군졸 모두 긴장한 얼굴로 몸 둘 바를 몰라 했다.

이건 내가 불편해서 못 봐주겠네.

바로 성이성을 시켜 적당히 달래 주게 하였다.

다행히 얼마 지나지 않아 다들 평소 모습으로 돌아왔다.

자정이 훌쩍 넘은 시각.

강대산이 안교안, 고검을 데리고 찾아와 자던 나를 깨웠다.

오랜만에 푹 자다가 깨어서 기분이 영 별로였다.

"급한 일 아니면 내일 아침에 보고해도 되잖아."

"황공하옵니다, 전하. 하오나 빨리 알려 드리는 게 좋을 듯하여……"

"무슨 일인데?"

"양양으로 갔던 고검 군장의 부하들이 김덕술이란 생원의 집을 수색하던 중에 발견한 문서인데 한번 읽어 보시옵소서."

그러면서 강대산이 종이 몇 장을 건넸다.

난 재빨리 훑어보았다.

결론부터 말하면 사발통문이다.

사발통문이란 문서에 사발처럼 둥근 원을 그려 놓고 나서 그 주위에 계획에 참여한 사람의 이름을 돌아가며 쓰는 거다.

이렇게 하면 계획을 세운 주동자를 알기 어렵다.

사발 주위를 돌아가며 세로쓰기로 직책 없이 이름만 적혀 있을 뿐이라, 그중에 누가 주동자인지 알 방법이 없는 거다.

그런 이유로 보통 반란군이 자주 사용하지.

근데 이 사발통문엔 계획, 목적, 일시 같은 정보가 전혀 없다.

그냥 이름만 달랑 적혀 있었다.

그리고 그런 문서가 무려 네 장이나 되었다.

뭔가 구린 냄새가 풍긴다.

난 문서를 돌려주며 물었다.

"이게 뭔지 알아냈으니 급히 날 찾은 거겠지?"

"안 군장이 알아냈사옵니다. 어서 전하께 말씀드리게."

안교안이 약간 긴장한 표정으로 다가앉았다.

"전하, 신이 부하들과 몇 시간 동안 분석한 결과, 오봉서원처럼 각 도를 대표하는 서원의 제향에 참여하는 지방 유지, 혹은 유생의 명단을 적은 사발통문이 분명하옵니다."

난 벌떡 일어나 물었다.

"확실해?"

"확실하옵니다."

"목숨을 걸고?"

"예, 전하. 목숨을 걸 수 있사옵니다."

"좋았어. 고 군장이 노다지를 캐 왔구만, 하하하!"

"하하하!"

고검은 영문을 모르는 눈치지만 같이 따라 웃었다.

어쨌든 공을 세웠단 소리니까.

냉정한 안교안은 역시 이런 페이스에 말려들지 않는다.

"추룡군을 지방으로 보내 정확한 사정을 알아보시겠사옵니까?"

"이런 물고기를 낚으려면 낚싯대가 번듯해야 해. 자칫 잘못하면 불법으로 만든 낚싯대를 썼다며 뭐라 할 인간이 조정에 천지거든. 그럼 낚싯대가 합법으로 만들었는지, 불법으로 만들었는지에 관심이 쏠려 물고기는 그사이 도망쳐 버리지."

강대산과 고검은 어리둥절한 표정이다.

다만, 안교안은 내 말을 이해한 듯 고개를 주억거렸다.

"누가 가서 성이성 어사를 깨워 데려와라!"

"예, 전하!"

성이성이 오는 동안.

난 물고기를 낚을 계획을 세웠다.

110장. 이런 우연이 있나!

성이성도 아직 잠들지 않았던 모양이다.

바로 긴장한 얼굴로 달려왔다.

"신을 급히 찾으신단 말을 듣고 왔사옵니다."

난 그런 그에게 대뜸 선언부터 하였다.

"성이성 어사가 지금부터 어사원의 대어사를 맡아 줘야겠소."

"어사원이 무엇이옵니까?"

"과인은 이번 사건으로 얻은 교훈을 활용하기 위해 지금부터 암행어사를 팔도 전역에 정기적으로 파견할 생각이오."

"……."

"어사원은 그런 암행어사를 선발, 파견, 관리하는 기관이요.

그리고 대어사는 짐작대로 어사원 수장을 가리키는 말이고."

"감찰은 이미 사헌부가 하는 것으로 아옵니다만."

"안타까운 일이지만 사헌부는 이미 정치적으로 변질되었소. 대소 신료를 감찰하기 위해 만들어 놨더니 미친놈들이 정적이나 경쟁 당파를 제거하는 일에 붓을 휘두르고 있으니까."

"……."

"과인이 어사원을 만들려는 건 지방 권력을 감찰하는 기능이 필요해서기도 하지만 사헌부를 견제하려는 목적 역시 크오."

"무슨 뜻인지는 알겠사오나 거듭 생각해도 신이 감당하기에는 너무 벅찬 자리 같사옵니다. 부디 명을 거두어 주시옵소서."

"하, 벅차다고? 부럽네, 부러워. 아주 부러워 죽겠어."

"어, 어찌 그런 듣기에 황망한 말씀을 다 하시옵니까?"

그 순간.

"저흰 잠시 나가서 볼일 보고 오겠사옵니다."

눈치 빠른 강대산이 군장들과 서둘러 뛰쳐나갔다.

왕두석도 눈치 빠른 거론 전혀 안 뒤지지.

내 눈치를 슬슬 보던 놈이 홍귀남 등을 데리고 슬쩍 내뺀다.

이제 너른 대청엔 나와 성이성만 남았다.

성이성도 눈치가 없는 사람은 아니다.

"신, 신이 해서는 안 될 말을 한 것이옵니까?"

"그런 거 아니니까, 당황하지 마."

"한데 다른 이들은 갑자기 왜 자리를 피하……."

"난 그냥 순수하게 성 어사가 부러워서 그런 말을 한 거야."

"전, 전하께서 신을 부러워할 이유가 없지 않사옵니까?"

"없긴 왜 없어. 나도 가끔은 내가 분수에 넘치는 자리에 앉아 있진 않은지 고민한다고. 왜? 난 생각 없이 사는 줄 알았어?"

"신이 감히 그, 그런 불경한 생각을 품을 리 있겠사옵니까?"

"말을 더듬는 걸 보면 한 적이 있나 본데?"

"절대 아니옵니다. 믿어 주시옵소서."

"좋아. 믿어 주지. 근데 어느 날, 가만 멍때리다가 갑자기 생각난 건데 왕을 시켜 준다고 하면 분명 조선 어딘가에 나보다 100배쯤 잘하는 이가 있을지도 모른단 의심이 들더라고."

"……."

"아니, 반드시 있겠지. 조선 인구가 비공식까지 다 치면 1,000만쯤 될 텐데 설마 그런 인재 하나 없으려고. 그렇지 않아?"

"맞사옵……."

내 말이 이치에 합당한 것처럼 들렸나 보다.

무심코 동의를 표하던 성이성이 화들짝 놀라 수습했다.

"전, 전하보다 잘할 수 있는 사람은 절대 없을 것이옵니다."

"알았으니까 계속 들어 보라고. 나보다 왕 노릇을 더 잘할 수 있는 사람이 있으면 이 귀찮은 왕 자리 확 물려주고 나서 난 떵가떵가 놀면서 사는 거야. 그럼 얼마나 행복하겠어?"

"……."

"근데 난 성 어사처럼 하기 싫다고 이 자리를 버릴 수가 없어. 왜냐고? 이게 내게 주어진 운명이니까. 내가 아버지 아들로 태어나는 바람에 버리고 싶어도 버릴 방법이 없는 거야."

"……."

"그러니 내가 어떻게 성 어사가 부럽지 않겠어? 성 어사처럼 조선을 위해 이 한 몸 바칠 영광스러운 기회를 주는데도 분수가 넘치느니, 그 자리에 자기가 안 맞느니 하며 거절할 수가 없는 거야, 나는. 계속 그 생각을 하니까 너무 억울해서 1년에 한 번 흘리는 눈물이 다 나려 하네, 젠장맞을."

난 손가락으로 눈자위를 찔러 강제로 눈물을 뽑았고.

그런 나를 지켜본 성이성은 안절부절못했다.

"전, 전하, 울지 마시옵소서. 신이 하겠사옵니다."

"뭐를?"

"전하께서 명하신 대로 대어사를 맡아 어사원이 성공적으로 임무를 수행할 수 있게 분골쇄신의 각오로 임하겠사옵니다."

"정말이야?"

"종묘사직 앞에 맹세하시라면 그렇게 하겠사옵니다."

"하하하, 그거참 잘되었소. 역시 성 어사는, 아니지, 이제는 대어사로 불러야지. 성 대어사는 역시 조선을 사랑하는 마음이 지극한 충신이오. 난 첨 봤을 때부터 알아봤다니까."

성이성이 갑자기 돌변한 내 태도에 놀라 벙쪄 있을 때. 용호군과 선전관이 어느새 자기 자리로 돌아와 명을 기다렸다.

난 그가 정신을 차리기 전에 페이스를 더 끌어올렸다.

"평소에 속으로 '저놈은 암행어사 시키면 잘하겠네.'라고 점찍어 둔 자가 있소? 있다면 몇 명이나 되오? 한 네 명쯤 되오?"

성이성도 슬슬 내 페이스에 말려들어 갔다.

"그렇게 생각한 자가 서너 명 있긴 하옵니다만……."

"좋소. 아주 좋소. 그 네 명에게 이 사발통문을 한 장씩 나눠 주고 황해도, 충청도, 경상도, 전라도 이 네 지역을 암행 감찰하라 하시오. 특히, 고을 수령과 서원에 드나드는 자들의 유착 관계를 파악하는 데 집중하라 하시오. 안 군장아."

"예, 전하."

안교안이 바로 사발통문을 꺼내 성이성에게 건넸다.

얼떨결에 사발통문을 받은 성이성이 입을 열려 할 때.

잽싸게 내가 먼저 입을 열어 타이밍을 빼앗았다.

"극비로 다뤄야 하는 일이니까 사헌부 인력 대신에 용호군을 활용하시오. 그들이 사헌부보다 몇십 배는 더 나을 거요."

"하오나……."

"아, 그걸 말 안 했네. 어사원은 과인의 직속 기구로 배치될 거요. 그리고 아직 조정에는 알릴 생각이 없소. 조정에서 지랄발광할 게 뻔하니까 일단 어사원이란 조직은 물밑에 숨겨 두고 통상적인 암행어사 활동인 거마냥 위장하시오. 분위기가 만들어지면 조정에 통보하고 공식 출범시키겠소."

"그러면……."

"안 군장, 자네가 먼저 성 대어사와 돌아가 일이 되게 만들어 봐. 그리고 인선이 마무리되면 내 명령 기다릴 거 없어. 바로 지방으로 내려보내 암행 감찰 업무에 들어가라고."

"예, 전하."

안교안이 벌떡 일어나 눈빛으로 성이성을 재촉했다.

성이성도 이미 엎질러진 물인 걸 안 모양이다.

일어나서 큰절을 올리고 안교안의 뒤를 따라나섰다.

두 사람이 떠나고 나서 고검이 살벌한 얼굴을 쓱 들이밀었다.

"전하, 소장이 뭐 하나 여쭤봐도 되옵니까?"

난 슬쩍 상체를 젖히며 물었다.

"허락 안 해 주면 안 물어볼 거야?"

"아마……, 그렇지 않을까요?"

"됐어. 그래서 궁금한 게 뭔데?"

"강원도에서 잡은 놈들과 사발통문을 적당히 엮으면 굳이 암행어사를 보낼 필요 없이 다 잡아들일 수 있지 않사옵니까?"

"이런 일은 절차가 중요해. 절차에 하자가 있으면 결과가 나와도 의심하는 이가 생기지. 난 그런 걸 원치 않는 거야."

강대산이 그제야 뭔갈 깨달았다는 듯 반색하며 물었다.

"좀 전에 말씀하신 낚싯대의 비유도 그런 뜻이옵니까?"

"맞아. 아무리 커다란 고기를 잡아도 낚싯대가 이상하면 반드시 책잡히기 마련이야. 그러면 그사이 고기가 도망쳐 버리지."

내가 이걸 어떻게 아냐고?

123

역사가 가르쳐 줬지.

달을 가리킨다고 다 달을 보는 게 아니란 걸.

누군가는 달을 가리키는 손가락에 더 관심을 보이니까.

그래서 모든 이가 달을 바라보며 저게 진짜 달임을 인정하게 만들려면 가리키는 손가락에 하자가 전혀 없어야 한다.

다음 날, 우린 원주 감영을 출발해 도성으로 이어지는 대로로 들어섰다.

◆ ◈ ◆

도성에 도착한 성이성은 안교안의 도움을 받아 신속하게 움직였다.

당연히 성이성도 일머리가 있는 자였다. 그렇지 않았으면 무려 네 번이나 암행어사에 뽑힐 수 없었겠지.

암행어사의 덕목은 크게 두 가지다.

냉철함과 청렴함.

냉철함은 암행어사 업무 전반과 관련한 덕목이고.

청렴함은 암행어사란 지위 그 자체와 관련 있는 덕목이다.

부패한 지방 관리를 잡으라고 암행어사를 보내 놨는데 관리를 잡긴커녕, 오히려 뇌물을 받아 챙기는 데 더 열심이라면?

혹을 떼려다가 더 큰 혹을 붙인 꼴이 된다.

그게 암행어사 제도의 실효성에 의문이 제기된 이유다.

성이성은 두 덕목을 갖춘 흔치 않은 인재의 명단을 만들었

고. 안교안은 즉시 명단에 오른 이들의 소재지에 부하를 보내
별다른 보충 설명 없이 서찰이 든 두툼한 봉투부터 건넸다.

봉투 겉면에는 단 세 마디만 적혀 있을 뿐이다.

「이 서찰을 받는 순간부터 가족은 물론이거니와 주변의 그
누구에게도 행선지를 말하지 말고 눈에 띄지 않게 조용히 도
성 밖으로 나가시오. 그리고 역시 아무도 없는 조용한 장소를
찾아 서찰을 뜯어보고 그대로 실행하시오. 만약, 이를 한 치
라도 어길 시에는 국법으로 엄히 다스릴 것이오.」

암행어사는 극비 임무다.

사람들이 보는 데서 '당신이 이번에 파견되는 암행어사요.'
라 말하면 그 소문은 발 없는 말보다 더 빨리 지방에 퍼진다.

이런 사태를 막기 위해 이런 절차가 필요한 거다.

안교안의 부하에게 봉투를 전해 받은 암행어사 세 명은
행선지를 말하지 않고 도성을 나와 조용한 곳에서 봉투를
뜯었다.

봉투 안에는 마패와 감찰해야 하는 지역 이름이 적혀 있다.

물론, 이번에는 서류 한 장이 더 있었다.

바로 이름 수십 개가 적힌 사발통문이다.

안교안은 암행어사에게 말과 여비, 그리고 추룡군 소속 유
능한 직원을 붙여서 임무를 신속하게 수행할 수 있게 도왔다.

곧 황해도, 충청도, 경상도를 맡은 암행어사가 떠났다.

다만, 전라도를 맡을 암행어사가 정해지지 않는 게 문제였다.

성이성은 초조한 표정으로 안교안에게 물었다.

"전라도를 맡기로 한 어사는 여전히 행적이 묘연하오?"

"전달에 병을 핑계로 벼슬을 내놓고 물러 나와 친구를 만나겠다며 평양으로 올라가고 나선 종적이 묘연하다고 합니다."

"이거 큰일이구만. 전하께서 도착하기 전에 출발해야 할텐데."

"맞습니다. 전하께선 자비로우신 분이지만 전하 본인이 세운계획에 조금이라도 어긋남이 있으면 불같이 화를 내시지요."

"흐음, 이거 내가 직접 전라도도 내려가야 하는 건가……."

그 순간, 거짓말처럼 그들이 있는 안가 담 밖으로 아는 이가 지나갔다.

성이성은 안교안이 말릴 틈도 없이 버선발로 뛰쳐나가 앞에서 휘적휘적 걸음을 옮기는 중년 사내의 어깨를 붙잡았다.

"자네 반계 아닌가?"

반계라 불린 중년 사내도 성이성을 보고 반가워했다.

"아니, 계서 영감 아니십니까? 몇 해 전에 지방 원님을 제수받았단 소식을 들었는데 도성엔 어인 일이십니까? 아, 중앙으로 영전하신 겁니까? 그럼 유 모가 축하를 드려야겠습니다."

"그게 사정이 좀 복잡하네."

"그렇습니까?"

"자네. 바쁘지 않으면 나랑 이야기 좀 하는 게 어떤가?"

잠시 생각하던 중년 사내가 선뜻 성이성을 따라나섰다.

곧 안가에서 통성명이 이루어졌다.

성이성이 먼저 중년 사내를 안교안에게 소개했다.

"이쪽은 호남에서 알아주는 학자인 반계 유형원일세."

안교안도 이름을 들어 본 적 있는 모양이다.

먼저 깍듯하게 인사했다.

"처음 뵙습니다. 성이성 대감 밑에서 일하는 안교안이라
합니다."

"만나서 반갑소. 눈빛을 보니 보통 분이 아니신 듯한데……."

유형원이 안교안의 정체를 캐묻기 전에 얼른 성이성이 나
섰다.

유형원을 자리에 억지로 앉히고 나서 급히 물었다.

"그런 자네야말로 이 먼 도성에는 웬일인가? 평소에는 제자
들 가르친다고 부안 집 밖으로는 잘 다니지도 않던 사람이."

"오랜만에 관직 생활하는 친구를 만나서……."

유형원은 그러면서 안교안을 슬쩍 보았다.

안교안 앞에서는 말하기 힘든 내용인 모양이다.

눈치 빠른 안교안이 차를 가져온단 핑계로 나가고 나서.

유형원이 목소리를 낮춰 말했다.

"오랜만에 스승님을 만나 안부 인사를 드리는 김에 겸사겸
사 긴히 부탁드릴 일이 있어 큰마음 먹고 올라오는 길입니다."

"허목 대감에게? 무슨 부탁을?"

"요즘 부안과 그 근방 고을 수령의 학정이 부쩍 심해져 백
성의 고충이 이만저만 아닙니다. 초야에 묻혀 사는 소생의 귀

에도 그런 소리가 들려올 정도니 정말 심각하단 뜻이지요."

"그럼 부탁하려는 일이 설마?"

"계서 영감이 짐작하신 대롭니다. 암행어사를 전라도에 보내 줄 수 없나 알아보기 위해 도성까지 한달음에 달려온 게지요."

"이런 우연이 있나!"

쾌재를 부른 성이성은 바로 유형원을 설득했다.

"자네가 직접 암행어사를 맡아 해 보는 게 어떻겠나?"

"그게 무슨 말씀이십니까?"

성이성은 자초지종을 설명하고 다시 물었다.

"암행어사를 해 보지 않겠나?"

유형원은 고개를 저었다.

"소생은 일전에 전하를 알현한 자리에서 벼슬길에 절대 나아가지 않겠노라 말씀드렸사옵니다. 한데 제 사정이 급하단 이유로 암행어사를 한다면 그건 겉과 속이 다른 행동이지요."

"그때와 지금은 상황이 다르네. 그땐 전하께서 일방적으로 자넬 끌어들이려 한 거지만 지금은 오히려 자네가 먼저 부탁하러 올라온 길 아닌가? 걱정하지 말게. 암행어사 임무만 끝나면 절대 붙잡지 않겠네. 내 이름 석 자를 걸고 맹세하지."

"그래도⋯⋯."

"학정에 백성의 고충이 크다며? 설마 자존심 때문에 고통받는 백성을 모른 척할 생각인가? 더구나 그들은 자네 이웃이 아닌가?"

유형원도 성이성의 간곡한 설득에 넘어가고 말았다.

그를 마지막으로 마침내 암행어사 인선이 모두 끝난 거다.

유형원이 추룡군 과장 최제문과 전라도로 출발했을 때.

임금이 돌아왔단 소문이 사대문을 중심으로 순식간에 퍼졌다.

111장. 백성을 계도할 권한은 누가 줬는데?

난 통보도 없이 입성해 바로 의금부 국청을 찾았다.

"이상민, 유경필, 박손득, 양대찬, 양고천, 김덕술을 국문하겠다."

"예, 전하!"

금부도사가 호명한 죄인 여섯을 끌고 와 형틀에 묶는 사이.

나장은 화로에 불을 피워 인두와 집게를 달구었다.

고문 도구는 그게 다가 아니다.

죄인의 주리를 트는 데 쓰는 몽둥이와 손톱, 발톱 밑을 찌르는 바늘, 압슬형에 쓰는 사기그릇과 바윗돌도 속속 들어왔다.

국청에 피 냄새와 살 타는 냄새가 괜히 밴 게 아니다.

죄인들은 점점 늘어나는 형구를 보며 얼굴이 하얗게 질렸다.

국문을 받고 살아난 예가 거의 없음을 아는 거다.

보통은 고문 도중에 죽거나, 고문에 못 이겨 자백해 죽는다.

고문이 얼마나 무서운 거냐면.

없는 죄도 만들어 자백하는 죄인이 부지기수다.

고문을 당하느니 차라리 빨리 죽는 편이 낫단 거다.

지금처럼 임금인 내가 직접 국문하는 행위를 친국이라 한다.

당연히 친국은 가장 심각한 중죄를 다룰 때 열리는데 대역죄 등 왕권에 직접적인 영향을 주는 죄인 경우가 많다.

난 옥좌에 앉아 드라마에서 나오는 장면처럼 소리쳤다.

"이상민 네 이놈, 네 죄를 알렸다!"

그럼 당연히 이상민의 반응도 드라마처럼 나온다.

"신은 억울하옵니다!"

"뭐가 억울한데?"

"신은……, 신은 양대찬, 양고천이 무고한 백성 일가족을 살해하여 느티나무에 매달았단 사실을 보고받지 못했사옵니다."

"그래?"

"정말이옵니다. 믿어 주시옵소서!"

"그럼 오봉서원에 항의하러 간 백성이 양씨 부자에게 당해 수십 명이 죽고 수십 명이 크게 다친 사건도 넌 모르겠네?"

"그, 그렇사옵니다."

"뭐 지금은 그렇다고 해 두지. 분명 과인이 이번 한파의 여파가 사라질 때까지 각 고을 수령은 임지를 떠나지 말고 굶주린 백성을 진휼하는 데 최선을 다하란 엄명을 내렸는데 그건 왜 안 지켰어? 엄명이 무슨 뜻인지 몰라 안 지켰어?"

"그, 그건……. 죽, 죽여 주시옵소서!"

"암튼 넌 계속 억울해하고 있어."

난 고개를 돌려 탐관오리 레퍼런스 같은 유경필에게 물었다.

"넌 강릉 부사잖아. 그렇지?"

"그, 그렇사옵니다."

"네놈의 코앞에서 백성 수십 명이 죽어 나가는 걸 몰랐다면 넌 무능한 개새끼가 되는 거고, 알았다면 천하에 상종 못할 개쓰레기 새끼가 되는 건데, 넌 어느 쪽을 고를 거야?"

"소, 소관은 억울하옵니다."

"너도 억울해?"

"그, 그렇사옵니다. 소관은 양대찬, 양고천 부자의 감언이설에 속아 넘어간 것이옵니다. 소관이 만약 그들의 죄를 알았다면 바로 하옥하고 나서 조정에 장계를 올렸을 것이옵니다."

"무능한 개새끼 쪽이 그나마 낫다는 거구만."

난 혀를 차고 나서 양양 부사 박손득을 보았다.

"하, 넌 뭐 할 말 있냐?"

"저어언하, 소관은 관찰사의 지시를 따랐을 뿐이옵니다."

"상관을 팔아먹는 전략이로군. 너무 진부해서 하품이 나오네."

난 이어 양대찬, 양고천 부자에게 물었다.

"너넨 무슨 깡으로 그런 엄청난 짓을 저지른 거냐?"

양대찬은 그나마 기개가 있었다.

그 기개가 등신 같아서 좀 그렇긴 하지만.

"성리학과 주자학을 배워 백성을 올바르게 가르칠 책임이 있는 사족으로서 어찌 공자님께 제향 올리는 일을 방해한 자들을 그냥 둘 수 있었겠사옵니까? 아마 전하께서 소생의 위치에 있었다면 똑같이 행동할 수밖에 없었을 것이옵니다."

"백성을 계도할 권한은 누가 줬는데?"

"그, 그건 조선을 개국한 신진사대부로부터 면면히 이어져 내려온 아름다운 전통이옵니다. 이는 사족의 명예가 걸린 일인 만큼, 전하께서도 전통을 무너트려선 안 될 것이옵니다."

"전통? 무슨 전통? 사람 죽이는 전통도 전통이냐?"

"이는 일벌백계 차원에서 본보기를 보이기 위해……."

"이거 완전 돌은 새끼네! 아니면 진짜 지가 무슨 제후나 호족인 줄 아는 건가? 할 수만 있으면 니 대가리를 깨서 안에 뭐가 들었는지 보고 싶다. 내 손 더러워질까 봐 안 한다만."

그때, 고검이 슬쩍 손을 들었다.

"소장이 하겠사옵니다."

"뭘?"

"저놈의 대가리를 깨서 안을 보여 드리겠사옵니다."

"강 대장, 쟤 좀 데려가서 내 눈에 안 보이는 데다 처박아 둬."

"예, 전하!"

133

강대산이 고검의 입을 막아 어딘가로 끌고 갔을 때.

마침내 기다리던 배우들이 등장했다.

삼정승, 육조판서, 삼사 수장, 도승지 등 당상관 이상에 해당하는 대신 수십 명이 헐레벌떡 국청 안으로 뛰어 들어왔다.

그들은 내가 온단 첩보를 접하고 급히 동대문으로 마중 나갔다가 뒤늦게 의금부에 있단 소식을 듣고 다시 돌아온 참이다.

숨을 헐떡이는 그들 앞에 펼쳐진 광경은 경악 그 자체였다.

난 그동안 친국을 단 한 차례 했을 뿐이다.

그마저도 별다른 여파 없이 끝났고 죽은 사람도 없다. 다들 사철광산에 끌려가 죽을 때까지 노역했을 테지만 어쨌든.

심지어 날 죽이려는 복창군의 역모가 발각되었을 때조차 좌의정 조경에게 맡겨 두고 신경 쓰지 않은 사람이 바로 나다.

한데 그런 내가 돌아오기 무섭게 친국에 들어갔다.

이는 그들이 느끼기에 분명 심상치 않은 징조다.

특히, 이상민의 형인 대사헌 이상진과 유경필의 사촌인 형조판서 유계는 얼굴이 붉으락푸르락해져 거의 폭발 직전이다.

눈빛이 표독한 게 허점을 보이면 바로 날 잡아드실 기세다.

원래 친족이 의금부에 잡혀 오면 발발 떨어야 한다.

100퍼센트 연좌제로 끌려 들어가는 게 보통이니까.

근데 떨긴커녕, 오히려 공격할 타이밍을 보는 이유는 하나다.

둘 다 서인의 중진이기 때문이다.

자기들이 나서면 분명 다른 서인이 도와줄 거라 믿는 거다.

정말 가소롭네.

그 순간, 이경석과 조경, 원두표가 일제히 머리를 조아렸다.

"제때 마중을 나가지 못해 황송하옵니다."

"그건 됐고. 그보다 과인이 자리를 비운 동안, 별일 없었소?"

이경석이 대표로 대답했다.

"한파 외에는 특별한 일은 없었사옵니다."

원두표가 툭 끼어들었다.

"전하께서 사적인 일로 대궐을 너무 오래 비우신 데다, 중전 마마가 말을 타고 거동한다는 소문이 도성에 퍼지는 바람에 윗 전 두 분의 심기가 그다지 썩 좋아 보이지 않았습니다."

"윗전의 일은 과인이 알아서 할 문제요. 우상은 신경 끄시오."

원두표는 뭐라 하려다가 이경석의 눈짓을 받고 입을 다물 었다. 대신, 입을 댓 발 내미는 걸로 불만을 표출했다.

일국의 재상이란 사람이 무슨 코흘리개 애도 아니고.

난 혀를 차고 나서 이경석에게 다시 물었다.

"과인이 보낸 구황작물은 잘 보급되는 중이오?"

"예, 전하. 각 고을에서 수령들이 장계를 올려 보고 중이온데, 함경도 최북단과 제주도를 제외하면 순조로운 편이옵니다."

"곧 제물포에 장현의 선단이 도착할 거요. 삼정승은 호조 와 협력해 한파의 피해가 심한 고을부터 구휼미를 보급하시 오. 구황작물에 구휼미를 보태면 올겨울과 내년 봄은 넘길 거 요. 설마 내년에도 올해 같은 한파가 찾아오지는 않겠지."

"어명을 받들겠사옵니다."

조용히 서 있던 조경이 마침내 입을 열었다.

"전하, 이번 국문은 직접 하시겠사옵니까?"

"당연히 그러려고 여독도 풀기 전에 여기 와 있는 거 아니겠소?"

"분명 저들이 저지른 짓이 괘씸하긴 하나 전하께서 친국하실 정도의 사안은 아닌 것 같사옵니다. 의정부와 형조에 국문을 위임하고 전하께선 돌아가서 쉬시는 게 어떻겠사옵니까?"

"좌상!"

내 언성이 높아지니 당사자인 조경뿐만 아니라, 몰래 대화를 엿듣던 다른 대신들까지 움찔하며 급히 머리를 조아렸다.

"예, 전하."

"좌상은 역린이라는 말을 들어 보았겠지?"

"용의 몸에 거꾸로 난 비늘을 가리키는 말로 알고 있사옵니다."

"잘 아는군. 과인은 날 죽이려던 복창군을 국문하는 일을 좌상에게 맡겼을 정도로 아주 자비로운 군왕이오. 한데 그런 과인에게도 용납 못 하는 역린이 하나 있소. 뭔지 아시오?"

"신이 우둔하여 미처 그것까진 알아내지 못했사옵니다."

"바로 무고한 백성을 해하는 행위요!"

"……"

"여기 있는 대신들이야 몇몇을 제외하면 유복한 환경에서 자랐을 거요. 그리고 과거에 좋은 성적으로 급제하고 나서 청

요직을 거쳐 지금 자리에까지 오른 덕에 그런 경험을 해 보지 못했을 테지만 국가가 공권력으로 무고한 백성을 괴롭히는 일이 과인이 세상에서 두 번째로 싫어하는 일이오."

"……."

"그럼 첫 번째로 싫어하는 일은 무엇인지 알겠소?"

조경이 머뭇거리는 사이. 날 잘 아는 이경석이 얼른 나섰다.

"아무런 권한도 없는 자가 그런 짓을 벌이는 경우이옵니다."

"영상의 말이 맞소. 그래서 내가 지금 이 자리에 있는 거고."

조경도 납득한 모양이다.

바로 머리를 조아리며 물러섰다.

"듣고 보니 전하의 말씀이 옳은 것 같사옵니다."

난 다시 고개를 돌려 김덕술을 보았다.

양양의 생원 김덕술을 신문할 기회는 많았다.

고검이 합류할 때 김덕술도 같이 잡혀 왔으니까.

그럼에도 지금까지 놔둔 건 다 이때를 위해서다.

지금 여기엔 배우가 세 명 있다.

하나는 당연히 나고 두 번째는 김덕술, 마지막은 바로 조정 대신이다.

이제 배우는 다 모였다.

마침내 연극의 막을 올릴 때가 가까워져 온 거다.

연극이 어떤 내용으로 흘러갈진 나도 잘 모른다.

난 그냥 시작만 할 뿐이다.

나머진 흐름에 맡겨야겠지.

난 액티브 스킬 창부터 열었다.

액티브 스킬

1. 마르지 않는 샘
2. 고급 최면술
3. 마인드 프로텍트

마르지 않는 샘은 1번 슬롯에서 절대 뺄 수 없다.

세종대왕을 경배하라와 더불어 제일 중요한 스킬이니까.

물론, 가끔 피치 못할 사정으로 빼는 경우는 더러 있다.

다만, 그때마다 불안해 정신이 나갈 거 같은 기분이다.

굳이 비유하자면 금연할 때 느낀 고통과 비슷하다.

그래서 웬만하면 잘 빼지 않는다.

3번 슬롯의 마인드 프로텍트는 복창군 상점에 있던 스킬
이다.

66퍼센트의 확률로 상대의 정신 공격을 막아 줘서 쏠쏠
하다.

효과가 더 좋은 마인드 다이아몬드와 아르키메데스의 청동
거울이 있지만 그 두 스킬은 재사용 대기시간이 너무 길다.

둘 다 3,000시간이라서 125일 동안 슬롯을 비워 둬야 한다.

무슨 일이 생길지 모르는 상황에서 125일을 스킬 없이 버
티라는 건 총 없이 전쟁에 나가는 것과 같다.

꼭 비싸고 좋은 스킬이 장땡은 아니란 소리다.

스킬의 재사용 대기시간이 중요해지면서 D부터 SSS까지 있는 스킬을 상황에 맞게 쓰는 게 훨씬 더 중요해진 시점이다.

EHS도 그런 의도에서 재사용 대기시간을 만든 걸 테고.

마지막으로 2번 슬롯의 고급 최면술은 이때를 위해 장착했다.

고급 최면술! (A)

99퍼센트의 확률로 상대가 진실만을 말하게 유도한다.

스킬 지속 시간: 2시간

스킬 재사용 대기시간: 1,440시간

완벽 최면술이 있기는 하지만 이 정도도 충분하다. 1퍼센트 확률로 실패하면 심문관이나 구운몽을 쓰면 되고.

난 고급 최면술을 김덕술에게 쓰고 기다렸다.

다행히 스킬은 제대로 먹혔다.

김덕술의 눈빛이 최면 걸린 사람처럼 점점 몽롱해진다.

"김덕술, 오봉서원에서 무슨 역할을 맡았지?"

"양대찬, 양고천 저 등신들을 가르치는 역할을 했지."

그 말에 양대찬과 양고천이 놀라 김덕술을 쳐다보았다.

난 신경 쓰지 않고 다시 물었다.

"뭘 가르쳤는데?"

"아까 니가 저놈들 대가리를 열어서 안에 뭐가 들었는지 확인해 보고 싶다고 했지? 그럴 필요 없어. 내가 그냥 알려 줄게."

"뭐가 들어 있는데?"

"저 새끼들 대가리에는 공자, 주자가 떠들어 댄 경문 쪼가리만 몇 개 들어 있어. 정작 공자, 주자가 무슨 말을 했는지 제대로 이해도 못 했으면서 그냥 외운 거만 줄창 떠들어 대는 거야. 그럼 쟤들보다 더 못한 새끼들이 옆에서 학식이 깊네, 절개가 있네, 이 지랄하며 왕처럼 떠받들어 주거든."

그 말에 대신들 몇은 고함을 질러 꾸짖었고.

몇몇은 탄식을 토해 냈다.

김덕술이 낄낄거리며 웃었다.

"크크, 니 옆에도 양씨 부자 같은 새끼들 천지구만. 경문 쪼가리만 잘 외우는 새끼들이 무슨 대학자인 양 뻐기는 꼴이라니!"

난 손을 들어 흥분한 대신들을 조용히 시키고 다시 물었다.

"그래서 양씨 부자에게 정확히 뭘 가르쳤단 거야?"

"사내라면 큰 뜻을 가지라고 가르쳐 줬지. 고작 강릉 같은 촌구석에서 왕 노릇 하지 말고 더 넓은 세상을 보라고 말이야."

"더 넓은 세상이면 조선 말인가?"

"뭐 그렇겠지."

"지금 조선을 전복하려 했단 죄를 인정한 건가?"

"이씨 조선은 이미 망조가 들어도 너무 들었어! 임진년과 병자년에 진작 망했어야 마땅할 나라였지! 더구나 호부견자에 어울리는 너 같은 개새끼는 절대 왕이 되면 안 됐다고!"

그 말이 끝나는 순간.

대신들은 몸을 부르르 떨었고.

이상민, 유경필, 양씨 부자는 졸도하거나 오줌을 찔끔 지렸다.

이제 판이 바뀌었음을 다 느낀 거다.

다들 이번 사건이 백성을 사적 제재한 사건인 줄 알았는데 진상은 국가를 전복하려는 음모였던 거다.

둘은 천양지차다. 그 여파도 천양지차고.

마침내 폭풍이 불기 시작했다.

난 담담히 신문을 이어 갔다.

"그래도 임금 앞에서 개새끼라고 하는 건 너무한 거 아냐?"

"니 애빈 그래도 의가 있고 충을 아는 진짜 임금이었지. 재조지은을 잊지 않고 어떻게든 오랑캐에게 복수하려 했으니까."

난 그가 무슨 말을 씨부리나 묵묵히 들어 보았다.

"한데 넌 대체 뭘 했지? 고작 한단 짓이 호포제를 시행하고 공신전을 혁파해 사족을 괴롭힌 거밖에 없잖아. 명심하라고! 지금까지 조선을 지탱한 건 하는 일도 없이 밥만 축내는 거지 같은 조선 왕실이 아니라 사족이었음을 말이야."

"하, 난 또 뭔 백성을 위하느니 하는 거창한 대의라도 있는 줄 알았는데 그냥 뇌가 절은 쓰레기였구만. 간단히 말해 니가 누리던 혜택이 갑자기 사라져서 화가 났단 거 아냐?"

"개새끼라 그런지 하는 말도 다 개소리군."

최면술의 효과가 너무 좋은 탓에 부작용이 생겼다.

오히려 내가 더 열 받기 시작한 거다.

분노로 이성을 잃기 전에 슬슬 본론으로 들어가야겠네.

"오봉서원을 중심으로 일을 꾸민 이유는 뭐야?"

"서원엔 양씨 부자 같은 멍청이가 많으니까. 그런 놈들은 살살 부추기면 눈이 홱 돌아서는 간이고 쓸개고 다 빼 주지."

"거사를 하려면 조직이 필요할 테지. 혹시 조직 이름도 지었나?"

"당연하지."

"이름이 뭔데?"

"재조회다! 나라를 다시 만든다는 뜻이지!"

그러면서 김덕술이 자랑스럽다는 듯 우쭐거리는 표정을 지었다. 이거 뭐 코미디가 따로 없구만.

헛웃음이 나왔지만 애써 포커페이스를 유지하며 물었다.

"오봉서원을 이용해 강원도 사족을 아우른다 해도 그 힘만으론 많이 부족할 거 같은데. 혹시 다른 데도 재조회가 있나?"

"재조회는 팔도 전역에 회원이 있다!"

그 말이 끝나기 무섭게 대신들 입에서 경악성이 터져 나왔다.

난 신경 쓰지 않고 계속 신문했다.

"다른 지역의 재조회도 강원도와 같은 방식이야?"

"무슨 뜻이지?"

"거기선 어떻게 회원을 모집하냔 거야."

"마찬가지다."

"마찬가지라면……?"

"역시 멍청한 놈이군. 당연히 서원과 향교를 중심으로 호포제와 공신전 처리에 불만을 품을 사족을 포섭하는 방식이지."

"그럼 서원과 향교가 복마전이네."

"네놈한테나 그렇겠지. 우리에겐 서원과 향교가 최후의 보루다!"

"그 말은 맞네. 뭐든 상대적이니까."

"이제야 좀 말귀를 알아듣는구나."

"칭찬해 줘 고마워."

"허흠."

"마지막으로 하나만 묻을게. 재조회 회원은 서로가 회원인지 어떻게 알아내지? 신입 회원이 들어오면 회식이라도 하나?"

"네놈이 푼 개들이 냄새를 맡고 다니는데 미쳤다고 그러겠냐?"

"그럼 어떻게 확인하는데?"

"우린 사발통문에 이름을 적어 확인한다."

"그래? 그럼 그 사발통문은 누구에게 있어?"

"내가 가지고 있다!"

"그러면 거기에 강원도 재조회 회원 명단이 적혀 있는 거야?"

"멍청이냐?"

"네 말대로 내가 멍청해 그러는데 알아듣게 설명 좀 해 줄래?"

"우리 강원도 재조회 회원 이름은 내가 다 외우고 있다."

"아, 그럼 강원도 재조회 명단은 네가 갖고 있을 이유가 없다는 말이네. 누가 재조회 회원인지 이미 넌 다 알고 있으니까."

"바로 그거다!"

"그럼 네가 갖고 있다는 사발통문은 대체 뭐야?"

"황해도, 충청도, 경상도, 전라도 회원이 서명한 사발통문이다."

"아, 그렇구나!"

"뭐가 그렇단 거냐?"

"서로 배신하지 못하도록 다른 지역 걸 갖고 있단 거잖아? 서로 상대의 목숨줄을 쥐고 있으니 쉽게 배신할 수 없겠지."

"오, 제법 눈치가 있구나."

"고마워. 또 칭찬해 줘서."

"넌 말귀를 알아듣는 거 같아 인생 선배로 충고하지."

"무슨 충고인데?"

"니 분수에 맞지 않는 자리니까 자살하든지, 하야하든지 해라."

"그럼 왕은 누가 하는데?"

"당연히 이 김덕술이가 해야지. 이씨 조선을 때려 부수고 김씨가 왕인 새로운 나라를 개창하는 거다. 어떻게 생각해?"

이게 정말 최면술이긴 한 거야? 망상 수준을 보면 그보단 마약을 먹은 거에 가까운 거 같은데.

평소에 이런 생각을 할 정도면 정말 답이 안 나오는 놈이네.

난 귀가 썩을 거 같아 옥좌에서 일어나 뒤를 보았다.

대신 대부분이 바지에 뭔갈 지린 표정으로 서 있다.

그래도 이경석만은 달랐다.

그는 끝까지 침착한 모습을 유지했다.

정말 대단한 영감이라니까.

나와 눈이 마주친 이경석이 다가와 조용히 아뢰었다.

"당장 김덕술의 집을 수색해 사발통문부터 찾아내겠사옵
니다."

난 이경석에게 더 가까이 오라 손짓했다.

이경석은 흠칫하긴 했지만 어쨌든 시킨 대로 좀 더 다가왔다.

난 그의 귀에 대고 작게 속삭였다.

"사발통문은 이미 찾아냈소."

"그, 그렇사옵니까?"

침착하던 이경석도 그 순간, 속절없이 무너져 내렸다.

그도 이게 쇼임을 깨달은 거다.

"하면 사발통문을 증좌로 삼아 국문하시겠사옵니까?"

"찾아낸 사발통문은 나중에 쓸 거요."

"하오면?"

"영상 대감은 지금부터 과인이 하는 말에 너무 놀라지 않
도록 조심하며 들으시오. 영상 대감의 나이가 많아서 너무 놀
라면 심장에 무리가 가서 불행한 일이 벌어질 위험이 있소."

"황공한 배려에 신은 몸 둘 바를 모르겠사옵니다."

"과인은 이미 김덕술이 말한 네 지역에 암행어사를 파견해

조사를 시작했소. 극비니까 당분간 영상 대감만 알고 계시오."

"그럼 김덕술의 진술을 전하께선 다 알고 계셨던 것이옵니까?"

"반은 알았고 반은 몰랐소. 암튼 그건 중요하지 않소."

"알, 알겠사옵니다."

"이번 암행어사 감찰을 맡은 이는 대감도 잘 아는 성이성이오."

"아, 성이성이라면 믿을 수 있는 친구지요."

"알다시피 이번 일의 발단이 그였소. 하여 마무리도 그가 짓는 게 맞단 생각에 그에게 이번 암행어사 감찰을 맡겼소."

"그럼 이제 어떻게 하실 생각이옵니까?"

"과인은 할 일이 산더미 같아서 이런 데 낭비할 시간이 없소."

"하오면?"

"영상 대감이 과인 대신에 두 가지 일을 해 줘야겠소."

"명하시옵소서."

"우선 이번 국문을 질질 끌어 성이성과 그의 암행어사들이 성과를 올릴 시간을 벌어 줘야겠소. 그리고 성이성이 결과를 가져오면 여기에 그것들을 더해 한 번에 싹 치워 버리시오."

"이번 국문의 목표는……, 진정한 목표는 무엇이옵니까?"

역시 이경석이다.

그는 이게 쇼임을 아는 순간.

내 진짜 목적이 재조회 분쇄가 아님을 간파한 거다.

"팔도의 모든 서원과 향교를 예조 산하로 편입시키시오."

이경석이 갑자기 중심을 잃고 비틀거렸다.

현기증이 난 모양이네.

난 급히 그를 부축하며 물었다.

"괜찮소?"

"괜, 괜찮사옵니다. 나이가 들어 잠시 어지러웠을 뿐이옵니다."

하긴 충격이 컸을 테지. 그도 유생이니까.

유생에게 서원과 향교는 목숨줄과 같다.

거기서 백성을 지배하는 권력이 나오는 거나 마찬가지니까.

근데 내가 유생 전체에 사형 선고를 내린 거다. 당연히 충격받을 수밖에.

그래도 이경석은 역시 달랐다.

바로 신색을 회복한 연후에 급히 물었다.

"두 번째는 무엇이옵니까?"

"집현전처럼 과인에게만 보고하는 직할 기구로 어사원을 만드시오. 지금까진 암행어사나 순찰사가 지방 관아를 감찰했는데 효과가 크지 않단 게 내 판단이오. 하여 과인 직할 기구로 어사원을 조직해 암행어사를 정기적으로 파견할 계획이오. 어사원은 그런 암행어사를 선발, 감독하는 기관이고."

"그럼 사헌부가 붕 뜨지 않겠사옵니까?"

"사헌부는 규모와 권한을 종전보다 축소해 중앙 조정의 문무백관을 감찰하는 업무를 맡기면 문제없을 거요. 물론, 규모가 주는 바람에 간언 업무는 사간원으로 이전해야겠지만."

간언은 임금에게 입바른 소릴 한단 뜻이다.

좀 더 과격하게 말하면?

임금의 말과 행동에 꼬투리를 잡아 태클 거는 거다.

이런 간언 기능은 조선을 실질적으로 세운 신진사대부가 왕실과의 줄다리기에서 얻어 낸 가장 큰 성과라 볼 수 있다.

전제왕권인 국가에서 신하가 임금에게 대놓고 태클을 건다고? 그리고 임금은 또 그 태클에 걸려 넘어져 항복하고?

아마 전 세계 역사를 다 따져 봐도 이런 나라가 몇 없을 거다. 왕권이 강한 나라에선 쉽게 볼 수 없는 일이니까.

군왕이 화나면 모가지를 다 잘라 버릴 텐데 쉽게 하기 힘들지.

그래도 간언하는 이들은 목이 잘릴 각오 하고 하는 걸 테고.

그렇다고 간언 기능이 없어져야 한단 말은 아니다.

로마에선 개선한 장군이 퍼레이드할 때, 노예를 같이 태워 끊임없이 장군의 귀에 메멘토 모리를 속삭이게 했다고 한다.

메멘토 모리는 죽음을 기억하란 뜻이다.

즉, 장군 너도 언젠간 죽을 수밖에 없는 운명을 타고난 필멸자에 불과하니 괜히 우쭐대다가 신세 망치지 말라는 얘기다.

나도 그처럼 옆에서 메멘토 모리라고 끊임없이 말하며 일깨워 줄 간언 기능이 어느 정도는 있어야 한다고 보는 쪽이다.

현대에선 국민이 투표로 일깨워 주지만, 왕은 그렇지 못하니까.

다만, 내가 지금 원하는 건 그걸 1절만 하란 거다.

근데 조선 조정의 체계는 2절, 3절까지 하게 되어 있다.

조선에는 간언만을 담당하는 전문 관청이 존재한다.

많이 들어 봤을 사간원이 바로 그 기관이다.

내 의문은 바로 여기서 출발한다.

사간원이 있는데 왜 사헌부가 나서서 간언하지?

거기다 자문 기관인 홍문관은 또 왜 끼어드는 거고?

사간원에 담당 기관도 아닌 사헌부와 홍문관이 곁다리로 끼어 같이 간언하면 그게 그 유명한 삼사 합계가 되는 거다.

삼사 합계가 뜨면 임금은 대부분 질 수밖에 없고.

이건 행정 편의성만 놓고 봐도 낭비다.

일찍부터 불만이 있던 차에 이번 사건을 이용해 사헌부가 가지고 있는 간언 기능을 사간원으로 통합 이전하려는 거다.

이경석의 눈이 부릅떠졌다.

"그럼 삼사에서 사헌부가 빠지는 것이옵니까?"

"아무래도 그래야 하지 않겠소? 욕심 같아서야 홍문관도 빼 버리고 싶지만, 일단은 사헌부만으로 만족해야 할 거 같소."

"전하, 그리하면 언로가 막혀 자칫 국정이 그릇된 방향으로……."

"사간원 관원이 두 배로 열심히 일하면 되는 일이오."

"알겠사옵니다……."

이경석이 정신없이 몰아치는 지시에 넋이 나갔을 때.

난 그의 어깨를 두드려 주고 형조판서 유계를 불렀다.

"과인은 빠지겠소. 이제 국문은 형판 대감이 맡아 진행하시오."

좀 전까지 보이던 유계의 자신감은 종적을 감춘 지 오래다.

눈동자가 월미도 디스코팡팡처럼 정신없이 돈다.

아마 사촌 형제인 유경필이 저지른 대역죄가 본인의 목이

나 경력을 결딴내지 못할 방법을 필사적으로 찾는 중일 테지.

난 대사헌 이상진을 힐끗 보았다.

그도 얼굴이 어느새 거무죽죽해져 있다.

심지어 동생인 이상민은 어떻게든 형과 시선을 맞추려 하는데 이상진은 그쪽으론 실수로라도 눈길 한 번 주지 않는다.

하, 동생을 손절치다니 지독한 사람이네.

주식 하면 잘하겠어.

막 유계가 입을 열어 입장 표명에 나서려는데.

윤선도가 고리눈을 하고 뛰쳐나와 반대부터 하였다.

"그건 절대 안 되옵니다, 전하!"

난 의뭉을 떨며 물었다.

"왜 안 된단 거요?"

"강릉 부사 유경필과 형조판서 유계는 사촌이옵니다!"

"그래서?"

"어찌 대역죄를 저지른 이의 인척에게 국문을 맡기려 하시옵니까? 이는 도둑에게 곳간을 맡기는 것과 같은 행위이옵니다!"

윤선도도 그러고 보면 대단한 할배야.

일흔을 훌쩍 넘은 양반이 이렇게 열정이 넘치다니.

물론, 그 열정 때문에 말투나 행동이 좀 과격해서 문제지만.

"그래서 더 형판이 맡아야 하는 거요."

"그게 무슨 말씀이시옵니까?"

"형판도 본인에게 그런 의혹이 따라붙을 것임을 잘 알 거요. 하니 의심을 피하기 위해서라도 더 엄정히 조사하지 않겠소?"

151

"……"

"더구나 경이 형조참판 아니오? 형판 대감이 이번 국문을 어찌 진행하는지 경이 두 눈 부릅뜨고 지켜보고 있으면 형판이 인척이란 이유로 대역죄인을 감히 두둔할 배짱이 있겠소?"

"오오, 과연 현명하신 처사이옵니다!"

난 감탄하는 윤선도를 내버려 두고 유계에게 말했다.

"과인이 방금 한 말을 형판 대감도 들었을 거요."

"들, 들었사옵니다."

"그럼 과인의 뜻도 잘 알아들었겠지. 그럼 형판만 믿겠소."

난 선전관과 용호군을 데리고 의금부를 떠났다.

그러다가 순간적으로 송시열과 눈이 마주쳤는데 포커페이스라 무슨 생각을 하는지 알기 어려웠다.

옆의 송준길이 이를 악물고 있어 더 대비되기도 했고.

송시열은 앞으로 어떻게 나올까?

그가 나서서 여론을 이끌면 쉽지 않은 싸움이 될 텐데.

암튼 지금은 성이성을 믿고 기다려 보는 수밖에 없겠군.

113장. 대출척이란 말 들어 봤소?

성이성은 내 기대를 100퍼센트 충족했다.

어떻게 구워삶았는지 모르겠지만 내 스카우트 제의를 완강히 거절한 유형원까지 끌어들여 삼남과 황해도를 감찰했다.

거기다 안교안이 이끄는 추룡군마저 가세한 상황이다.

일이 잘못될 여지 자체가 없다.

곧 가까운 황해도를 감찰한 암행어사가 조사 결과를 보고했다. 그는 사발통문에 적힌 이름을 추적해 일당을 체포했을 뿐아니라, 재조회 핵심 간부 별장에서 사발통문까지 찾아냈다.

삼남에서도 잇따라 비슷한 소식이 올라왔다.

얼마 후, 재조회 간부 수십 명이 잡혀 의금부로 끌려왔다.

그리고 재조회 놈들에게 향응, 혹은 뇌물을 받고 그들의 편의를 봐주던 지방 고을 수령 수십 명도 같은 혐의로 끌려왔다.

당연히 삼남에 있던 사발통문도 전부 찾아내 압수했고.

이젠 죄인이 너무 많아 의금부 감옥만으론 수용이 안 된다.

이경석은 급한 대로 형조와 포도청의 감옥을 빌려 해결했다.

형조판서 유계도 내 예상을 한 치도 벗어나지 않았다.

본인이 살기 위해 매일 혹독한 국문을 이어 갔고.

그 바람에 의금부에선 곡소리가 끊일 날이 없었다.

심지어 국문을 받는 죄수들이 바뀔 때마다 바닥을 씻어 내지 않으면 피와 냄새 때문에 국문을 진행하기 어려울 정도다.

이경석도 내 지시를 수행하기 위해 왕성하게 활동했다.

우선 왕인을 동원해 여론 작업부터 하였다.

재조회가 서원과 향교를 포섭 장소로 삼았단 점을 내세워 그 둘을 국가 소유로 해야 한다는 여론몰이에 돌입한 거다.

당연히 반발이 거셌다.

하지만 공안 정국이 괜히 공안 정국이겠나.

평소라면 찍어 누르기 쉽지 않을 테지만 지금은 가능하다.

반발하면 바로 재조회와의 커넥션 여부를 캐물었다.

조정 중신 대부분은 친가든 외가든 지방에 연줄이 있다.

그리고 그 연줄은 대부분 서원과 향교에 적을 두기 마련이다.

누구나 한 다리 건너면 재조회 간부가 있단 얘기다.

재조회를 들이밀면 반발하던 이들도 바로 입을 다문다.

물론, 용기 있게 나서는 이들도 적지 않다.

그런 이들은 그냥 무시하기로 했다.

그러면 떠들다가 지치서 자기들이 먼저 그만둔다.

이경석에게 맡겨 두고 잠시 다른 일을 처리하고 있을 때.

지금 조선에서 제일 만나기 싫은 이가 선정전으로 찾아왔다.

바로 송시열이다.

솔직히 말하면 그가 오길 약간 기대한 면도 있다.

나도 이게 무슨 감정인지 모르겠는데 그와 대화하면 즐겁다.

송시열은 앉기 무섭게 발톱을 드러냈다.

"이번엔 정말 큰 사고를 치셨더군요."

"그렇소?"

"신은 전하가 공신전으로 당분간은 만족하실 줄 알았사옵니다."

"소문을 들어 알 테지만 내가 지핀 불이 아니오."

"맞사옵니다. 불을 지핀 당사자는 성이성 암행어사지요. 하나 그 불에 기름을 끼얹고 바람을 불어 산불로 만든 장본인은 전하시옵니다. 정말 유전유세(有田有稅)를 원하시옵니까?"

"유전유세 정책은 과인이 원한다고 되는 게 아니오. 그게 보편적 상식에 부합하기에 정상으로 돌아가는 과정인 거요."

"일종의 사필귀정이란 말씀이시옵니까?"

"바로 그렇소."

"몰수한 서원과 향교는 어떻게 쓰실 생각이옵니까?"

"애초에 둘 다 교육기관으로 출발한 거 아니오? 그럼 친목이나 제향 같은 목적이 아니라, 진짜 교육을 위해 쓰여야겠지."

"그 교육이 유생을 위한 교육은 아니겠군요."

역시 서원, 향교 몰수에 숨긴 저의를 바로 간파하는군.

어차피 여기까지 왔으니 나도 더 숨길 필요 없겠지.

"당연하지 않겠소? 유생을 가르쳐서 조정의 운영을 맡기고 백성을 계도하게 한다? 그게 제대로 됐으면 나라가 지금 이 꼴 안 났겠지. 그렇다면 방식을 바꿔야 하지 않겠소? 안 되는 걸 고수하는 건 뚝심이 아니오. 쓸데없는 고집이지."

"고집이 통할 때도 있는 법이옵니다."

"통할 때까지 몇백 년 더 뚝심 있게 기다려 보잔 얘기요? 우리에게 그 정도로 많은 시간이 있을 거 같소? 천만에! 이미 조선은 전성기를 찍고 하향세를 탄 지 백 년이 넘었소. 여기 서 변혁을 시도하지 않으면 하향세만 더 빨라질 뿐이오."

"……."

"왕조야 시간이 지나면서 쇠퇴해 멸망할 수밖에 없소. 그 동안 존재한 모든 왕조가 그랬으니까. 하지만 그사이에 고통 받는 백성은 어떻게 할 거요? 그냥 각자도생하라 떠밀 거요?"

"일반 백성을 가르치려면 막대한 재원이 필요할 것이옵니다."

"그래서 유전유세가 더 필요한 거요. 농지가 있는 곳에 세 금이 있다면 새 교육 정책을 도입하는 데 재원이 모자라진 않 을 거요. 처음부터 전 백성을 교육할 생각은 나도 안 하니까."

그로부터 반 시진 넘게 설전을 주고받았지만, 진전이 없었다.

근데 의외의 곳에서 진전이 생겼다.

"마마, 좌찬찬 대감과 독대 중에 송구하오나 이조참판 허목 대감이 갑자기 알현을 청하는데 어찌하면 좋겠사옵니까?"

상선의 물음에 난 송시열을 힐끔 보고 나서 대답했다.

"들어오라 하시오."

"예, 마마."

허목은 송시열이 독대 중이란 사실을 이미 알았던 모양이다.

별 반응 없이 절을 하고 옆자리에 앉으며 대뜸 물었다.

"좌참찬 대감과 거래 중이셨사옵니까?"

"무슨 거래를 말하는 거요?"

"이번 서원, 향교 문제로 서인과 거래 중이 아니시라면 신이 눈치 없이 넘겨짚은 모양이옵니다. 해량하여 주시옵소서."

난 송시열과 허목을 번갈아 보았다.

서인 역사상 최강의 영수와 남인이 보유한 최고의 브레인.

거의 용호상박이군.

아니, 나한테 이 둘은 뱀과 여우에 더 가까울 테지.

뱀은 틈을 보이면 목을 물어 맹독을 주입하려 들 거고.

여우는 날 홀려 호랑이 굴에 집어넣으려 들 테니까.

정신을 차리지 않으면 오늘 내 손으로 내 코를 베게 생겼다.

그럼 이 난관을 어떻게 헤쳐 나간다?

맞아! 이럴 땐 차라리 본질에 더 가까이 가는 거다.

그럼 이들도 쉽게 수를 쓰지 못할 거다.

본질이 너무 명확해서 그 위에 덧칠해 봐야 소용없으니까.

난 잠시 생각하는 척하다가 옥좌 팔걸이를 내리쳤다.

"좋소! 말이 나온 김에 우리 톡 까놓고 거래합시다. 거래 물건은 서원과 향교를 조정에 헌납하는 문제고 서인과 남인이 먼저 이를 수용할 수 있는 조건을 과인에게 제시해 보시오."

송시열이 불쑥 물었다.

"전하께선 절대 물러설 생각이 없으신 모양이옵니다?"

"그렇소. 그냥 두면 재조회 같은 놈이 또 생길 텐데 내 재위 기간을 그런 놈들과 드잡이질하며 보낼 생각은 전혀 없소."

"조정에서 끝까지 반대한다면 어떻게 하시겠사옵니까?"

"좌참찬 대감, 확실히 하시오! 조정이요, 서인이요? 아니면 서인이 조정을 장악한 지 이미 오래이니 상관없다는 뜻이오?"

송시열은 담담한데 오히려 옆에 있던 허목이 움찔한다.

눈을 반개한 상태로 뭔갈 고민하던 송시열이 한참 만에 물었다.

"서인이 끝까지 반대한다면 어떻게 하시겠사옵니까?"

"과인도 당연히 끝까지 가야지. 대출척이란 말 들어 봤소?"

"들어 보지 못했사옵니다."

"올해가 임인년이니 임인 대출척이 되겠네. 서인을 죄다 내쫓아 버리고 내 재위 기간 내내 발을 못 붙이게 만들어 버리겠소."

"……."

"그럼 서인 쪽에선 불만이 쌓이겠지. 그리고 그걸 어떤 식으로든 표출하려 들 테고. 아마 반정 혹은 반란으로 귀결될 텐데, 얼마든 해 보시오. 그땐 정말 북인처럼 멸족될 테니까."

내가 너무 노골적으로 나왔나 보네.

송시열의 낯빛이 처음으로 바뀌었다.

뭐 상관없으려나. 이번엔 나도 블러핑이 아니니까.

그렇다고 너무 강경 일변도는 내게도 좋지 않다. 자존심 상한 송시열이 정말 목숨을 내놓고 달려들지 모르니까.

그럼 바빠 죽겠는데 몇 년 동안 이 일로 씨름해야 한다.

"대출척과 같은 불행한 사태가 벌어지면 나도, 조정도, 서인도 좋을 게 없잖소? 그러니 그쪽의 거래 조건을 말해 보시오."

"영의정 이경석 대감과 좌의정 조경 대감의 관직을 삭탈하시옵소서. 이번 사태는 분명 중량감 있는 원로 대신이 책임을 지고 물러나야 다른 이들도 납득할 수 있을 것이옵니다."

"그건 너무한 거……."

"그리고 윤증, 남구만, 박세당, 박세채 같은 집현전의 젊은 관료들을 고을 수령으로 제수하시옵소서. 어차피 이번 옥사의 여파로 지방 관아를 운영할 관료가 부족하지 않사옵니까?"

왕인을 해체시키려는 거군.

왕인이 해체되면 내 권력도 같이 쪼그라들 테니까.

입맛이 쓰지만 일단 제안이 왔단 점이 중요하다.

송시열이 수용할 수도 있단 생각을 드러낸 거니까.

난 고개를 돌려 허목을 보았다.

"남인은 뭘 원하오?"

"대역죄인과 인척인 대사헌 이상진과 형조판서 유계를 삭탈관직하시옵소서. 그리고 그 빈자리를 남인에게 주시옵소서."

남인은 꼬투리를 잡아 서인의 예봉을 꺾으려 드는군.

근데 유계는 몰라도 이상진은 안 된다.

그는 전에 언급한 간언 통합 문제로 아직 쓸모가 있다.

여기서 다행인 점은 나에겐 엄청난 반격 카드가 있단 거다.

사실 여기서 쓰는 건 아깝지만 아끼다 똥 되는 거보단 낫다.

"두 대감의 뜻은 잘 알겠소. 그럼 지금부터 그에 대한 답변을 주겠소."

"……."

"두 대감의 제안 중 하나만 들어주겠소. 먼저 서인이 제시한 이경석, 조경 두 대감의 삭탈관직은 받아들이지 않겠소. 대신, 윤증, 남구만, 박세당, 박세채는 수령으로 발령하겠소."

난 이어 허목 쪽을 보았다.

"형조판서 유계는 국문이 끝나는 대로 파직하겠소. 그 자리에 남인 누구를 천거하든 받아들이지. 대신, 이상진의 파직은 받아들일 수 없소. 이게 두 제안에 대한 과인의 답이오."

송시열과 허목이 동시에 입을 열려는 찰나.

내가 재빨리 선수 쳤다.

"이번엔 반대로 과인이 두 대감이 아주 기뻐할 제안을 하겠소."

"무엇이옵니까?"

"이이, 성혼, 조식, 서경덕의 문묘 종사를 윤허하겠소."

"헙!"

허목은 놀라 숨을 들이켰고.

송시열은 몸을 흠칫했다.

이이, 성혼의 문묘 종사는 서인의 숙원 중의 숙원이다.

사실상 서인 자체가 이를 추진하기 위해 결성된 팀과 같다.

조식, 서경덕도 다르지 않다.

남인은 크게 보면 동인이고.

동인의 종주는 이황, 조식, 서경덕이다.

현재는 그중에 이황 한 명만 문묘에 배향된 상태다.

조식과 서경덕이 문묘 종사에 실패한 원인엔 몇 가지가 있다.

조식은 제자인 정인홍이 워낙 깽판을 쳐서 그렇고.

서경덕은 사상이 불순하단 이유로 배제되었다.

난 지금 그들에게 절대 거부하지 못하는 먹이를 던진 거다.

종주를 문묘에 종사시켜 주겠다는데 그걸 반대한다고?

아무리 그들이라 해도 욕을 먹고 당에서 쫓겨날 거다.

허목이 먼저 입을 열었다.

"남인은 그런 조건이라면 수용하겠사옵니다."

"서인은 어쩔 생각이오?"

"거절할 수 없는 제안을 하시는군요."

"그래서 받아들일 거요, 말 거요?"

"받아들이겠사옵니다."

"좋소. 그럼 서인이 이이, 성혼 두 대감을, 남인이 조식, 서경덕 두 대감을 천거해 과인이 윤허하는 식으로 문묘에 종사하겠소. 아, 과인도 유생의 자격으로 천거할 이들이 둘 있소."

"누구이옵니까?"

"과인은 호남의 대학자 김인후와 일세를 풍미한 경세가인 김육 두 명을 천거하겠소. 두 사람이 생전에 닦은 학문과 세

161

운 공이 대단한 만큼, 둘 다 반대하지 않을 거라 믿겠소."

김인후는 몰라도 김육은 반대가 나올지 모른다고 봤다.

김인후야 당파가 생기기 전에 이미 명성을 떨친 이지만, 김육은 비교적 최근 인물인 데다, 서인이면서 서인 주류인 김장생 일파와 사이가 영 좋지 않던 인사이기 때문이다.

근데 의외로 둘 다 별 반대가 없다.

앞에 놓인 먹잇감이 너무 탐스러워 신경 쓰지 않는 거겠지.

딜의 결과는 대성공이었다.

그나마 약간 있던 반발마저 문묘 종사에 파묻혔다.

특히, 김인후를 종사한 일로 호남의 분위기가 바뀐 게 컸다.

호남 유생들은 김인후를 엄청나게 존경한다.

한데 조선오천외 종사, 즉 조선의 대학자 다섯 명을 문묘에 처음 종사하기로 했을 때 영남을 대표하는 이황이 들어간 대신에 호남 유생 대표인 김인후가 빠지며 불만이 엄청났다.

근데 내가 김인후를 떡하니 종사했으니 좋아할 수밖에.

애초에 그런 의도로 김인후를 종사한 거기도 하고.

경상도 유생들도 축제 분위기다.

그들의 숙원인 조식, 서경덕 문묘 종사에 성공했으니까.

서인의 기반인 기호 쪽 유생들이야 더 말할 것도 없다.

동인의 종주인 이황은 떡하니 문묘에 종사되어 배향을 받는데 이이, 성혼은 없으니 그들이 얼마나 속을 끓였겠는가.

더구나 이번에 카드를 다 쓴 것도 아니어서 더 좋다.

서인엔 김장생, 김집이 있고 남인엔 류성룡, 이원익이 있다.

문묘에 그깟 위패 몇 개 더 놓는다고 큰일 나는 것도 아니고.

유생들에게 문묘 종사가 명예의 전당 같은 거지만, 내겐 그냥 정치적인 거래 수단이다.

어쨌든 이리하여 서원, 향교의 조정 편입은 마무리가 되었다.

휴, 힘들었다, 힘들었어.

이제 면세지는 둔전 하나만 남았다.

둔전이 사실상 조정 소유란 점을 생각하면.

유전유세, 즉 땅이 있는 곳에 세금이 있다는, 내가 세금 제도를 개혁하는 데 기준으로 삼은 3대 철칙 중 하날 완성한 거다.

나머지 두 개는 나중에 소개할 때가 있을 거다.

이런 빅 이벤트는 당연히 퀘스트 클리어를 동반한다.

이번에도 두 개나 클리어했고.

서브 퀘스트 36

-조세 정의!

훌륭한 국가로 거듭나기 위한 중요한 선결 조건 중 하나가 조세 정의입니다. 이를 실천해 국가 재정을 튼튼히 하고 세금을 낸 백성에게 그 혜택이 돌아갈 수 있게 노력하세요.

클리어 유무: 클리어

보상: 룰렛 1회 추첨권

서브 퀘스트 37

거절할 수 없는 제안!

-유저에게는 돌멩이나 다름없는 쓸모없는 카드도 상대에게는 자기 목숨보다 더 소중한 보물일지 모릅니다. 상대가 처한 상황을 면밀히 따져서 거절할 수 없는 제안을 하세요.

클리어 유무: 클리어

보상: 룰렛 1회 추첨권

36번은 면세지이던 서원과 향교가 지닌 막대한 토지를 국가가 수용해 재정을 튼튼히 한 조치와 관련한 서브 퀘스트고.

37번은 이번 문묘 종사를 이용한 딜 관련 퀘스트다.

처음엔 바로 추첨할 생각이었다.

근데 가만 생각해 보니 급할 게 전혀 없었다.

일단 킵해 놓고 필요할 때마다 까는 방식으로 가자.

룰렛을 돌릴 때마다 일희일비하기보다는 다섯 장 정도 모아 한 번에 돌리는 편이 스트레스를 덜 받을 것 같기도 했고.

퀘스트까지 확인하고 나선 후속 처리에 나섰다.

원래 빅 이벤트가 있으면 일거리가 쏟아지는 법이다.

군대에서 훈련을 치른 후, 바로 쉴 수 없는 거와 같다.

군대에 가 본 사람은 다 알 거다.

훈련에 쓴 군장을 정리하고 훈련하거나, 혹은 훈련을 준비하느라 못한 개인 정비를 하다 보면 어느새 일주일이 훅 간다.

그런 후속 조치의 하나가 바로 어사원 공식 출범이다.

이경석이 앞에서 열심히 바람을 잡는 동안.

난 물밑에서 서포트해 가까스로 조정의 허락을 받아 냈다.

명분은 충분했다.

암행어사나 순찰사 제도로는 지방 권력을 효과적으로 감찰할 수 없음이 재조회 사건을 통해 역력히 드러난 덕분이다.

승인을 받아 내고 나서 집현전에 어사원 설립 진행을 위임했다.

정부 조직에 관공서를 새로 추가하면 일이 많아진다.

법전에 정해진 정부 조직법도 바꿔야 하고.

지휘 체계도 처음부터 새로 꾸며야 한다.

거기다 필요한 재원과 인력, 공간 등은 어떻게 확보할 것인지. 또, 어사원에 권한을 어디까지 줘야 하는지 등등.

고민해 결정하거나, 직접 발로 뛰어야 할 일 천지다.

이는 당연히 나 혼자 할 수 있는 일도 아니고.

그럴 시간도 부족해 집현전에 통째로 떠넘겼다.

이러려고 집현전을 만든 거니까.

어사원 수장 대어사엔 약조한 대로 성이성을 제수했다.

이 과정에서 재밌는 일이 하나 있었다.

전에 언급한 대로 유형원이 맡은 암행어사는 임시직에 가깝다.

유형원은 당연히 재조회 사건이 마무리되기 무섭게 벼슬을 내려놓고 야인으로 돌아갈 생각에 이를 성이성에게 말했다.

근데 인재에 목마른 성이성이 그걸 두고 봤겠는가? 절대 아니지.

성이성은 유형원의 바짓가랑이를 잡고 늘어졌다.

그때, 유형원이 완강히 거절하며 이르길.

"분명 전에 대감님의 이름 석 자를 걸고 절대 붙잡지 않겠노라 하지 않았습니까? 이러면 대감님이 식언하신 게 되는 겁니다."

"맞네. 내가 그렇게 말했었지. 한데 잘 생각해 보게."

"뭘 말입니까?"

"내 이름은 두 자일세. 성과 이 두 글자만 쓰니까."

"그건 애들이나 하는 말장난이 아닙니까?"

"어사원이 자리 잡을 때까지만이라도 좀 도와주게. 내가 급해서 그러네. 이번에는 내 이름 두 글자를 걸고 맹세하겠네."

"하아."

"부탁하네."

"그럼 정말 자리 잡을 때까지만입니다."

"하하, 고맙네, 고마워. 이 은혜는 죽을 때까지 잊지 않음세."

"이번엔 절대 식언하시면 안 됩니다."

"여부가 있겠는가."

어사원 일을 마무리 짓고 나선 대사헌 이상진을 불렀다.

이상진은 긴장한 얼굴로 들어와 절을 하고 앉았다.

"찾아 계시옵니까?"

"형판 소식은 들었소?"

"들, 들었사옵니다. 관직을 내려놓고 초야로 돌아간다고……."

"그럼 후임 소식도 들었겠네?"

"예, 전하. 윤선도 대감이 신임 형판이 되었다고 들었사옵니다."

"흐흠, 서인 쪽에 비상이 걸렸겠군."

"어, 어찌 그런 말씀을?"

"허허, 다 알면서 뭘 의뭉을 떠는 거요?"

"황, 황공하옵니다."

"서인이 이조판서, 형조판서, 대사간, 대사헌 이 네 벼슬을 고수하려고 얼마나 애를 쓰는지 천하가 다 아는데 과인이라고 모르겠소? 이조판서는 관원의 벼슬을 정하고 형조판서는 죄인을 체포해 신문할 권한이 있지. 그리고 대사간은 간언 권한이 있고 대사헌은 감찰 권한이 있으니 인사와 사정(司正), 두 가지 큰 권한을 서인이 독점하는 중이 아니오?"

"……."

"한데 그 한 귀퉁이가 부러져 나갔으니 걱정될 만도 하지. 더구나 신임 형판이 윤선도 대감 아니오? 아마 서인도 전처럼 쥐락펴락하기가 쉽진 않을 거요. 과인의 생각이 틀렸소?"

"아, 아니옵니다."

"솔직해서 좋구만. 한데 거기서 대사헌마저 남인에게 넘어간다고 상상해 보시오. 아, 후임으론 윤휴가 좋겠네. 그도 서인 쪽에 원한이 깊은 걸로 아는데 조정이 꽤 시끄러워지겠어."

"전, 전하!"

"과인은 연좌제를 싫어하지만, 법전을 새로 뜯어고치지 않는 한, 법은 법이오. 한데 동생이 대역죄인인데 형이 대사헌을 계속한다? 연좌제로 따지면 말이 안 되는 일이긴 하지."

"……."

"그런데도 유계처럼 자르지 않고 경을 대사헌 자리에 계속 앉혀 둔 이유는 우리가 서로 거래할 수 있는 물건이 있어서요."

"그, 그게 무엇이옵니까?"

"사헌부가 가진 간언 권한을 사간원에 넘겨주고 사헌부는 앞으로 중앙 조정의 백관을 감찰하는 데만 최선을 다하시오."

"그, 그건 절대 안 되옵니다……."

"아, 그리고 한 가지 더 있소. 사헌부의 풍문거핵, 불문언근 두 가지 조항 역시 바로 철회하시오. 아, 알고 있소. 대사헌도 여기엔 할 말이 많겠지. 하지만 반박하려거든 과인이 이 두 가지 조항을 없애려는 이유부터 먼저 듣고 하시오."

"……."

"풍문거핵이 대체 뭐요? 소문만으로 관원을 탄핵할 수 있

단 말 아니오? 아니, 이게 말이나 되는 거요? 관원이 평소에
도 몸가짐에 조심하란 취지에서 이런 조항이 있단 거는 알겠
는데, 뚜렷한 증좌도 없이 소문만으로 탄핵할 수 있다니?"

"……."

"그러니까 사헌부가 찍어 내려는 관원에게 불리한 소문을
슬쩍 흘리고 나서 아니 땐 굴뚝에 연기 날 리 없단 속담처럼
풍문거핵 조항을 들어 탄핵한다는 음모론이 퍼진 거 아니오?
뭐 음모론이라기보다는 실제 사실에 더 가깝긴 하지만."

"……."

"이렇게 짜고 치는데 사헌부가 과연 제대로 된 감찰 기관
이라 할 수 있겠소? 과인이 옆에서 보니까 서인이 다른 당파
를 찍어 내 조정을 장악하는 수단으로 사용하는 것 같은데."

"그, 그렇지 않사옵니다."

"그렇진 않긴 뭘 그렇지 않아! 과인이 직접 본 것만도 대여
섯 번이 넘는데. 그리고 불문언근은 더 웃기는 조항 아니오?"

"……."

"불문언근은 쉽게 말해 자신의 주장에 대한 근거를 대지
않아도 처벌받지 않는단 거 아니오? 이게 무슨 개떡 같은 소
리요?"

"……."

"그렇다고 과인이 불문언근 조항이 만들어진 의도를 이해
못 한 건 아니오. 대간이 누군갈 탄핵하거나 간언을 올렸을
때, 괘씸죄에 걸려 처벌받지 않도록 하는 안전 조항이니까."

"……."

"한데 칼로 누굴 죽이려 들면 자기도 칼에 베여 죽을 각오를 하는 게 당연한 이치 아니오? 모함, 누명으로 상대를 죽여 놓고 자신은 빠져나갈 이따위 조항은 왜 있는지 의문이오."

이상진도 더는 참지 못하고 분연히 떨쳐 일어났다.

"풍문거핵을 삭제하면 비리가 있는 관원을 어찌 탄핵하겠 사옵니까? 거기다 불문언근 조항마저 삭제하면 사헌부 대간 은 죽음이 두려워 죄지은 관원을 고발하지 못할 것입니다!"

"증좌를 찾으시오, 증좌를! 조사하면 증좌를 찾을 수 있는 데 그냥 힘들고 귀찮아서 궁둥이 붙이고 앉아 내관, 궁녀를 꾀어 정보를 얻거나, 저잣거리 소문에 의지하는 거 아니오?"

"하오나……."

"하오나고 하육나고 간에 과인의 지시를 바로 시행하지 않 으면 대사헌인 경부터 말단 관원까지 어사원을 시켜 탈탈 털 거요. 털어서 먼지 안 나는 인간 없단 게 사헌부 신조 아니오? 그럼 정작 그런 말을 한 사헌부도 그런지 과인이 좀 봐야겠 소. 아, 대사헌이니까 과인보다 더 잘 알 테지만 사헌부 소속 으로 죄를 지으면 가중 처벌된다는 거 명심하고."

"이는 언로를 차단하는 폭군의 행태이옵니다!"

"하, 경은 폭군 맛을 제대로 안 봤나 보네. 중국에선 대역죄 인의 구족을 멸한다는데 과인이 그렇게 하길 원하는 거요?"

난 이상진을 쫓아냈고. 밤새 한숨도 자지 못한 이상진은 다음 날 등청해 항복했다.

사헌부 간언 권한이 사간원으로 이전되는 조치에 반발은 있었으나 재조회와 문묘 종사 사건의 여파로 흐지부지되었다.

역시 이래서 운빨, 즉 타이밍이 중요한 거다.

유비, 관우, 장비도 난세를 만나서 지금까지 이름이 전해 내려오는 거지, 아니었으면 동네 왈패로 살다가 죽었을 테니까.

며칠 후에는 집현전 영전사 정태화와 제학 허적이 찾아왔다.

일전에 말한 어사원 문제로 온 건 아니다.

그건 이미 마무리 단계다.

오늘 온 이유는 서원, 향교 처리 방안 때문이다.

허적이 정태화의 허락을 받아 보고했다.

"서원과 향교가 들어선 부지는 건물째로 예조에 넘겼사옵니다."

"면세지는?"

"면세지는 호조에서 국유지로 전용해 수용하기로 했사옵니다."

"서원과 향교에 딸린 노비가 몇 명이나 되지?"

"지금까지 파악한 숫자는 3만 5천 명이옵니다."

"흠, 많군. 그들은 어떻게 하기로 했어? 그대로 쫓아내면 이번 겨울을 버티지 못하고 다 굶어 죽을 텐데. 방안이 있겠지?"

"호조가 이번에 수용한 농지를 노비에게 나눠 주고 국가가 직접 소작하는 방안은 어떻사옵니까? 어차피 서원과 향교에 딸린 노비가 하던 일이 그거였으니 계속 맡겨 보는 것이지요."

난 입맛이 썼다.

이는 내가 세운 세금 3대 철칙을 어기는 조치여서, 유전유세에 이은 3대 철칙의 두 번쨀 경자유전(耕者有田)이다.

즉, 농부만이 농지를 소유한단 원칙이다.

쉽게 말해 소작을 금지하는 법이다.

대한민국 헌법에도 들어가 있을 만큼 내가 중요하게 여기는 원칙인데 국가가 노비를 이용해 소작해야 하는 상황이다.

3만 5천이나 되는 노비를 먹여 살릴 방도가 지금은 없으니까.

그래, 지금은 어쩔 수 없다. 타협하자.

백성이 죽어 나가는 것보단 원칙을 깨는 편이 덜 괴로우니까.

"그렇게 하게."

"예, 전하."

"이제 그동안 집현전이 연구한 신 교육 제도에 대해 말해보게."

"향교는 기초 교육을, 서원은 중등 교육을, 그리고 성균관이 고등 교육을 담당해 인재를 길러 내는 방안을 연구 중이옵니다."

"정책 시행 초반부터 힘을 줄 순 없겠지. 재원이 많이 드니까."

"해서 3천 명 규모로 시작할까 하옵니다."

"3천 명? 너무 적지만 그게 한계라면 어쩔 수 없지."

"황송하옵니다."

"예조와 협의해 준비하고 있게. 과인도 준비할 게 있으니까."

"알겠사옵니다."

정태화와 허적이 나가고 나서.

신임 형판 윤선도가 막을 새도 없이 선정전으로 난입했다.

"명하신 대로 재조회 관련 죄인들을 광산으로 보냈사옵
니다."

"잘했소."

"그리고 이것은……."

윤선도는 열정 넘치는 할배답게 형판 업무와는 전혀 관계
없는 시무 10조 같은 걸 써 와 장장 세 시간 동안 떠들었다.

귀에서 피가 나기 전에 가까스로 윤선도를 내보냈더니.

이번엔 호조판서 이시방이 들어와 보고했다.

"제물포에 입항한 서유럽회사 선단이 가져온 양곡을 한
파 피해가 가장 심한 고을부터 순차적으로 보급하고 있사
옵니다."

"선단은 다시 복건으로 떠났소?"

"그렇사옵니다. 서유럽회사 본사 사장인 장현에게 들기론
앞으로 네 번을 더 왕복해야 1차 거래가 끝난다고 하옵니다."

"호판이 고생 많소."

"아니옵니다."

"집현전 젊은 관료들이 언제 내려가는지 아시오?"

"달포 뒤이옵니다."

"위로도 하고 당부할 말도 있어 그런데 자리를 마련해 주
겠소?"

"준비하겠사옵니다."

"아, 이참에 왕인 워크숍을 엽시다!"

"워크숍이 무엇이옵니까?"

"모여서 허심탄회하게 국가 정책을 논의하는 자리란 뜻이오."

"알겠사옵니다."

며칠 후.

왕인 전체가 한자리에 모이는 워크숍이 춘당대에서 열렸다.

마침내 왕인이 정치 세력화되어 수면 위로 드러나는 순간
이다.

워크숍 며칠 전.

경정충이 보낸 선물이 도성과 궐에 도착했다.

도성으로 온 선물은 중국 양자강 이남에서 자생하거나, 인도 등에서 수입해 재배하는 작물의 씨앗과 모종 수십 종이다.

엄밀히 말하면 도성이 아니라 농업 사업부일 테지만 아무튼.

그리고 궐로 온 선물도 엄밀히 말하면 선물은 아니다.

물건이 아니라 사람이니까.

다름 아닌 경정충이 보낸 중국인 숙수 다섯 명이다.

어휴, 대륙 스케일 보소.

요리사 한 명 보내 주면 되지, 뭘 굳이 다섯 명씩이나.

가만? 이거 혹시 스파이 아냐? 대궐에서 숙수로 일하는 거보다 더 좋은 잠입 방법이 없잖아?

경정충이 보낸 메시지만 보면 아닐 거 같긴 하지만, 내 뒤통수는 내가 알아서 지켜야지.

몰래 초급 최면술을 운용해 살펴본 결과.

다행히 스파이는 아니었다.

다만, 이번 인사 조치에 불만이 많단 건 알아냈다.

갑자기 조선으로 가라니까 다들 많이 빡친 모양이다.

지금이야 빡칠지 몰라도 나중엔 입이 찢어질 거다.

한반도 최초의 중국 음식점 주인이 될 테니까.

아마 갈퀴로 돈을 쓸어 담겠지.

아무튼 그건 그렇고 확실히 중국은 땅이 넓어 그런가?

한족이라도 강북과 강남 출신이 크게 다르네.

언어야 당연한 거고, 심지어 외모나 성격도 차이가 크다.

강북은 각이 져 있다면 강남은 둥글둥글하다.

난 그중에서 마인 부우를 닮은 최연장자에게 물었다.

"이름이 뭐라고?"

마인 부우가 생소한 언어로 대답했다.

난 세종대왕을 경배하라 독해 스킬 덕에 언어도 금방 익힌다.

덕분에 지금은 왜국어, 만주어, 북경어, 광동어를 쓸 수 있다.

근데 숙수의 말은 처음 듣는 언어다.

나중에 가서야 그들이 쓰는 언어가 민남어임을 알았다.

민남어는 나중에 설명할 기회가 있을 테지만 복건 남쪽 말이

177

다. 다행인 점은 마인 부우가 광동어를 쾌 할 줄 안단 섬이다.

눈치 빠른 마인 부우가 곧 광동어로 대답했다.

"소인의 이름은 왕자춘이옵니다."

"흐음, 이름 좀 다시 말해 봐."

"어, 어찌 그러시옵니까?"

"그냥 이름 좀 다시 말해 봐."

"왕-자-춘."

"젠장!"

"이, 이름이 이상해서 그러시옵니까?"

"아, 아니야."

자춘은 이성계의 아버지 이름이다.

내가 피휘에 별 신경 안 쓰긴 해도 이 이름은 절대 못 부른다.

무심코 자춘아! 하고 불렀는데 그걸 누가 듣는다면?

패륜이니, 뭐니 하며 지랄발광할 게 뻔하다.

생각만 해도 끔찍하네.

"음, 이름을 직접 부르긴 좀 그렇고. 그렇다고 왕서방이라고 하기에도 좀 뭐하니까, 왕 숙수, 그래, 왕 숙수가 좋겠네. 앞으론 왕 숙수라고 부르지. 왕 숙수는 중국의 어느 지방 요리를 잘하지? 역시 복건이나 광동 지방 요리를 잘하나?"

"소인 다섯 명은 각자 전문 분야가 다 다르옵니다."

"그래?"

"예, 전하. 소인은 복건과 광동 요리 대부분을 꿰고 있고 옆의 곽 숙수는 사천 요리를, 장 숙수는 호남 요리를, 노 숙수는 절강과 안휘, 조 숙수는 강소, 산동 요리의 달인이옵니다."

오, 대박이네.

경정충이 중국 8대 요리 전문가를 보내 줬어.

"이건 궁금해서 묻는 건데 만한전석 같은 거도 되나?"

왕 숙수가 동료와 상의하고 나서 대답했다.

"소인 모두 만한전석을 처음 들어 보옵니다. 무례가 되지 않는다면 어떤 요리인지 알려 주실 수 있겠사옵니까? 들어 보고 나서 비슷한 요리를 알고 있다면 만들어 올리겠사옵니다."

"아니야. 그건 됐어."

만한전석이 강희제 때 나오긴 하지만, 지금은 아니겠지.

강희제가 너무 어려 친정하기 전이니까.

그리고 강희제도 당연히 플레이어 중 하나일 테지.

역사대로 흘러가는 일은 절대 없을 거다.

"그럼 중국에서 가장 화려하고 사치스러운 요리는 뭐야?"

"산이나 들을 태워 하는 요리가 가장 사치스러울 것이옵니다."

"산이나 들을 태운다고? 태워서 뭘 먹는데?"

"산에서는 불에 타 죽은 새나 짐승의 고기를 요리해 먹고, 들에선 불길에 그을린 열매나 뿌리 등을 요리해 먹사옵니다."

"와우, 정말 사치스럽군."

아마 맛보단 권력 과시용일 테지.

암튼 스케일이 어마어마하긴 하네.

"며칠 후에 중요한 연회가 있어. 각자 자신 있는 요리를 만들어 봐. 아, 양념이나 재료가 달라서 맛을 내기가 어려울까?"

"필수로 들어가는 양념과 재료는 미리 가져와 문제없사옵니다."

"오, 좋아. 이건 앞으로 잘 부탁한단 의미로 주는 거야."

내 눈짓을 받은 홍귀남이 숙수 다섯에게 은 보따리를 주었다.

"성은이 망극하옵니다."

"아, 그걸 말 안 했네. 대령숙수인 얀 클라슨부터 만나 봐. 그럼 그가 많은 도움을 줄 거야. 그도 너희처럼 타국에서 왔으니까 서로 요리를 배우고 가르쳐서 조선의 미식 세계를 세계 최고 수준으로 끌어올려 봐. 그럼 나중에 도성이나 지방에 너희 이름을 내건 번듯한 음식점을 내 줄 테니까."

숙수들은 오히려 은 보따리보다 지금 얘기에 더 기뻐했다.

역시 고용 요리사보단 자기 가게가 있는 게 더 좋겠지.

근데 왕 숙수는 돌아가지 않고 커다란 배낭 같은 걸 바쳤다.

보물처럼 끌어안고 있던 걸 보면 꽤 중요한 물건인 모양이다.

홍귀남이 가서 배낭을 받아 내 앞으로 가져왔다.

"뭐야?"

"세자 저하가 특별히 보내신 선물이옵니다."

"오, 그래? 내가 서찰로 잘 받았다고 전해 주지."

"그럼 소인도 나가 보겠사옵니다."

홍귀남이 배낭을 열어 안에 든 걸 주섬주섬 꺼냈다.

그 순간, 중국 차 냄새와 함께 오랫동안 맡아 보지 못한 중독적인 향기가 코를 강타했다.

아, 뭐 마약이나 그런 건 아니다. 설마 내가 마약을 했겠어?

"흠, 설마 이 냄새는? 귀, 귀남아!"

"예, 전하!"

"그거 빨리 이리 다오."

"여, 여기 있사옵니다."

난 홍귀남이 건넨 비단 보자기를 뜯어 얼른 냄새부터 맡았다.

정말이네!

잘 말려 건조해 둔 커피콩에서 알싸한 향이 올라왔다.

이렇게 빨리 커피를 다시 볼 수 있을 줄은 몰랐는데.

배낭에서는 커피 외에도 벽라춘, 철관음, 용정, 은침 같은 중국 명차들이 줄줄이 쏟아졌지만 내 기준에선 다 아오안이다.

현대인 대다수가 그렇듯 나도 커피 중독이다.

근데 조선에선 죽었다가 깨어나도 구할 방법이 없다.

그래서 속으로 최소 인도나 가야 구할 수 있을지 알았는데 놀랍게도 경정충이 커피를 보내 준 거다.

밀봉한 커피 보자기가 대여섯 개가 넘었다.

아껴 마시면 당분간 커피 걱정은 안 해도 될 거 같네.

흐흐, 이건 아무도 주지 말아야지.

얼른 커피콩을 갈아 명주로 감싸고 뜨거운 물로 내려 마셨다.

오랜만에 마시는 진한 카페인 때문에 살짝 어지러웠다.

그래도 향과 맛은 충분히 음미할 수 있었다.

며칠 후.

내가 춘당대에 도착했을 땐 이미 왕인이 전부 집결해 있었다.

이경석, 조경, 권시, 이시방, 김좌명, 김우명 같은 대신들부터 권대운, 이현일, 성이성과 같은 중진, 윤증, 남구만, 박세채, 박세당과 같은 젊은 친구까지 전부 한자리에 모인 거다.

날 본 김좌명과 김우명이 얼른 달려와 큰절부터 올렸다.

"선친의 문묘 종사가 전하의 강력한 천거 덕에 이루어진 일이라 들었사옵니다. 이번에 입은 은혜는 저희 형제와 석주가 평생 갚아도 모자랄 만큼 커서 오히려 두려울 지경이옵니다."

"내가 김육 대감을 존경해서 한 일이니 부담 가질 필요 없소."

"황, 황공하옵니다."

김좌명, 김우명은 감격한 나머지 눈물까지 쏟아 냈다.

이어 이현일도 다가와 넙죽 큰절부터 올렸다.

"소관이 영남 유생을 대표할 수도 없고, 대표해서도 안 되지만 남명 선생과 화담 선생의 문묘 종사는 영남 유학계의 숙원을 푸는 큰 경사이옵니다. 이에 보답하기 위해서라도 분골쇄신하는 마음으로 성심을 다해 전하를 보필하겠사옵니다."

"그 두 선생이 이룩한 경지를 생각하면 문묘 종사는 더 일찍 이뤄져야 했소. 지금이라도 되었으니 다행이오. 그리고 일전에 공신전 혁파 일로 신세 진 것을 갚을 수 있어 좋았고."

"성, 성은이 망극하옵니다."

고개를 조아리는 이현일의 등이 바르르 떨렸다.

내가 그때 일을 아직도 마음에 두고 있을 줄 몰랐던 모양이다.

질 수 없다는 듯 윤증과 같은 젊은 친구들도 절을 올렸다.

그들은 특히 성혼의 문묘 종사에 기뻐했다.

이이는 명성이 너무 커 언제가 되었든 문묘 종사가 확실했다.

한데 성혼은 불확실했기에 이들이 좋아하는 거다.

절을 다 받고 막 상석에 가서 앉으려는데, 성이성이 다가왔다.

"전하."

"오, 성 대어사 아니신가?"

"이번에 모임이 열린단 말을 듣고 특별히 인사드리고 싶어 하는 이가 둘 있어 데려왔사온데 그들을 만나 보시겠사옵니까?"

"누구요?"

"유형원과 이상진이옵니다."

"이상진? 대사헌 이상진?"

"그렇사옵니다."

"유형원은 나중에 만나고 지금은 이상진부터 따로 봐야겠소."

"모시겠사옵니다."

창경궁 담과 이어진 느티나무 밑에 이상진이 홀로 서 있었다. 난 성이성을 돌려보내고 나서 그와 독대했다.

"여긴 적지나 다름없는데 대사헌 대감이 웬일이오?"

이상진이 쓴웃음을 짓고 나서 머리를 조아렸다.

"염치 불고하고 청을 하나 드릴까 하옵니다."

"뭐요?"

"신도 왕인으로 받아 주시옵소서."

"흐음, 사헌부 간언 이전 건으로 서인의 공격이 심한가 보군."

"뭐 그렇지요."

"왕인이 되려면 포기해야 할 게 많소. 가능하겠소?"

"어차피 물욕은 크게 없사옵니다."

"단순히 이번 일 때문에 온 건 아닌 거 같고 진의가 무엇이오?"

"이번 사건을 통해 배운 점이 많사옵니다."

"어떤 걸 배웠소?"

"전하께선 뭔가 다르단 확신이 들었지요."

"그렇소?"

"호포제와 공신전 혁파, 그리고 이번 서원, 향교 사태까지, 전부 조선이란 나라를 강하게 만드는 정책이었사옵니다. 한데 신의 당색이 서인이다 보니 전엔 느끼지 못했사옵니다."

"서인과 거리를 두고 나니 깨닫게 되었단 거요?"

"그렇사옵니다."

"삼국지 읽어 보셨소?"

"소싯적에 읽어 보았습니다."

"거기에 오나라 장수 황개가 자기 몸을 해하는 고육계로 적벽에 있는 조조의 100만 대군을 속여서 대승한 내용이 나오지."

"신이 서인이 보낸 첩자라 보시옵니까?"

"대사헌이 대단한 인사인 만큼, 나로서는 의심할 수밖에 없소."

"신의 가슴속엔 조선과 백성을 위하는 마음밖에 없사옵니다."

말과 표정, 행동은 일단 진실 같아 보인다.

그래도 확인할 건 해야지.

난 초급 심문관으로 그의 진의를 확인했다. 결과는?

진심이라고 나왔다. 흠, 이상진이라?

아주 유명한 양반은 아니어서 잘 모르는 캐릭이긴 하지.

근데 지금까지 본 것만 따지면 어쨌든 유능하긴 해.

서인 쪽에서 강경 계열도 아니고.

"좋소. 이번 회합에 대사헌도 참석하시오."

"황공하옵니다."

난 이상진을 춘당대에 데리고 가서 소개했다.

"이번에 우리 왕인이 되기로 한 대사헌 이상진 대감이오. 과거야 어찌 되었든 이제 우리 사람이니 서로 돕도록 하시오."

"예, 전하!"

이상진이 평판은 좋은 모양이네. 다들 별말 없이 수긍했다.

이어 난 오랜만에 유형원을 만났다.

"오랜만이군. 잘 지냈소?"

"잘 지냈사옵니다."

"암행어사를 계속 맡기로 했다고?"

"임시일 뿐이옵니다."

"알겠소. 한데 오늘은 무슨 일로 찾아온 거요?"

"호남 유생의 일원으로서 하서 선생의 문묘 종사에 감사 인사를 직접 드리고 싶어 대어사를 졸라 같이 오게 되었사옵니다."

하서는 김인후의 호다.

유형원도 이번 문묘 종사에 감명받은 모양이다.

"알겠소. 이왕 왔으니 즐기다 가시구려."

"횡숭하옵니다."

곧 궁녀와 내관이 중국의 산해진미를 날라 왔다.

다들 처음 보는 수십 가지 요리에 눈이 휘둥그레졌다.

거기다 후식으로 나온 명차에 또 한 번 탄성을 내질렀다.

역시 사람을 부리려면 잘 먹이고 봐야 한다니까.

상이 치워지고 나서 난 기송일을 불러 엄명을 내렸다.

"이들과 긴한 얘기를 해야 하니 궁녀와 내관, 금군을 전부 춘당대 밖으로 내보내고 잡인의 출입을 엄히 금하도록 하시오."

"예, 전하!"

씩씩하게 대답한 기송일이 궁인들을 전부 다 내보내고 나서 직접 언월도를 들고 춘당대 입구를 장판파 장비처럼 지켰다.

내 말을 들은 왕인 전부가 긴장한 기색으로 기다렸다.

드디어 오늘 워크숍의 본론이 나온단 뜻이니까.

난 잠시 생각했다.

내가 게임 초반에 희정당에서 세운 계획은 수십 가지다.

대표적인 것만 몇 개 꼽아 보라면. 신분제의 폐지, 종교의 자유, 국방, 교육, 경제 개혁 등이다.

그리고 좀 특이하긴 하지만 삼사, 즉 사간원, 사헌부, 홍문관을 현대 대한민국의 국회처럼 만드는 발상까지 들어 있다.

삼사가 하는 일이 현대의 국회와 비슷하기 때문이다

국회는 크게 두 가지 일을 한다.

하나는 법을 만드는 일이고.

두 번째는 행정부를 견제하는 일이다.

근데 현재 삼사가 바로 행정부를 견제하는 일을 한다.

국회로 만들 토대가 반은 갖춰져 있단 뜻이다.

물론, 이건 아주, 아주 먼 훗날의 일이다.

그리고 여기서 이런 계획을 다 밝힐 순 없다.

다들 충격을 크게 받을 테니까.

그래서 오늘은 첫 번째 프로젝트에 관한 설명만 하기로 했다.

바로 세금 제도가 어떻게 바뀔 것인가에 대한 내용이다.

돈이 없으면 다른 계획도 무용지물이기에 어쩌면 이 세금 제도가 가장 중요할 수도 있다.

난 각 잡고 회사 사원이 사장에게 프레젠테이션하듯 설명하기로 마음먹었다.

이걸 어떻게 받아들이냐는 각자의 결정에 달린 일이다.

실망해서 왕인을 떠나겠다면 당연히 그렇게 하게 해 줄 거다.

근데 프레젠테이션은 언제 해도 떨리는군.

더구나 내가 여기서 대빵인데도 말이야.

으아악!

갑자기 왜 그러냐고?

대학 1학년 때 처음 프레젠테이션한 기억이 떠올라서다.

암튼 이제 시작하자.

마침내 내 치세 초반의 성패를 가늠할 프로젝트를 공개할 시점이 왔다.

116장. 이 매형을 믿고 해 볼 텐가?

오늘 내 조별 과제 파트너는 쌍둥이다.

왕두석과 홍귀남은 짬 좀 찼다고 이런 일을 잘 안 하려 든다.

괘씸한 놈들. 암튼 요즘 말론 뭐라 그러는지 모르겠는데.

우리 땐 전도라 부르던 종이를 쌍둥이가 나무 봉에 걸었다.

난 지휘봉으로 전도를 가리키며 프레젠테이션에 들어갔다.

"오늘 이 자리를 마련한 이유는 하나요! 과인의 머릿속에

있는 계획을 도식화해 앞으로 여러분이 어떤 흐름에 맞춰 일

을 해 나가야 하는지 알려 주기 위함이지."

"……."

"우리 조선은 현재 가난하오. 한데 우리가 하는 농업 경제

의 규모를 고려하면 절대 이 정도로 가난해질 이유가 없소. 그렇담 이렇게 된 데에는 원인이 반드시 있다는 뜻일 테지."

"……."

"원인은 간단하오. 조정이 제대로 세금을 걷고 있지 못하기 때문이오. 하여 오늘 조선의 새 조세 제도를 공표하겠소."

다들 눈도 깜빡이지 않고 집중 중이다.

좋았어. 분위기는 일단 제대로 잡혔군.

"세금은 두 가지요. 직접세와 간접세. 물론, 아직은 이해하기 어려운 개념일 테지만 끝날 때쯤엔 감을 잡을 거라 믿소."

난 우선 직접세부터 설명했다.

직접세는 다시 재산세와 소득세로 나누는데 이름에서 알 수 있듯 재산세는 보유한 재산에, 그리고 소득세는 벌어들인 돈에 부과하는 세금이다.

다만, 지금의 행정 체계론 소득세를 제대로 걷기 쉽지 않다. 개인이 얼마나 버는지 파악조차 불가능할 테니까. 하지만 소득세와 달리 재산세 징수는 지금도 충분히 가능하다.

"재산세는 세 가지 철칙에 따라 거두어질 것이오. 첫 번째는 유전유세요. 즉, 농지, 토지와 같은 부동산을 보유한 개인과 기업은 그게 누가 됐더라도 반드시 세금을 내야 하오."

"……."

"현새 내수시 혁파, 공신전 혁파, 서원과 향교의 면세지 몰수 정책에 의해 유전유세는 거의 완성 단계인 상태이오. 나중에는 군과 관청이 지닌 둔전도 회수해서 민간에 분양해야 할 테지만 일단 유선유세 철칙은 완성한 거로 봐도 좋소."

두 번째 철칙은 경자유전이다. 즉, 소작을 금지해 재산세를 내는 자영농 비율을 한계까지 높이는 방안이다.

"물론, 농부가 다른 농부에게 농지를 빌려주는 정도는 괜찮소. 그러나 농부가 아닌 이가 소작하기 위해, 혹은 부동산투기 목적으로 농지를 사들이는 건 반드시 막아야 하오."

재산세의 마지막 철칙은 다전다세(多田多稅)다. 좀 뜬금없는 용어이긴 하지만 누진세라 생각하면 이해하기 쉽다.

"논 한 마지기를 가진 농부와 논 백 마지기를 가진 대농의 세금 비율을 똑같이 일괄적으로 적용한다면 소득의 격차가 시간이 갈수록 벌어져 결국 논 한 마지기를 가진 농부는 논백 마지기를 가진 농부에게 논을 빼앗길 수밖에 없소."

"……."

"이러한 부의 편중을 막기 위해선 재산 규모에 따라 세금비율을 바꿔 적용하는 다전다세 철칙이 필수적이오. 그리고이것이 현재 과인이 생각한 균전법의 가장 확실한 대안이오."

균전법이란 소리에 유형원과 윤증 같은 이들의 눈이 반짝였다. 그럴 만도 하지. 균전법이야말로 그들이 생각한 데우스 엑스 마키나니까.

그들은 균전법을 시행하면 백성이 다 잘살 수 있다고 믿는다.

"안타깝지만 균전법은 시행할 수 없소. 불법적으로 농지나토지를 불린 지주도 있을 테지만 남보다 성실하게 일해서, 혹은 남보다 운이 좋아 농지를 불린 농부도 있을 것이오."

조선이
문명함 5

"……."

"한데 그런 자들의 노력과 운마저 폄훼해 국가가 강제로 토지를 수용해 나누어 준다면 이는 평등해지기 위해서 오히려 평등하지 않은 수단을 동원하는 모순에 처할 위험이 크오"

난 말을 잠시 멈추고 모인 이들의 표정을 살폈다.

다행히 내 말의 저의를 다들 제대로 이해한 모양이다.

이어 직접세의 소득세와 간접세도 설명했다.

소득세야 당연히 소득의 일정 비율을 세금으로 내는 거다.

그리고 간접세는 부가세, 주세, 유류세, 염세, 담배세처럼 재산, 소득 상관없이 모든 백성이 같은 비율로 내는 세금이고.

이어 워크숍의 핵심인 자유 토론이 이어졌다.

내가 왕인에게 내 명을 따르라 일방적으로 요구할 거였다면 사실 이런 자린 필요 없다. 선정전에서 해도 되니까.

근데 이렇게 모아 놓고 한 건 집단 지성, 혹은 브레인스토밍을 유도해 내가 놓친 부분이나 보완할 부분을 찾기 위해서다.

나이 든 대신들은 주로 듣는 편이었다. 그리고 토론이 격해지면 헛기침하며 중재하는 역할을 맡았고.

진짜 토론은 젊은 관원들이 주도했다.

몇 시간에 걸친 격론 끝에 몇 가지 정책 목표가 정해졌다.

1. 관원을 양성한다.
2. 양성한 관원으로 양전, 호구 조사를 세밀하게 실시한다.
3. 2를 바탕으로 경자유전, 다전다세를 도입한다.

4. 재정이 충분해지면 군역, 요역, 공납을 사실상 폐지하고 호포제의 경우에는 국방비란 명목으로 재산세에 통합시킨다.

5. 소득세와 간접세를 거둘 수 있는 행정 역량을 육성한다.

이 외에도 여러 안건이 나왔다.

역시 가장 많이 언급된 건 화폐 도입이다. 대동법도 그렇지만, 모든 세금을 세곡으로 걷는 건 비용이 너무 많이 든다.

거기다 부를 올바로 축적하기 위해선 화폐가 필수다.

그리고 은행 설립, 관세, 지방세 등의 안건이 나왔다.

워크숍이 끝날 때쯤.

난 내가 생각하는 가장 중요한 국정 철학 하나를 밝혔다.

"조정이 세금을 걷는 진짜 이유를 절대 잊지 마시오!"

"······."

"세금은 관료의 배를 불리기 위해 걷는 게 아니오! 백성을 외적으로부터 지켜 주고 범죄로부터 생명과 재산을 지켜 주기 위해 걷는 거요! 그리고 힘 있고 강한 백성이 힘없고 약한 백성을 괴롭히지 못하도록 막기 위해서 걷는 거요!"

"······."

"또한 힘없고 약한 백성이 제풀에 지쳐 포기하지 않고 다시 일어설 수 있게 국가가 도와주기 위해 걷는 거요! 앞으로 모든 정책에는 반드시 이러한 철학이 들어가야 할 것이오!"

그 즉시.

이경석을 필두로 모든 왕인이 일어나 머리를 조아렸다.

"명심하겠사옵니다, 전하!"

"좋소. 오늘 고생 많았소. 다들 돌아가고 지방으로 발령 난 관원만 따로 남으시오. 과인이 그들에게 따로 할 말이 있소."

잠시 후, 윤증과 남구만, 박세채, 박세당 등 10여 명만 남았다.

난 그들을 둘러보며 당부했다.

"이번 인사이동을 좌천이라 생각하지 마라. 과인이 방금 천명한 세금 제도를 현실에 적용하기 위해선 반드시 지방의 현실을 알아 둘 필요가 있다. 그리고 오래 걸리지 않을 거다. 과인이 준비를 마치는 대로 중앙으로 다시 부를 테니까."

"알겠사옵니다, 전하!"

젊은 관원들에게 당부하고 나서 소소한 문제들을 처리했다.

우선 처리해야 할 첫 번째 문제는 고부 갈등이다.

윗전 두 분 마마는 신혼여행까진 받아들였다.

근데 중전이 말 타고 돌아다니는 거까진 받아들이지 못했다.

단순히 중전이 사내처럼 행동해 그러는 건 아니다.

그보단 승마가 회임에 나쁜 영향을 줄까 걱정해서다.

현재 왕실에서 가장 시급한 일은 중전의 회임인데 승마가 외견만 봤을 땐 여성 건강에 썩 좋아 보이지 않으니까.

난 문안 인사를 드리러 가서 열심히 중전을 변호했다.

내가 승마를 강제로 시킨 셈이라 약간 찔리기도 했고.

아무튼.

"어의들에게 물어본 건데 사람들 생각과 다르게 승마란 운동이 회임하는 데 좋다고 합니다. 앉아만 있으면 오히려 안 좋다는 거지요."

사실과 거짓을 적절히 섞어 가며 열심히 썰을 풀었더니.

두 분 마마도 화가 많이 풀려 더는 뭐라 하지 않았다.

물론, 이제 승마는 그만둔단 조건을 걸긴 했지만.

고부 갈등을 해결하고 나선 친인척 관리에 들어갔다.

결혼 전에는 내 집안만 신경 쓰면 된다.

근데 결혼하고 나선 처가까지 신경 써야 한다.

괜히 결혼을 두 집안의 결합으로 보는 게 아니다.

곧 처가 식구들이 정식으로 초대받아 대궐에 들어왔다.

국구인 최후량 부부와 동생인 최후상네 부부. 그리고 최후
량의 아들인 석진, 석항에 최후상 양자인 석정까지.

며칠 전부터 잔뜩 들떠 있던 중전은 어머니, 숙모와 눈물의
상봉을 마치고 나서 점심 먹고 창덕궁 궁궐 투어를 돌았다.

난 그사이 사내들을 데리고 관우정에서 헬스를 전파했다.

헬창의 자존심을 걸고 열과 성을 다했음에도 성과는 별로
였다. 최석진만 약간 흉내 낼 줄 알고. 다른 처가 식구들은 운
동에 영 젬병이다.

결국, 대조전으로 돌아와 차와 간식을 먹으며 담소를 나누
었다.

"처가 식구들이 다 모인 김에 확실히 말하겠소."

장인어른부터 꼬마 처남 최석항까지 전부 긴장해 쳐다본다.

얼굴을 보니 마음이 좀 약해지지만 어쩔 수 없다.

이것도 내 확고한 국정 철학이니까.

"앞으로 처가 식구들은 그 누구도 벼슬길에 오를 수 없소. 물론, 왕실에서 먹고살 정도의 양식과 옷감이 철마다 나갈 테지만 벼슬해서 먹고살겠단 마음은 빨리 접으란 뜻이오."

최후량과 최후상은 애초에 그럴 마음도 없었던 모양이다. 바로 수긍하는 모습을 보였다.

다만, 큰 처남 최석진과 작은 처남 둘은 당황한 모양이다.

매형이 임금이니 작은 벼슬이라도 주지 않을까 했는데 대놓고 면전에서 없다고 하니 실망감을 감추기 쉽지 않은 거겠지.

근데 이건 사실 나한테도 손해다.

최명길의 장손인 최석진에 대해선 잘 모른다. 내가 최명길을 좋아하긴 하지만 가계도까지 외우진 않으니까.

대신, 최명길의 다른 두 손자는 좀 안다.

최석정은 나중에 영의정, 최석항은 좌의정까지 오른다. 그들이 어떤 실력을 지녔는지는 모르지만. 나중에 재상급으로 클 수 있는 인재의 벼슬길을 막은 거다. 단지 외척이란 이유로.

물론, 그들을 위해 준비해 둔 계획이 있긴 하다.

"그렇다고 과인이 처남들을 마냥 남처럼 매정하게 대할 순 없는 일이오. 중전이 바가지를 긁으면 과인도 피곤해지니까."

"흠흠."

최후량이 헛기침했지만, 신경 쓰지 않고 넘어갔다.

"해서 처남들에게 직업으로 연구원, 혹은 교육자를 제안해 보려는데 처남들의 생각은 어떤가? 이 매형을 믿고 해 볼 텐가?"

처남들이 갑작스러운 제안에 멍쩌 있을 때.

아들의 장래를 걱정한 장인어른이 얼른 나섰다.

"연구원과 교육자가 되면 정확히 어떤 일을 하는 것이옵니까?"

"말 그대로요. 연구원은 연구하고 교육자는 학생을 가르치는 거지. 어느 정도 실력만 쌓으면 취업 걱정은 하지 않아도 될 거요. 연구원이 되면 서유럽회사가 설립했거나 설립 예정인 연구소에 취직해 연구할 수 있고, 교육자가 되면 향교나 서원, 성균관에서 학생들을 가르치는 일을 하면 되니까."

최후량이 동생의 의사를 물었다.

"석진이와 석항이는 내 아들이라 괜찮아도 석정이는 자네 아들 아닌가? 자네는 상감마마의 제안을 어떻게 생각하는가?"

"전 찬성입니다. 골방에 처박혀 경전이나 외우는 거보다는 밖에 나가서 지 손으로 밥벌이를 하는 게 낫지 않겠습니까?"

고개를 끄덕인 장인어른이 머리를 조아렸다.

"소생과 소생의 아우는 제안을 따르겠사옵니다."

"처남들 의견도 중요하오. 장래가 걸린 중요한 문제니까."

최석진은 생각해 둔 바가 있는 듯 바로 대답했다.

"소생은 덕도 없고 공부도 아우들만큼 잘하지 못합니다. 하여 소생은 최씨 집안의 종사를 잇는 데 힘쓸 테니 두 아우는 전하께서 거두어 주시지요. 형이어서 하는 말이 아니라, 두 아우는 천재는 못 돼도 수재는 될 만한 재능이 있사옵니다."

"형님, 어찌 이런 자리에서 자기 비하를 하십니까?"

최석정의 말에 최석진은 담담한 얼굴로 대꾸했다.

"자기 분수를 아는 것도 중요하다. 너희들은 형 말대로 해라."

최석정, 최석항은 결국 아버지와 형의 의견을 따르기로 했다.

처가 식구들이 돌아가고 나서, 난 장현을 불러 지시했다.

"다들 그동안 연구하고 일하느라 힘들었을 텐데 하루쯤은 편하게 쉴 수 있는 자리를 마련해 주는 게 어때? 더 추워지기 전에 날을 잡아 잔치를 벌이자고. 아, 이걸 말 안 할 뻔했네. 직원들한테 열 살 이상 먹은 가족은 남녀 할 거 없이 전부 다 데려오라 해. 빠지면 절대 안 된다고 못 박고."

"알겠사옵니다."

장현은 내 의도를 모르고 잔치란 말에 신이 나서 돌아갔다.

며칠 후, 서유럽회사 본사 운동장에서 잔치가 벌어졌다.

소와 돼지도 대여섯 마리 잡고, 광대와 판소리꾼, 놀이꾼도 불러 흥을 끌어올렸다.

물론, 나도 참석했는데 잔치 때문에 온 건 아니다.

난 감식안을 켜고 나서 직원들이 데려온 아이들을 확인했다.

흠, 생각보다 인재 풀이 괜찮네.

부모의 직업이 영향을 끼친 건가?

난 재능 있는 아이 일곱 명을 콕 집어 대궐로 불렀다.

거기에 최석정, 최석항과 단이를 합치니 딱 열 명이 되었다.

시작은 미약할지 모르지만, 그 끝은 절대 미약하지 않을 거다.

난 이 아이들을 조선 최고의 교육자로 만들 것이니까.

그리고 이들이 내 강력한 무기가 되어 줄 거라 확신한다.

누굴 가르치려면 세 가지가 필요하다. 하난 교실이고 두 번째는 교재다. 그리고 세 번째가 바로 교사다.

첫 번째 조건인 교실이야 이미 준비되어 있다.

선포전이란 훌륭한 공간이 있는데, 굳이 썩힐 이유 없지 않나?

그렇담 이제 나머지 두 가지를 준비해야 한다.

아이들을 가르칠 교사와 수업에 쓸 교재.

불행한 점은 이 두 가지 모두 나만 할 수 있단 거겠지.

빌어먹을! 이러다가 정말 손목 터널증후군에 걸리는 거 아냐?

아무튼 시작하자. 아, 그 전에 개인 스탯 좀 확인하고.

이연 (+556,529)

레벨: 5

무력: 59(↑1) 지력: 68(↑1) 체력: 55(↑1) 매력: 62(↑2)
행운: 71(↑3)

몇 달 동안 방울 소리가 들릴 정도로 일했더니 스탯이 골고
루 올랐다.

특히 내가 운빨을 타고난 놈임을 확인해 주려는 듯이 행운
이 가장 먼저 70대를 찍었다.

무력하고 체력만 60대를 찍으면 이제 6레벨이군.

뭐 급한 거 없으니까 천천히 하자.

갑자기 스탯을 확인한 이유는 수명 때문이다.

그동안 미친 듯이 질렀는데도 아직 55만이다.

안 먹어도 배부르단 말은 이런 때 쓰는 거겠지.

암튼 수명은 아직 충분하다. 덕분에 세계 최고의 교과서를
만드는 데도 전혀 문제가 없다.

뭐 다 눈치챘을 테지만 난 어렸을 때 공부 좀 했다.

사탐으로 부르는 사회탐구야 틀리는 편이 더 어려웠다.

국어, 영어도 기껏해야 한두 개 틀리는 정도였다.

다만, 많은 수험생이 그렇듯 수학과 과학에 애를 먹었다.

그래도 과탐은 양반이지.

수학, 즉 수리는 영 젬병이었으니까.

내가 언제 수학과 멀어졌는지 따져 본 적 있는데.

기억으론 한 중2쯤 되는 거 같다.

정확히 어떤 부분부터 이해가 안 가기 시작했는진 모르지만, 암튼 그때도 수학 성적 자체는 잘 나왔다.

공식을 달달 외워 풀었으니까.

근데 고등학교에 진학해 미적분으로 넘어가면서 공식을 외워도 안 풀리는 문제가 있음을 깨닫는 순간, 수학과 나는 명절 때마다 만나는 사촌처럼 점점 데면데면하기 시작했다.

나중에 그 이유를 곰곰이 따져 보니까 수학에 영 정을 붙이지 못한 나도 문제지만 수학을 가르치는 수업 방식과 교사, 교재 모두에 문제가 있음을 깨달았다.

수능에서 좋은 성적을 받기 위해 공식을 써서 미분, 적분을 풀기만 했지, 그게 정확히 어떤 개념인지 잘 몰랐던 거다.

어쨌든 난 이미 버린 몸이라 쳐도 아이들은 나 같은 실패를 겪게 할 수 없다. 그래서 교육 방식과 교재에 더 신경 쓰는 거다.

여기서 내가 어떤 식으로 테이프를 끊냐에 따라 학생의 학업 성취도가 달라질 테니까.

우선 수명을 아낌없이 투자해 도서관에서 책 수십 권을 빌렸다. 여기에 쓰인 수명이 자그마치 5만 일이다.

이 정도면 내가 어떤 마음으로 임하는지 충분히 알았을 거다.

작업에 들어가기 전에 선포전에서 고사도 지냈다. 대신들이 뭐라 할까 봐 숨어서 하긴 했지만, 형식은 제대로 갖췄다.

고사떡에 과일과 돼지머리도 준비했다.

이렇게 하는 게 맞는진 모르겠지만 뭐 형식이 중요한가?

들인 정성이 중요하지.

난 왕두석에게 절을 시킨 뒤 옆구리를 슬쩍 찔렀다.

"고사 지낼 때 돼지머리에 돈 꽂아야 하는 거 알지?"

기겁한 왕두석이 달아나며 소리쳤다.

"차, 차라리 벼룩의 간을 빼먹으십시오!"

"인마, 돼지머리에 돈 안 꽂으면 재수가 날아간다니까."

"휴우."

그 말에 땅이 꺼지라 한숨 쉬며 돌아온 왕두석이 주머니에
서 은 쪼가리 하나를 꺼냈다.

"이, 이 정도면 되겠지요?"

"마, 팍팍 좀 써라. 쪼잔하게 그게 뭐냐?"

울상을 지은 왕두석이 눈을 질끈 감더니 주머니에서 큼지
막한 은덩이를 새로 꺼냈다.

"이, 이 정도면 되겠사옵니까?"

"자식, 고작 은 덩이 하나 꺼내면서 생색은 드럽게 내네."

"이 정도 은이면 소관의 한 달 녹봉은 거뜬할 것이옵니다……."

그러면서 시무룩한 얼굴로 은덩이를 돼지 입에 넣었다.

그때, 옆에서 지켜보던 홍귀남이 왕두석 쪽으로 종이 한 장
을 슬쩍 내밀었다.

"받으세요."

"뭔데?"

"그냥 받아서 내용이나 읽어 보세요."

종이를 받아 내용을 읽은 왕두석의 눈이 왕방울만 해졌다.

"이, 이건 목면산 근처에 있는 집 주소잖아?"

"전하께서 마련하신 신혼집입니다. 내년에 선배님이 농업 사업부의 신 부장이랑 혼례를 치를 거란 말을 들으시더니 집 터까지 직접 고르셨지요."

감격한 왕두석이 바닥에 넙죽 엎드려 눈물을 뿌렸다.

"흑흑, 소관은 이런 줄도 모르고 그만……."

"왜? 속으로 내 욕이라도 했어?"

"그, 그럴 리가 있겠사옵니까."

"욕했네, 욕했어."

"하하하!"

"암튼 신 부장이 농업 연구소가 있는 강남으로 자주 건너가야 해서 신혼집을 목면산 인근으로 정한 거니까 그렇게 알아 둬."

"전하께서 주시는 집인데 목면산 꼭대기면 또 어떻습니까, 하하하!"

"그럼 정말 목면산 꼭대기로 옮겨 줄까?"

"얼른 절부터 올리시지요. 이러다가 성주신이 노하겠사옵니다."

"딴청은."

잠시 후, 난 고사상에 절을 올리며 속으로 간절히 빌었다.

세종대왕이시여!

대왕께선 말과 글이 달라 고생하는 우리 조선의 백성을 위해 한글이란 언어를 창제하는 위대한 업적을 이루셨사옵니다!

후손도 그에 발맞춰 만백성이 교육의 혜택을 받을 수 있는 새 교육 프로젝트……, 아니 교육 정책을 위한 준비를 이 선포전에서 오늘 시작하려 하옵니다!

부디 새 교육 정책이 반드시 돈값을 할 수 있게……, 용서하시옵소서. 후손의 입에서 말이 헛나왔사옵니다.

아무튼 새 교육 정책이 큰 성공을 거두어 조선이 앞으로 꽃길만 걸을 수 있도록 대왕께서 보우하여 주시옵소서!

정말 온 마음을 다해 기도한 뒤에 손목 근육을 풀었다.

"지금부터 제본 작업에 들어간다. 모두 준비해라."

"예, 전하!"

선전관도 경험이 쌓여 이젠 다들 알아서 척척이다.

홍귀남은 의자에 앉아 붓을 들었고 왕두석은 벼루에 먹을 갈았다. 그리고 쌍둥이는 새 종이를 준비했다.

난 그림이 들어가는 부문만 적은 뒤에 나머진 전부 구술했다.

그러면 한글을 익힌 홍귀남이 종이에 열심히 받아 적는다.

머릿속의 수많은 내용을 정리하면서 동시에 쓰기까지 하면 완성 전에 내 머리통이 먼저 터질 거 같아 찾아낸 꼼수다.

장장 두 달에 걸쳐 30권이 넘는 교재를 만들었다.

교재는 유치원생부터 대학원생까지 전부 커버할 정도로 다양했다. 학생 중엔 언문조차 떼지 못한 애들이 많으니까.

이젠 교재도 있으니 아이들을 가르치는 일만 남았다.

바로 선발된 학생을 선포전으로 불러 교육에 들어갔다.

선포전이 초 스파르타식 기숙학원으로 변했다.

뭐 예전에도 스파르타식이긴 했지만.

난 가르치면서 아이들이 자기 교재를 직접 만들게 했다.

원래 교재는 활자로 찍어 배포하는 게 맞지만 내가 만든 교재 전부가 현대 한글로 적혀 있었다. 맞는 활자가 거의 없는 거다.

더구나 그림이나 그래프도 많이 들어가 지금 인쇄 기술로는 만들 방법이 없다.

그래서 학생이 교재를 직접 만드는 고육지책을 썼다.

아이들을 가르치며 새삼 느낀 건데 공부도 결국 재능을 타고난 녀석이 잘한다.

뭐 의자에 몇 시간 동안 앉아 있는 끈기 같은 거나, 공부에만 집중하는 그런 쪽의 재능을 말함이 아니다.

이번에 선발한 학생 열 명은 감식안에서 흰 점이 보인 아이들이라, 그 정도 재능은 이미 다 기본적으로 보유했다.

내가 말하고자 하는 바는 바로 타고난 지능이다.

하나를 가르치면 둘을 깨닫는 애가 있는가 하면, 하나를 가르치면 다섯 개, 열 개를 깨닫는 애도 있다. 그중 후자에 속하는 경우는 세 명인데 둘은 내가 아는 애들이다.

바로 최석정과 단이. 이 둘은 이미 감식안에서 빛이 났던 애들이라 신기하지 않다.

근데 마지막 한 명은 나도 의외다.

최석정의 동생 최석항이 바로 그 세 번째 주인공이다.

최석항의 재능은 형언하기 어려울 정도다.

열 살이 넘지 않은 아이가 자기보다 몇 살 많은 형들에게 수학과 물리를 가르칠 정도로 엄청난 속도로 성장했다.

1662년 겨울.

선포전 기숙학교는 반이 두 개로 갈렸다.

우등반, 열등반 개념은 아니다.

그냥 내가 편하기 위해 나눈 거다.

난 천재로 드러난 최석정, 최석항과 단이를 집중해 가르쳤다.

그러면 세 아이가 배운 내용을 다른 아이들에게 가르쳤다.

천재반의 세 아이를 가르치는 방식도 조금 달라졌다.

셋 다 유독 잘하는 과목이 따로 있었다.

최석정은 예상대로 수학에서 발군의 실력을 자랑했다.

단이는 화학에 강점이 있었다.

최석항은 물리에서 천재다운 면모를 유감없이 발휘했다.

1663년 여름.

난 준비한 마지막 교재를 천재반 아이들에게 가르치면서 장장 1년 가까이 끌어온 임시 교사 생활에 마침표를 찍었다.

그 후부터는 아이들이 알아서 공부했다.

잘하는 아이가 다른 아이들을 가르쳤다.

특정 과목에서 실력이 부족한 아이는 그 과목을 잘하는 다른 아이에게 과외를 받았다. 물론, 나도 지원을 아끼지 않았다.

이이의 구도장원공! (SSS)

학생의 학업 성취 속도가 많이 빨라집니다.

버프 기준: 반경 1미터

광역 범위: 반경 10미터

지속 시간: 30일

　무려 수명 3,000일짜리 버프를 달마다 걸어 주었다.

　그러지 않았으면 최석항이 아무리 다시없을 천재여도 1년 만에 물리학을 이 정도 수준까지 익히기는 어려웠을 거다.

　뭐 나밖에 못 하는 돈지랄, 아니 수명 지랄이긴 하지.

　애들 가르치는 데만도 수명을 수만 일 넘게 썼으니까.

　어쨌든 수명 지랄한 값은 충분히 보상받았다. 아이들의 학업 성취도가 나날이 좋아져 나도 놀랄 정도였다.

　무엇보다 이 아이들은 편견이나 선입견이 없다.

　달이 지구를, 지구는 다시 태양 주위를 돈다는 지동설에 의문을 표하기는커녕, '어 정말 그렇네.'라 하며 오히려 흥분했다.

　아마 머리가 굳은 유생에게 지동설을 가르치려 했으면 가르치기보단 설득해야 하는 경우가 더 많았을 거다.

　선포전 기숙학교가 문을 닫으며 아이들의 진로도 정해졌다.

　최석정, 최석항, 단이는 서유럽회사 연구소로 옮겨 갔다.

　거기서 공부와 연구, 그리고 제자 가르치는 일을 병행해 조선이 부족한 기초 과학 수준을 끌어올릴 거다.

　나머지 아이들은 성균관으로 보내서 사범대학을 만들었다.

　아이들이 거기서 교수가 될 소양을 쌓는 동안, 사범대생을 모집해 장차 조선의 기초 교육을 담당할 교사를 양성한단 계획이다.

　사범대생은 신분에 상관없이 원하는 이는 누구든 받아들였다. 근데 양반 자제들이 입학을 꺼리는 바람에 부유한 중인과 양인 자제들 위주로 사범대 정원이 채워지는 결과를 낳았다.

뭐 나야 이런 결과가 싫을 이유가 전혀 없지만.

당연히 이 1년 동안 선포전에서 강의만 주구장창 하진 않았다. 대궐을 떠나지 못하긴 했지만, 틈틈이 다른 업무도 처리했다.

가장 먼저 한 일은 조선 수군을 정비하는 일이다.

만주와 맞닿은 국경 방어가 시급해 육군부터 정비에 들어가긴 했지만, 사실 육군만큼이나 수군 역시 중요했다.

더욱이 중국과 러시아라는 강력한 적에 의해 막힌 육지와 다르게 바다는 열려 있단 사실이 내게 매력적으로 다가왔다.

이처럼 중요한 분야임에도 육군만큼 투자하지 않은 이유는 돈이 가장 크다.

육군이 병력 유지에 많은 돈을 쓴다면 수군은 보유한 무기 그 자체가 돈 먹는 하마나 다름없다. 수군의 무기가 범선, 판옥선, 거북선과 같은 군함인 탓이다.

현대의 군대도 비슷하다. 탱크는 수십억이면 사지만 군함은 건조 비용만 수천억이다.

심지어 항모 같은 경우에는 수조 원에 달한다.

경제 대국이 아니면 해군을 유지하기가 쉽지 않다.

다행히 이번에 녹논이 틀이뢰 수군 정비 사업에 탄력이 붙었다. 서유럽회사가 작년에 수익을 크게 낸 덕이다.

작년에 서유럽회사 무역 사업 본부는 동래와 왜국 마츠에,

제물포와 복건을 오가는 중계 무역을 주도해 엄청난 이익을 얻었다.

더욱이 마츠에 이와미 은광산의 은을 헐값이나 다름없는 가격에 들여오는 중이어서 말 그대로 땅 짚고 헤엄치기에 가깝다.

수익을 낸 부서는 무역 사업 본부만이 아니다.

시계와 보라매까지 불티나게 팔려 나가 창설 이후 줄곧 적자만 보던 서유럽회사가 단숨에 국제적인 기업으로 성장했다.

서유럽회사는 영업이익 일부를 소득세로 조정에 냈다.

그리고 조정은 그 돈으로 조선 사업부의 전함을 계속 구매했다.

함대가 있으니 이제 지휘할 제독을 뽑을 차례다.

엄청난 재원이 들어간 함대를 대충 관리할 순 없으니까.

곧 제독 후보 수십 명이 선정전에 나타났다.

이를테면 제2의 충무공을 뽑는 콘테스트인 셈이다.

제독 후보는 크게 세 부류로 나눌 수 있다.

우선 삼남의 수영에서 선발한 엘리트 장교가 첫 번째고 3년 동안 제물포지사에서 빡세게 훈련받은 무역 사업 본부 선원이 두 번째다.

마지막 세 번째 부류는 좀 특이했다.

바로 임진왜란 당시 활약한 수군 장수의 후손이기 때문이다.

내가 무슨 유전자 결정론자까진 아니지만, 부모가 운동 잘하면 아이도 운동을 잘할 가능성이 있는 것처럼 명장의 후손도 명장이 될 가능성이 있을 거라 내다본 거다.

제독 후보들이 집결하는 동안.

니도 나 나름대로 준비하는 시간을 가졌다.

1년 동안, 아이들을 가르치며 퀘스트를 세 개 더 클리어했다.

서브 퀘스트 38

첫술에 배부를 순 없다!

-규모가 작아서 실망입니까? 그럴 필요 없습니다. 처음부터 판을 너무 크게 벌여 후회하기보단 작게 시작하더라도 노하우를 쌓을 수 있는 기간을 충분히 가지는 편이 성공할 확률이 더 높으니까요.

클리어 유무: 클리어

보상: 룰렛 1회 추첨권

서브 퀘스트 39

교재도 중요하다!

-한 과목의 교수, 교사가 학생을 가르칠 수 있는 시간은 얼마 안 됩니다. 그 외의 시간에는 학생 스스로가 자율적으로 학습할 수밖에 없는데 교재마저 부실하다면 시간을 낭비하는 결과밖에 안 됩니다. 학생의 학업 성취도를 높이기 위해 훌륭한, 그리고 효율적인 교재를 만드십시오.

클리어 유무: 클리어

보상: 룰렛 1회 추첨권

서브 퀘스트 40

천재는 키우는 게 아니라, 만드는 것이다!

-천재 한 명이 수십만, 수백만 명을 먹여 살린단 표현이 전혀 과장이 아닙니다. 천재적인 재능을 가진 이들을 찾아내 그들의 눈높이에 맞는 교육을 할 수 있는 여건을 만드세요. 그러면 국가의 저력을 몇 단계 끌어올릴 기회가 반드시 찾아올 것입니다.

클리어 유무: 클리어

보상: 룰렛 1회 추첨권

1년에 퀘스트 세 개면 적긴 하다.

그래도 전에 모은 두 장을 합치면 추첨권이 다섯 장이다.

수군 제독을 선발하기 전에 룰렛을 돌려 볼 숫자론 충분하니까. 난 바로 룰렛을 돌렸다.

수명 365일 2개.

스킬 포인트 2개.

꽝 1개.

뭐 나쁘지 않군.

스탯 포인트가 안 나와 아쉽지만 어쩔 수 없지.

대신 스킬 포인트기 두 개나 나왔으니까.

룰렛에 EX가 없었으면 스킬 포인트가 나오는 족족, 마르지 않는 샘에 무지성으로 몰빵했을 공산이 크다.

하지만 EX가 있는 지금은 그렇게 할 수 없다.

현재 캐릭터 성장 관련 장기 계획은 이렇다.

1. 서브 퀘스트를 최대한 많이 클리어한다.
2. 1에서 나온 추첨권으로 룰렛을 돌린다.
3. 2의 결과로 나온 EX를 최대한 많이 쟁여 둔다.
4. 3에서 최대한 큰 배율을 만들어 수명을 뻥튀기한다.
5. 그 와중에 떨어지는 스탯 포인트는 레벨업에 쓴다.
6. 스킬 포인트는 나중을 위해 아낀다.
7. 스킬 포인트를 꼭 써야 할 땐 심사숙고해 결정한다.

지금은 바로 7번에 해당한다.

지금까지는 감식안 재능 1레벨로 버텼지만, 점점 더 많은 인재를 필요로 하는 나로선 대대적인 투자가 절실하다.

결국, 스킬 포인트 두 개로 감식안 재능을 3레벨로 올렸다.

오! 확실히 3레벨은 1레벨과 차원이 다르다.

이젠 흰 점도 빛의 강도에 따라 4, 5단계로 구분할 수 있다.

"준비를 마쳤사옵니다."

삼도수군통제사, 줄여서 통제사라 불리는 이여발이 다가와 속삭였다.

난 이여발을 힐끔 보았다.

이여발. 내 예상을 깬 사내다.

원래는 통제사부터 바꿀 계획이었다.

판옥선과 거북선 전술에 익숙한 통제사는 범선 위주로 개편될 조선 수군을 이끌어 가는 데 맞지 않단 판단에서다.

그래서 병조의 적당한 자리로 불러들이려 했는데 그를 직접 만나 보곤 마음을 접었다.

3레벨 감식안을 이용해 정한 인재 선정 기준을 B, A, S, SS, SSS라 놓는다면 그는 무려 SS에 해당하는 재능을 지녔다.

생각지 못한 곳에서 잭팟이 터진 셈이다.

난 당연히 그런 이여발을 통제사에 유임했다.

이여발은 내 기대에 100퍼센트 충족하는 모습을 보였다.

공무를 처리할 때는 바늘로 찔러도 피 한 방울 나오지 않는 사람처럼 철두철미하지만, 사석에선 휘하 장병을 아들처럼 아껴 수군 사이에 신망이 대단했다.

이번 콘테스트 준비 역시 그의 능력을 알아보는 계기가 되었다.

지시를 내리기 무섭게 딱 정해진 날짜와 시간에 준비를 마쳤다.

물론, 그도 단점이 없진 않다.

바로 딱딱하기가 콘크리트보다 더하다는 점이다.

옆에서 며칠 지켜보았지만, 그가 웃거나 사적인 대화를 나누는 모습을 본 적이 없다.

농담을 슬기는 나모닌 낭구에 해당하는 스타일이다.

하지만 개의치 않았다.

애초에 그를 통제사로 유임한 이유는 그가 뛰어난 장군이

어서지, 말주변이 좋아서는 아니니까.

난 다시 현실로 돌아와 지시를 내렸다.

"1조 세 명을 들여보내시오."

"예, 전하."

잠시 후, 제독 후보 세 명이 선정전 안으로 들어와 절을 올린 뒤 각자 자신을 소개했다.

"경상우수영 영등포 만호 조규동이옵니다."

"서유럽회사 무역 사업 본부 임오칠이옵니다."

"우치적 장군의 후손 우현송이옵니다."

나는 그들을 쭉 둘러본 연후에 질문 하나를 던졌다.

"너희가 명량해전을 앞둔 충무공이라면 어찌 처신하겠는가?"

현직이어서 여유가 있는 조규동이 셋 중 가장 먼저 대답했다.

"당연히 충무공의 정신을 계승해 전투에 앞장설 것이옵니다!"

다른 두 명의 대답도 조규동의 대답과 비슷했다.

"흠, 수고했다. 나가 보아라."

"황송하옵니다!"

난 채점표에 점수를 적은 뒤에 그들을 내보냈다.

오늘 면접 봐야 하는 인원이 많아 서둘러야 했다.

물론, 면접 자체는 요식 행위에 불과하다.

이미 감식안으로 그들의 재능을 확인한 후였으니까.

사실 가장 쉬운 방법은 그들을 인정전 같은 큰 공간에 몰아넣은 뒤에 감식안으로 훑어 알맹이만 쏙 빼 오는 거다.

다만 그렇게 하지 않는 이유는 이번 인사에 불필요한 말이

나오지 않길 바라서다.

면접을 마친 10조가 나간 뒤, 11조 세 명이 차례로 들어왔다.

난 흐트러진 자세를 고쳐 앉았다. 그중에 S급 재능을 가진 인재가 있어 관심이 갔기 때문이다. 그것도 두 명이나.

절을 올린 세 명이 차례대로 자신을 소개했다.

"경상좌수영 포이포 만호 곽순이옵니다."

"서유럽회사 무역 사업 본부 남이항이옵니다."

"이운룡 장군의 후손 이태보이옵니다."

셋 중에 S급은 곽순과 이태보 두 명이다.

남이항도 그들에 비해 조금 떨어질 뿐이지, A급 재능의 소유자다.

전체적으로 이 조만 다른 조에 비해 수준이 월등하다.

셋 중에 한 명만 뽑는 거라면 지옥 같은 대진표라 불러도 문제없을 테지만 다행히 이건 그냥 편의상 만든 조일 뿐이다.

난 같은 질문을 반복했다.

"너희가 명량해전을 앞둔 충무공이라면 어찌 처신하겠는가?"

관우처럼 수염을 멋지게 기른 곽순이 먼저 대답했다.

"싸우라 하시면 싸울 것이옵니다."

"왜군이 통신을 차단해 현재 조정과 연락할 방법이 없는 상황이다. 즉, 네 재량으로 판단해야 한단 말이지."

"그렇디면 상황을 박 가며 대처하겠사옵니다."

"어떻게?"

"적의 기세가 강하다면 물러나서 조정과 연락할 방법부터 찾겠사옵니다."

"적의 기세가 생각보다 강하지 않다면?"

"충무공께서 하신 대로 필사즉생의 각오로 싸우겠사옵니다."

이어 남이항은 대부분의 제독 후보가 그런 거처럼 죽기 살기로 싸워 이기겠단 평범한 대답을 하였다.

마지막에 대답한 이태보는 게릴라전을 주장했다.

즉, 전력에서 열세가 분명하다면 위험한 정면 승부보다는 별동대를 구성해 적의 소규모 함대나 보급 선단을 공격하겠다는 계획이다.

둘 다 괜찮군.

난 곽순과 이태보에게 높은 점수를 준 뒤에 면접을 계속 보았다.

어느새 시간이 많이 흘러 마지막 조인 31조가 들어왔다.

오! 31조에는 가장 기대하는 후보가 있었다.

바로 SSS급 재능을 지닌 후보다.

지금까지 감식안으로 본 재능 중에서 최석항과 비슷한 밝기로 빛나는 인재는 31조에 있는 이 후보가 유일하다.

31조의 인사를 받은 뒤에 바로 똑같은 질문을 던졌다.

"너희가 명량해전을 앞둔 충무공이라면 어찌 처신하겠는가?"

다른 두 명은 대답에 별 영양가가 없었다.

정신론을 주장하거나, 충무공이 하늘에서 후손들을 보살펴 줄 거란 대책 없는 소리만 하였다.

하지만 서유럽회사 무역 사업 본부에서 왔다는 방오란 청년은 달랐다.

"도망치겠사옵니다."

"도망쳐?"

"그렇사옵니다."

"그럼 전라도 곡창이 왜군 손에 넘어가는데?"

"대신 전함의 함포를 뜯어 어란진, 벽파진, 이진포 세 곳에 배치해 놈들이 진을 함락하려 할 때 일망타진하겠사옵니다."

어란진, 벽파진, 이진포는 명량해전에서 이순신 장군이 사용한 수군 기지다.

즉, 왜군 함대가 전라도 남해안을 완벽하게 제압하기 위해서는 반드시 점령해야 하는 곳이란 뜻인데 방오는 그곳에 함포를 배치해 놈들의 허를 찌르겠단 계획이다.

"충무공은 울돌목에서 한 척의 기함으로 왜군 대함대를 무찌른 것이나 마찬가지다. 넌 이에 대해 어찌 생각하느냐?"

"충무공께서 판옥선 13척으로 수백 척이 넘는 왜선을 상대한 것은 그럴 수밖에 없었기 때문이옵니다. 평소의 충무공이라면 싸워서 이기는 싸움이 아니라, 이길 수 있는 상황을 만들어 놓은 연후에 싸워 대승을 거두었을 것이옵니다."

"함대와 함대끼리 맞붙어 단기 결전하듯 승부를 내는 방식은 충무공의 방식이 아니란 거냐?"

"그렇시옵니다, 전하."

31조를 내보낸 뒤에 이여발에게 물었다.

"통제사는 면접을 보면서 눈에 들어온 이가 있소?"

217

"곽순과 이태보, 방오가 눈에 띄었사옵니다."

감식안은 내가 아니라, 이여발이 가진 거 같네.

역시 인재를 보는 눈도 재능의 영역이라니까.

하지만 감식안만 믿다간 큰코다친다.

세상에 재능을 타고난 이가 성공 못 한 경우가 얼마나 많은데.

난 의뭉을 떨며 물었다.

"흠, 곽순은 군령에 의존하려는 경향이 너무 강하지 않소?"

"군인이 군령을 따르는 일은 당연하옵니다."

"내 말은 그게 아니라, 전쟁에서는 각 지휘관의 임기응변 역시 중요한데 군령만 기다리다가 자칫 시기를 놓쳐 큰일을 망치지 않을까 싶어 묻는 거요."

"오히려 능력을 과신해 제멋대로 움직이는 자보단 훨씬 낫사옵니다."

"그럼 이태보는 어떻소? 내가 보기에 그는 정석을 따르기보단 기발한 책략에 의한 한 발 역전을 좋아하는 것 같은데."

"전선이 고착화하면 이태보처럼 기발하거나 과감한 책략을 펼칠 줄 아는 지휘관이 있어야 하옵니다."

"지금 그 말은 곽순을 평가할 때의 통제사 의견과 상충하지 않소? 곽순을 평가할 땐 그가 제멋대로 움직이지 않아 좋다지 않았소? 한데 이태보를 평가할 때는 그처럼 기책(奇策)을 쓰는 장수가 꼭 필요한 거처럼 말하니 난 둘 중 어느 장단에 맞춰야 하는 거요?"

"그들도 결국엔 군령을 받는 장수에 불과하옵니다."

"무슨 뜻이오?"

"전하께서 그들의 장점을 살리는 방향으로 적재적소에 배치하시면 되지 않사옵니까?"

"과인이 수군 장수 배치까지 신경 쓰기에는 할 일이 너무 많소. 내 말은 과인을 대신해 통제사가 장차 그들을 써먹어야 한단 뜻인데 할 수 있겠소?"

"맡겨 주시옵소서."

"자신 있단 말보다 더 자신감 있게 들리는군. 좋소. 그럼 마지막으로 방오는 어떻소? 내가 보기엔 괜찮은 인재 같은데."

"소장도 마찬가지이옵니다. 장차 수군을 이끌어 갈 인재 같사옵니다."

"그럼 통제사가 지켜보면서 잘 키워 주시오. 앞으로 조선 수군이 할 일이 아주 많아질 테니까."

"알겠사옵니다."

곧 조선 수군에 통제사 이여발을 중심으로 방오, 곽순, 이태보 등의 새 얼굴로 이루어진 새로운 지휘부가 들어섰다.

아직 걸음마 단계이긴 하지만 그 걸음이 얼마나 클지는 아직 아무도 모른다.

　지금으로부터 1년 전, 윤증, 남구만, 박세채, 박세당 등 집현
전의 젊은 관원들은 지방 고을 수령으로 좌천되어 내려갔다.

　물론, 거기서 썩게 내버려 둘 생각은 전혀 없었다.

　집현전이 해야 할 개혁 작업이 산더미처럼 많았으니까.

　난 1년이 지나기 무섭게 그들을 다시 집현전으로 불렀다.

　내 의사가 워낙 강했던 탓일까?

　송시열은 물론이거니와 서인 역시 티 나게 반대하지 못했다.

　그저 시기가 너무 빠르지 않냐며 상소 몇 개 올렸을 뿐이다.

　난 가볍게 무시했다.

　원년 멤버가 모인 집현전은 오래지 않아 예전 모습을 찾았다.

더욱이 이젠 젊은 관원들이 민생과 가까이 닿아 있는 지방 행정까지 두루 경험한 터라, 실력이 다들 일취월장해져 있었다.

이거 송시열에게 고마워해야겠는데.

이 정도로 레벨업할 줄 알았으면 진작 보내는 건데 말이야.

집현전의 젊은 관원들은 중앙 조정으로 복귀한 지 얼마 지나지 않아 대형 프로젝트를 주도했다.

바로 수군 개편 작업이다.

이미 전에 육군 개편 작업을 해 본 터라, 이번엔 속도가 빨랐다.

집현전은 도성으로 올라온 수군 수뇌부와 궐내각사에서 숙식을 같이하며 내가 원하는 모습의 조선 수군을 만들었다.

그 결과, 가장 먼저 기존에 있던 일곱 개 수영이 두 개 수영으로 통합되었다.

바로 수군의 주력을 맡을 경상수영과 전라수영이다.

여기까지가 1차 개편 작업이다.

그리고 1차가 끝나면 충청수영과 강원수영, 황해수영을 창설하거나, 기존 조직을 재편하는 2차 개편 작업이 예정되어 있다.

얼마나 걸릴지는 알 수 없지만 2차 개편 작업까지 마치면 평안수영과 함경수영을 새로 창설하는 3차 개편 작업을 진행해 한반도 전역을 커버하는 7개 수영 체제를 갖출 계획이다.

궁극과 러시아란 북방의 강적을 상대하기 위해선 평안도와 함경도에도 수영이 있어야 한단 판단에서 내려진 결정이다.

얼마 전에 집현전 대제학으로 승진한 허적이 통제사 이여발과 입실해 수군 1차 개편 작업의 세부 사항을 보고했다.

공교롭게도 허적, 이여발 둘 다 공과 사가 철저한 성격이라 처음부터 끝까지 대부분 업무 관련 얘기만 나눴다.

"지휘 체계는 어떻게 하기로 했소?"

이여발과 눈빛을 교환한 허적이 먼저 대답했다.

"육군 편제를 따르기로 했사옵니다."

"그럼 통제사가 훈련도감의 도원수와 같은 역할을 맡는 거요?"

"그렇사옵니다."

"전라수영과 경상수영의 본영은 어디로 정했소?"

"전라수영은 해남에, 경상수영은 동래에 본영을 두기로 했사옵니다."

"적절한 판단인 거 같군."

"황송하옵니다."

"현재 두 수영의 전력은 어떻소?"

"각 수영마다 이순신급 전함 두 척, 장보고급 전함 다섯 척에 기존에 보유한 판옥선과 거북선, 사후선 등을 똑같이 나눠 배치했사옵니다."

난 고개를 돌려 이여발을 보았다.

"훈련 준비는 얼마나 마쳤소?"

"서유럽회사 무역 사업 본부 제물포지사에서 훈련한 선원을 교관으로 삼아 새로운 전술을 훈련할 준비를 마쳤사옵니다."

"전술은 얼마나 완성되었소?"

"기초적인 전술은 완성했사옵니다. 다만, 훈련 중에 상황에 맞지 않는 부분을 발견하거나, 고칠 부분이 생기면 수정해 가며 할 계획이옵니다."

"역시 철저하군."

"황송하옵니다."

"혹시 급여 체계도 가져왔소?"

"여기 있사옵니다."

그러면서 허적이 서류 하나를 찾아 내밀었다.

난 서류를 빠르게 훑었다.

내가 관심 있는 부분은 맨 밑에 있었다.

"격군의 급여도 일반적인 급여 체계를 따르는 거요?"

"그렇사옵니다만 무슨 문제라도……."

"대제학도 격군이 칠반천역 중에 하나란 사실을 잘 알 거요."

"……알고 있사옵니다."

"과인은 나라를 지키는 군인이야말로 백성의 존경을 받아 마땅한 이들이라 생각하오. 한데 존경하긴커녕, 천한 일을 한다며 군인을 조롱하는 지금의 세태가 과연 정상이라 보시오?"

그 말에 허적도 할 말이 없는 듯 입을 다물었다.

조선 시대 군역과 요역은 양반과 천인을 제외한 양인이 진다.

근데 군역이나 요역 중에 육체적으로 너무나 고되어 누구도 하기 꺼리는 보직이 몇 가지 있다.

바로 지금 언급한 수군, 그중에서도 격군이 대표적이다.

이는 격군의 근무 환경만 봐도 알 수 있다.

바람 한 점 불지 않아 찜통과 같은 판옥선 안에서 거대한 노를 몇 시간 동안 팔이 부러지라 젓는 거다.

도망 안 가곤 못 배기지.

실제로 그들이 자주 탈영하는 바람에 수군 운용에 애를 먹은 조정은 한번 격군이 되면 평생 그 신분을 벗어나지 못하게 만들었다.

심지어 격군의 수를 안정적으로 확보하기 위해 아들을 낳으면 그 아들도 자동으로 아버지를 따라 격군이 되어야 했다.

그래서 신분은 양인임에도 하는 일은 노비나 다름없기에 이를 신량역천(身良役賤)이라 했다.

그런 식으로 신량역천이 이루어진 대표적인 직업 일곱 가지를 합쳐 부르는 말이 바로 칠반천역이다.

직업에 귀천이 어디 있냔 소리가 최소한 조선 시대에는 통하지 않던 셈이다.

난 허적과 이여발을 바라보며 단호하게 명령했다.

"칠반천역을 한 번에 다 없애긴 무리겠지만 일단 눈앞에 있는 수군부터 처우를 개선합시다."

허적이 바로 물었다.

"복안이 있으시옵니까?"

"우선 가장 문제인 격군은 기본 녹봉에 따로 수당을 주어 고급 장교에 준하는 녹봉을 받을 수 있게 조치하시오. 그럼 최소한 탈영하는 격군의 숫자가 지금보단 줄어들겠지."

"어명을 따르겠사옵니다."

몇 가지 더 상의한 뒤에 이여발에게 물었다.

"새로운 전함과 전술로 적군과 싸워 능히 이길 수 있을 정도의 실력을 갖추는 데 시간이 얼마나 걸리겠소?"

"적어도 3년은 필요할 것이옵니다."

"2년 안에 완료하시오."

"서두르시는 이유가 있사옵니까?"

난 태연한 표정으로 거짓말했다.

"국방에는 한시도 빈틈이 있어선 안 되기 때문이오. 설령 어쩔 수 없이 빈틈이 생기더라도 그 간격을 최대한 줄여야 하오. 그게 나와 장군 같은 사람이 챙겨야 하는 일이니까."

"……알겠사옵니다."

나가는 허적, 이여발과 바통 터치하듯 상선이 들어와 물었다.

"마마, 바로 점심 수라를 드시겠사옵니까?"

"음, 오늘 메뉴가 뭐였더라?"

상선도 나를 모신 지 벌써 햇수로 5년이다.

개떡같이 말해도 찰떡같이 알아듣는 경지에 이르렀다.

"짜장면과 탕수육이라 들었사옵니다."

"오, 정말이오?"

"바로 올리라 하겠사옵니다."

잠시 후, 중식 숙수가 만든 짜장면과 탕수육이 수라상에 올라왔다.

탕수육이야 중국에 있는 숱한 튀김 요리 중에 하나를 살짝 변형한 형태라 만드는 데 문제가 없었다.

그러나 짜장면은 다르다.

짜장면은 원래 춘장을 튀겨 만드는데 중식 숙수는 춘장 자체가 뭔지 아예 몰랐다.

춘장이 20세기 초 산동에서 넘어온 화교 주방장이 중국식 된장인 첨면장에 조미료를 가미해 만든 소스인 탓이다.

그나마 다행인 점은 숙수들이 조선으로 건너올 때 첨면장을 많이 가져와 춘장을 만들 기본 준비는 되어 있다는 점이다.

난 그들이 시험 삼아 첨면장으로 만든 춘장과 내가 기억하는 짜장면의 맛을 비교해 가며 몇 가지 조언을 아끼지 않았다.

원래 목마른 놈이 우물 파는 법이니까.

그렇게 몇 번의 시행착오를 거친 끝에 마침내 내가 먹던 짜장면과 탕수육을 다시 맛보는 감격스러운 순간을 맞이했다.

"오, 침이 절로 넘어가네."

특별히 준비한 나무젓가락으로 짜장면을 비벼 막 한 젓가락 뜨려는데 옆에서 뭔가 심상치 않은 기운이 전해졌다.

뭐, 뭐야?

급히 고개를 돌렸더니 왕두석이 침을 꿀꺽꿀꺽 삼키며 짜장면을 뚫어지라 바라보는 모습이 보였다.

얜 왜 이렇게 부담스럽게 쳐다보는 거야?

식탁 밑에서 뭐 떨어질까 기다리는 강아지도 아니고 말이야.

"인마, 니가 그렇게 쳐다보면 부담스러워서 밥이 넘어가겠냐?"

"그, 그럼 고개를 돌리고 있겠사옵니다."

"됐어, 인마. 상선!"

곧 문이 드르륵 열리더니 손으로 입을 가린 상선이 들어왔다.

"찾으셨사옵니까?"

"손 좀 치워 보시오."

"어, 어찌 그러시옵니까?"

"과인이 또 두 번 말하게 할 거요?"

"알겠사옵니다……."

상선이 슬며시 손을 내리는 순간, 입가에 묻은 짜장이 햇빛을 받아 반짝반짝 빛났다.

"과인이 모르는 사이에 상선 얼굴에 수염이 자란 게 아니라면 그건 분명 짜장면을 흡입한 증좌일 거요. 내 말이 맞소?"

"그, 그렇사옵니다."

난 고개를 절레절레 저었다.

"그렇게 먹고 싶었으면 진작 말을 할 것이지, 쯧쯧. 수라간에 짜장면을 몇 그릇 더 만들어 올리라 하시오. 그중 네 그릇은 안으로 들여보낸 뒤 나머지는 상선이 먹든, 다른 이들에게 나누어 주든 알아서 하시오."

"성은이 망극하옵니다."

잠시 후, 새로 가져온 짜장면을 선전관 넷에게 나누어 주었다.

왕두석 등은 말 그대로 걸신들린 사람처럼 짜장면을 먹어 댔다. 덕분에 나도 식욕이 동해 짜장면을 한 그릇 뚝딱 비웠다.

뭐 혼밥보단 여럿이 나눠 먹는 게 더 맛있긴 하지.

물론, 하이라이트는 아직 맛보지 않았다.

탕수육이야말로 중식의 하이라이트니까.

그리고 탕수육은 모름지기 찍먹이야말로 정도다.

부먹은 사파, 아니 마교 놈들이나 할 법한 짓이다.

난 입맛을 다신 뒤 큼지막한 놈을 집어 소스에 푹 찍었다.

걸쭉한 소스가 탕수육을 코팅하듯 둘러쌌다.

난 바로 탕수육을 입으로 가져가 크게 한입 깨물었다.

바삭바삭한 식감에 새콤달콤한 소스가 환상의 궁합을 자랑했다.

"그래, 바로 이 맛이야!"

이번에도 옆에서 심상치 않은 기운이 느껴져 돌아보니 왕두석이 또 탕수육을 뚫어지라 바라보았다.

저대로 놔두면 침까지 흘리겠네.

심지어 좀 전까지 체면을 차리던 홍귀남과 쌍둥이마저 왕두석 옆에서 열흘쯤 굶은 강아지처럼 나와 탕수육을 번갈아 보았다.

"하, 누가 보면 내가 너희들에게 녹봉 한 푼 안 주는 줄 알겠다."

난 접시에 탕수육을 덜어 건네주었다.

그다음은 무슨 70년대 홍콩영화를 보는 줄 알았다.

네 놈이 하나라도 더 먹겠다며 젓가락으로 싸워 댔으니까.

정신없이 먹다 보니 탕수육도 금세 바닥을 드러냈다.

난 배를 두드리며 이를 쑤시다가 중국 숙수를 데려오는 데 큰 공을 세운 김석주와 그 일행이 지금쯤 어디에 있을지 궁금해졌다.

대만에 들렀다가 광동으로 가는 중이려나?

뭐 김석주가 있으니 알아서 잘하겠지.

◆ ◆ ◆

"시발!"

김석주의 입에서 상소리가 터져 나왔다.

그럴 수밖에 없었다.

지금 김석주 일행은 밧줄에 꽁꽁 묶여 황량한 숲으로 끌려가는 중이다.

김석주가 하는 욕을 들은 모양이다.

바로 앞에서 끌려가던 일양이 밧줄에 묶인 손으로 합장했다.

"나무아미타불 관세음보살."

"땡중, 너는 이런 상황에서 불호가 입에서 잘도 나오네."

일양이 혀를 찼다.

"김 시주, 마음을 곱게 가지시오."

"마음을 곧게 가지면 저놈들이 우릴 살려 준데?"

"허험."

일양이 헛기침하며 입을 다문 사이.

바로 뒤에서 쫓아오던 최립이 눈치 없이 끼어들었다.

"스님 말이 맞소. 호랑이 굴에 끌려가도 정신만 차리면 산다는데 흥분해 욕해 봐야 저들의 성질만 돋을 뿐이오."

"여기서 살아나가면 진짜로 살 수 있는지 한번 호랑이 굴에 들어가 보는 게 어때?"

"말이 그렇단 거요, 말이."

"밧줄 풀 방법은 알아냈어?"

"아직 못 했소……."

"뭐야? 잘난 체하기에 난 또 밧줄 풀 방법을 찾았는지 알았네."

"허험."

말문이 막힌 최립도 헛기침하며 입을 급히 다물 때.

김석주는 지금까지 상황을 다시 한번 찬찬히 따져 보았다.

배가 대만 타이난 근처의 남서해안에 도착했을 때까지만 해도 일정은 아주 순조로웠다.

안전한 정박지를 찾아 상륙한 뒤, 주변 사정을 알아보기 위해 김석주, 일양, 최립, 조온잠 네 명이 선발대를 맡아 길을 따라 걷는데 갑자기 이국적인 외모의 거친 사내들이 나타나 그들을 포위했다.

일양과 최립은 선단에서 다섯 손가락 안에 드는 무인이다.

그리고 김석주, 조온잠도 사내 서넛은 거뜬히 상대할 수 있다.

다만, 적의 숫자가 너무 많았다.

결국, 조온잠이 잡히면서 나머지 셋도 어쩔 수 없이 항복해야 했다.

김석주는 고개를 살짝 돌려 그들을 잡아가는 사내들을 살폈다. 아직 문명을 제대로 접하지 못한 부족이 분명하다.

걸친 갑옷은 무두질한 짐승 가죽을 대충 꿰어 만든 형태다.

무기도 날붙이가 달려 있긴 하지만 세공이 거칠기 짝이 없다.

무엇보다 외모만 보면 한족은 확실히 아니다.

피부색이 더 어두운 데다, 몸집도 우람했다.

말은 당연히 안 통했다.

조온잠이 북경어, 광동어에 민남어까지 써 봤지만, 소용없었다.

흠, 임금님이 책에 적어 둔 다두 왕국 백성인 거 같군.

근데 복건을 떠날 때만 해도 이 지방은 정씨 왕국이 다스린단 말을 몇 번이나 들었는데 왜 다두 왕국 군대가 있는 거지?

아무튼 지금은 그게 중요한 게 아니다.

우선은 살고 볼 일이니까.

김석주가 갑자기 중국어로 미친 사람처럼 떠들어 댔다.

"우린 대만과 거래하러 상단의 상인이오! 즉, 무엇이든 거래가 가능하단 뜻이오! 심지어 우리 목숨조차도!"

갑자기 호송 행렬 전체가 그 자리에 멈춰 섰다.

김석주는 쾌재를 부르며 계속 떠들었다.

"우린 상단에서 중요한 위치에 있소! 당신들이 거래에 응하기만 해도 우리 목숨값으로 상당한 돈을 받을 수 있단 얘기요!"

곧 선두에서 호송 행렬을 이끌던 젊은 장수가 기수를 돌려 곧장 김석주 쪽으로 달려왔다.

김석주가 씩 웃었다.

어쨌든 목적대로 저들의 관심을 끄는 덴 성공했으니까.

물론, 결과가 어찌 될진 그도 아직 모른다.

포르모사!

섬을 발견한 포르투갈 선원이 대만에 붙인 이름이다.

포르모사는 '아름다운'이란 뜻이다.

그러나 대만 역사는 그리 아름답지 않다.

대항해시대 라이벌인 에스파냐와 네덜란드가 섬을 차지하기 위해 몇십 년 동안 치열한 전쟁을 벌였다.

그리고 몇 년 전에는 중국 본토에서 밀린 정성공이 네덜란드 동인도 회사를 몰아낸 뒤에 대만에 정씨 왕국을 건설했다.

물론, 대만에는 포르투갈 선원이 발견하기 훨씬 이전부터, 그러니까 기원전 수천 년 전부터 오스트로네시아족 원주민이 살았다.

다만, 원주민은 문명 발전이 늦은 탓에 우수한 무기로 무장한 서양 열강과 정씨 해상 세력의 상륙에 속수무책이었다.

결국, 외부 세력에 대만 섬 대부분을 빼앗긴 그들은 부족 연맹체인 다두 왕국을 세워 어떻게든 살길을 모색하는 상황이다.

다두 왕국에서 높은 위치에 있는 인사처럼 보이는 젊은 장수가 말에 탄 자세로 말없이 김석주를 노려보았다. 김석주도 기세에서 밀리지 않겠다는 듯 시선을 피하지 않았다.

근데 젊은 장수의 외모가 상당히 독특했다. 피부색이나 외모는 다두 왕국의 다른 사내들과 비슷했다. 하지만 눈동자 색깔이 파랗고 머리카락은 붉은 기운을 띠었다.

김석주는 저런 이들을 많이 보았다.

서유럽회사에 있다 보면 네덜란드 선원과 조선 여인이 결혼해 낳은 자식들을 볼 기회가 많아서다.

김석주가 먼저 입을 뗐다.

"부친이나 모친이 네덜란드 동인도 회사 소속이었소?"

젊은 장수의 눈빛에 놀란 기색이 여실히 드러났다.

"어떻게 알았소?"

김석주는 오히려 젊은 장수가 의외로 북경어를 능숙하게 구사하는 모습에 감탄하며 대답했다.

"우리 상단에도 당신 같은 사람이 많기 때문이오."

"나 같은 사람? 서양인과의 혼혈로 태어난 사람 말이오?"

"그렇소."

"조선에서는……, 그들을 어떻게 대하오? 역시 생김새가 다르단 이유로 차별하오?"

김석주가 막 먹음직스러운 먹잇감을 발견한 사람처럼 눈을 희번덕거리며 대답했다.

"당신이 믿을진 모르겠지만 오히려 그들의 형편이 조선 사람보다 낫소. 우리 상단의 주인이 그들을 편애하기 때문이오."

"특이한 이로군."

"그렇소. 내가 봐도 특이한 분이오."

"그 주인이란 사람에 대해 좀 더 말해 보시오."

"그보다 계속 올려다보며 말하려니까 목이 좀 아픈데 내려와서 본격적으로 대화해 보지 않겠소?"

"좋소. 당신처럼 흥미로운 자와 얘기할 기회가 많진 않으니까."

순순히 말에서 내린 장수가 시종처럼 보이는 이에게 말고삐를 넘기더니 호송 행렬 쪽으로 뭐라 소리쳤다.

잠시 후, 멈춰 있던 호송 행렬이 다시 움직였다.

젊은 장수는 김석주와 보조를 맞춰 걸어가며 물었다.

"조선에서 이 먼 대만까지 무슨 일로 온 거요?"

"내 말을 안 믿는군. 우린 정말 조선에서 대만과 거래를 트기 위해 온 상단이오."

"정씨 왕국과?"

"우리가 사려는 물건을 가진 이가 있다면 그자의 출신이나 생김새는 상관없소. 우린 정치가나 군인이 아니라, 이문을 좇는 상인이니까."

"다른 이들은 그 말을 믿을지도 모르지만, 난 믿지 않소."

"믿지 않는 이유가 무엇이오?"

"조선이 남명과 깊은 관계임을 알기 때문이오. 그리고 정씨 왕국은 지금은 멸망한 남명을 마지막까지 지원하던 세력이지. 당신들은 분명 정경, 그자를 만나 힘을 합치기 위해 왔을 거요."

김석주는 뜨끔했다.

그의 옷 속에 임금이 정경에게 주라던 서찰이 있기 때문이다.

물론, 김석주는 그런 티를 전혀 내지 않았다.

"당신이 믿지 않겠다면 나도 방법이 없소. 하지만 조선이 정씨 왕국과 정말 손을 잡을 생각이라면 달랑 우리 네 명만 보내진 않았을 거요."

"흐흠."

"이렇게 만난 것도 인연인데 통성명이나 합시다. 내 이름은 김석주요. 그리고 내가 속한 상단은 서유럽회사란 곳이오."

"……만리에요."

"반갑소, 만리에. 그럼 이제 친구가 된 기념으로 몇 가지 물어볼 생각인데 대답해 주겠소?"

주변을 힐끔 살핀 만리에가 손가락 두 개를 펴보았다.

"시간이 많지 않소. 서로 두 개씩 물어보고 답하는 걸로 합시다."

"충분하진 않지만, 그쪽이 원하니 그렇게 하겠소."

"대신, 그쪽에 먼저 물어볼 권리를 주겠소."

"우릴 잡아가는 이유는 우리가 정말 정씨 왕국과 손을 잡기 위해 온 조선인인지 알아보기 위해서요?"

"그렇소."

"그럼 바로 두 번째 질문을 이어 가겠소. 우리가 조선인인진 어떻게 알아본 거요? 옷이 복건성 양식이라 알아보기 쉽지 않았을 텐데."

"태풍을 만나 대만까지 표류해 온 조선인 어부를 만난 적이 있소. 덕분에 조선말을 알아듣진 못해도 어떤 말인진 알 수 있소."

김석주는 궁금증이 풀린 듯 개운한 얼굴로 고개를 끄덕였다.

"이제 당신이 물어볼 차례요."

"당신들이 타이난 근처에 정박한 이유는 정씨 왕국을 찾아가기 위해서였을 거요. 그렇지 않소?"

"부정하지 않겠소."

"그들을 만나려는 이유가 정말 무역 때문이오?"

"역시 부정하지 않겠소."

"대만은 땅이 척박해 외국에 내다 팔 물건이 없는데 무얼 사 가겠단 거요?"

"서로 두 번씩 물어보기로 했지만 세 번째 질문은 우리의 역사적인 만남을 기념하기 위해 무상으로 대답해 주겠소."

"어차피 좀만 더 가면 이런 수고 없이도 알아낼 수 있소."

"태연한 얼굴로 무서운 말을 하는군. 하지만 약속대로 세 번째 질문은 무상으로 대답해 주겠소. 그건 당신들이 대만의 사정을 잘 몰라 그런 거요. 네덜란드 동인도회사가 남겨 둔

농장에서 자라는 사탕수수와 옥수수는 유용한 상품이니까."

그렇게 대화를 나누며 1, 2분쯤 더 걸었을 때였다.

호송 행렬 앞에 통나무를 둘러 만든 목책이 나타났는데 다두 왕국 병사들이 그들을 데려가려는 목적지가 분명했다.

목책이 보인 다음부터 다들 발걸음이 빨라졌으니까.

목책 안으로 들어가면 정말 앞으로의 일을 장담할 수 없게 된다. 김석주는 만리에의 시선을 피해 최립에게 신호를 보냈다.

최립도 김석주만 알아볼 정도로 작게 신호를 보냈다.

서유럽회사에서 배운 그 신호의 의미는 성공했음을 뜻한다.

즉, 최립이 몰래 밧줄을 풀었단 뜻이다.

김석주는 즉시 시작하란 의미의 신호를 보냈다.

"으윽."

잠시 후, 최립이 배가 아픈 듯 신음을 내며 상체를 앞으로 숙였다. 옆에서 감시하던 다두 왕국 병사가 가까이 다가가는 순간, 풀어낸 밧줄을 바닥에 던진 최립이 병사의 허리춤에 매달린 칼을 재빨리 뽑아 만리에의 목에 겨누었다.

"당장 우리를 풀어 주지 않으면 이자를 죽이겠다!"

인질이 된 만리에는 여전히 평온한 표정이었지만, 다두 왕국 병사들은 분노하면서도 한편으론 걱정을 숨기지 못했다.

김석주의 예측대로 만리에의 신분이 범상치 않은 거다.

만리에는 오히려 감탄한 표정으로 김석주를 보았다.

"지금까지 보인 모습들은 다 이 순간을 위한 연기였던 거요?"

김석주가 의뭉을 떨며 대답했다.

"무슨 말을 하는지 모르겠소."

"동료가 밧줄을 몰래 풀 시간을 벌어 주기 위해 당신은 일부러 소리를 크게 질러 다른 이들의 이목이 자신에게 쏠리게 만들지 않았소?"

"억측이오. 난 그저 당신과 거래하길 원했을 뿐이오."

"목이 아프다며 말에서 내려 걷게 한 이유도 날 인질로 잡기 위해서였을 거요. 처음부터 범상치 않은 자라 봤는데, 과연 사람을 속이는 재주가 아주 탁월하오."

"나야말로 당신에게 감탄했소."

"그렇소?"

"단번에 우리 출신과 대만을 찾은 목적을 알아낸 당신의 눈썰미에 감탄을 금치 못했소. 그리고 민남어조차 제대로 구사 못 하는 다두 왕국에서 북경어를 능숙하게 구사할 정도의 지식까지 갖춘 젊은 인재가 있단 점에서 또다시 놀랐소."

"이제 날 어떻게 할 거요?"

"우릴 여기서 풀어 주시오. 그럼 아무 일 없을 거요."

"지금까지 날 속인 당신의 말을 어찌 믿겠소?"

"지금까지 내가 한 말이 전부 진실이라 하진 않겠소."

"처음으로 거짓 없이 진실만을 얘기한 셈이군."

"인정하오. 나도 염치가 있는 사람이니까."

"그런 말을 하기엔 너무 늦은 거 같지 않소?"

"그래도 내가 지금까지 한 말의 반은 틀림없는 진실이오."

"반이라……."

"그러한 진실 중에는 우리가 정씨 왕국과 협력하기 위해 온 게 아니라, 대만이란 땅에 사는 백성과 거래하기 위해 왔단 내용도 포함되어 있소."

"……."

"내 말을 잘 생각해 보시오. 당신 같은 인재라면 그 말에 숨은 저의를 쉽게 알아낼 수 있을 테니까."

"그 말은……, 음?"

뭔가를 감지한 만리에가 남쪽으로 고개를 돌리는 순간, 갑자기 길옆에서 호송 행렬 위로 화살 비가 새카맣게 쏟아졌다.

기습당한 다두 왕국 병사들이 분노에 찬 고함을 지르며 황급히 전투 준비에 들어갔다.

그 와중에도 냉정을 잃지 않은 김석주가 최립에게 소리쳤다.

"다른 이들부터 구해!"

만리에를 멀찍이 밀어 버린 최립이 일양 쪽으로 뛰어가며 물었다.

"누가 기습한 거 같소?"

"여기서 다두 왕국을 공격할 만한 놈들은 정씨 왕국밖에 없겠지."

"역시 그렇구만!"

최립이 일양과 조온잠을 구해 김석주 있는 곳으로 뛰어올 때, 한족 복장에 갖가지 무기를 지닌 정씨 왕국 병사 수십 명이 튀어나와 다두 왕국 병사들과 치열한 혈전을 벌였다.

다두 왕국 전초 기지로 보이는 목책 안에서도 화살 비를 본

239

듯 수십 명이 문을 열며 뛰쳐나와 만리에 일행을 지원했다.

최립이 칼로 김석주를 묶은 밧줄을 자르며 물었다.

"이제 어떻게 할 거요?"

"여기서 장사하긴 틀렸어!"

일양이 피를 뿌리며 쓰러지는 다두 왕국 병사들과 정씨 왕국 병사들을 지켜보다가 넌지시 물었다.

"그럼 대만은 포기하는 거요?"

"그래야겠지."

잡힐 때 맞은 부위가 벌써 시퍼렇게 부어오른 조온잠이 먼저 일어섰다.

"배가 있는 쪽으로 가는 길을 제가 외워 뒀습니다."

그러면서 조온잠이 막 길을 안내하려는데 이번엔 말을 탄 정씨 왕국 기병 10여 기가 나타나 대뜸 그들을 포위했다.

그중 화려한 갑옷을 입은 중년 사내가 칼을 위협적으로 휘두르며 소리쳤다.

"너흰 누구냐?"

김석주가 뭐라 하기도 전에 조온잠이 재빨리 일어나 대답했다.

"해치지 마십시오! 우린 조선에서 온 상인입니다!"

"조선에서 온 상인?"

"그렇습니다."

"흠, 수상한 놈들이군. 이놈들을 포박해 군영으로 데려가거라!"

"예, 장군!"

김석주 일행은 이번엔 정씨 왕국 군대에 붙잡혀 왔던 길을 되돌아갔다.

창칼로 위협하는 정씨 왕국 병사들을 지켜보던 조온잠이 고개를 푹 숙이며 김석주에게 물었다.

"제, 제가 잘못한 겁니까?"

"괜찮아, 인마. 이왕 이렇게 된 김에 정경 얼굴이나 보고 가면 되니까."

이번엔 장장 하루를 꼬박 걸어 정씨 왕국 군영에 도착했다.

조온잠이 실수로 일행의 신분을 밝혔음에도 대접은 달라지지 않았다. 일행은 감옥 대신 돼지를 키우는 우리에 갇혀 똥 밭을 굴러야 했으니까.

최립이 사방에서 올라오는 악취에 잘생긴 얼굴을 찌푸렸다.

"지금까지만 보면 다두 왕국 놈들이 우릴 더 인간적으로 대해 준 거 같군."

"나무아미타불 관세음……, 우욱."

일양도 악취는 참을 수 없는 모양이다.

불호조차 끝맺지 못하고 헛구역질하였다.

꿀꿀거리며 다가와 그들의 냄새를 맡는 돼지를 보며 기겁한 조온잠이 김석주에게 물었다.

"설마 돼지가 우릴 물진 않겠죠?"

"몰랐어?"

"뭐를요?"

"돼지는 잡식성이야. 짐승 고기도 먹는데 사람 고기면 더 환장해 달려들걸."

"정, 정말입니까?"

조온잠은 그때부터 돼지가 다가올 때마다 비명을 질러 댔다.

그날 밤. 화려한 갑주를 걸친 잘생긴 청년이 돼지우리로 걸어와 물었다.

"너희가 조선에서 왔다는 그 수상한 상인들이냐?"

정좌한 채 뭔가를 생각하던 김석주가 눈을 번쩍 뜨며 대답했다.

"일국의 군왕을 뵙고도 일어나서 정식으로 예를 차리지 못하는 불초의 죄를 용서하십시오."

"호오, 제법 눈썰미가 있는 자로군. 과인이 대 동녕 왕국의 왕임을 한눈에 알아보다니! 한데 좀 씻고 다니거라. 냄새가 나서 가까이 다가갈 수가 없지 않으냐."

그러면서 정경이 손으로 코를 막으며 얼굴을 있는 대로 찌푸렸다.

그 말에 최립이 발끈하려 했으나 일양이 재빨리 말려 불상사는 일어나지 않았다.

정작 정경을 상대 중인 김석주는 표정 변화가 전혀 없었다.

"군왕께서도 사정을 들어 보시면 저희가 수상한 인물이 아님을 바로 아실 겁니다. 제 품속에는 저희 신분을 보장하는 정남왕의 직인이 찍힌 공식 문서까지 있습니다."

"지금 과인에게 감히 돼지 똥이 묻은 더러운 문서를 바치겠단 거냐?"

김석주가 고개를 갸웃거렸다.

"조선과 동녕 왕국은 그동안 거리가 멀어 서로 왕래만 없었을 뿐이지, 서로 통하는 점이 많은 줄 압니다. 한데 그런 조선에서 온 저희를 이토록 박대하시는 이유를 모르겠습니다. 우매한 소인을 깨우쳐 주시겠습니까?"

"너흰 우릴 배신했다."

"조선은 남명을 두둔하다가 두 차례나 청나라에 공격받았습니다. 그 정도면 명에 입은 은혜는 이미 충분히 갚은 듯합니다만."

"그 얘길 하는 게 아니다!"

정경이 갑자기 미친놈처럼 소리를 지르는 바람에 다들 깜짝 놀랐다.

유일하게 냉정을 유지하던 김석주가 차분하게 물었다.

"그럼 어떤 이유 때문입니까?"

"그 이유는 너희 임금이 잘 알 거다. 물론, 물어볼 기회는 없겠지. 너흰 이 돼지우리에서 산 채로 뜯어 먹혀 죽을 테니까."

그러면서 정경이 가지런한 이를 드러내며 환히 웃었다.

그러나 그 웃음이 가시는 데는 1초면 충분했다. 이번에는 화살 비가 정씨 왕국의 군영 위로 새카맣게 쏟아졌다.

더욱이 그냥 화살이 아니라, 불꽃을 매단 불화살이.

121장. 됐나?

　"저놈들을 당장 모조리 죽여 돼지 밥으로 주어라!"

　밥투정하는 어린애처럼 짜증 내며 지시한 정경은 시종이 가져온 군마에 올라 불길이 번지는 군영 정문으로 달려갔다.

　그런 그의 뒤를 정씨 왕국 병사 수백 명이 우르르 쫓아갔다.

　김석주는 점점 멀어지는 정경과 오늘 낮에 본 만리에란 청년을 비교해 보았다.

　나이는 비슷하지만, 지닌 그릇의 크기는 차원이 다르다.

　"대만에서 거래를 꼭 해야 한다면 만리에 쪽이 더 승산 있겠군."

　"거래고 나발이고 지금은 우리 목숨 걱정부터 합시다."

퉁명스레 대꾸한 최립이 고갯짓으로 뒤를 가리켰다.

김석주는 고개를 돌려보았다.

시퍼런 칼을 든 정씨 왕국 병사 네 명이 눈에 살기를 드러내며 돼지우리 안으로 들어왔다.

지시대로 그들을 죽여 돼지 밥으로 주려는 거다.

김석주는 군영 주변을 재빨리 훑었다.

건물과 막사에서 불길과 연기가 솟구쳐 오른다.

"다들 잘 봐 둬."

조온잠이 떨리는 목소리로 물었다.

"뭐, 뭐를요?"

"우리가 죽기 전에 이런 장관을 또 언제 보겠냐?"

일양이 나지막한 목소리로 불호를 외웠다.

"김 시주, 지금은 농담할 때가 아니오."

"왜? 땡중도 죽을 때가 되니 무서워?"

"죽음이……, 죽음이 두렵지 않은 자가 어디 있겠소."

"걱정하지 마, 염병할."

"무슨 뜻이오?"

"언젠간 우리도 병풍 뒤에서 향냄새 맡을 날이 올 테지만 오늘은 아니야."

우리 안으로 들어온 정씨 왕국 병사들이 김석주 일행 앞에서 사형집행인처럼 칼을 높이 쳐들었다.

끝이라 짐작한 조온잠은 눈을 질끈 감았다.

"시발!"

반대로 최립은 오히려 눈을 더 부릅뜨며 욕을 내뱉었다.

그 옆에서 손을 합장한 일양은 떨리는 목소리로 불호를 외웠다. 오직 김석주만이 평온한 표정으로 한가로이 주변을 둘러볼 뿐이다.

마침내 정점에 도달한 칼이 빠른 속도로 떨어졌다.

쉬익!

바로 그때, 공기를 찢는 날카로운 파공음이 귓가를 스쳤다.

"윽!"

신음성이 울린 뒤 칼을 내려치던 정씨 왕국 병사들이 목을 부여잡은 자세 그대로 돼지우리 바닥에 쓰러졌다.

김석주 일행은 깜짝 놀라 시신의 상태를 확인했다.

작은 화살이 병사의 목을 거의 관통해 있었다.

군 출신답게 최립이 가장 먼저 반응했다.

"통아로 쏜 애깃살이군. 우리 편이 구하러 온 거야!"

그 말이 끝나기도 전에 고연내가 10여 명이 넘는 서유럽회사 직원들과 달려와 그들을 묶은 밧줄부터 풀었다. 몸이 자유로워진 최립이 벌떡 일어나 고연내의 어깨를 잡았다.

"어떻게 된 거요?"

"설명은 나중에 하겠습니다."

일축한 고연내는 김석주 일행을 군영 밖에 마련해 둔 안전한 장소로 안내한 뒤에야 어떻게 된 일인지 설명했다.

"다두 왕국에서 먼저 우리 배를 찾아와 이사님 일행이 여기 갇혀 있단 소식을 알려 주었습니다."

최립이 놀라 물었다.

"그러고 나선?"

"자기들이 시간을 벌 테니 군영에 잠입해 이사님 일행을 구하라더군요."

김석주는 고개를 돌려 돼지우리가 있는 방향을 보았다.

군영을 밝히는 불길 속에서 피 냄새를 맡은 돼지들이 정씨 왕국 병사의 시체 쪽으로 꿀꿀거리며 몰려갔다.

그다음 광경은 굳이 보고 싶지 않아 고개를 돌린 김석주가 잘했다는 듯 고연내 어깨를 툭 치며 물었다.

"다두 왕국의 만리에가 직접 왔어?"

"예, 직접 왔더군요."

"그는 지금 어디 있어?"

"여기서 십 리쯤 떨어진 숲에서 이사님을 기다리는 중입니다."

"가 보자."

"이쪽입니다."

군영에서 숲속으로 이동하는 동안, 좀 전부터 지겹게 들려오던 욕설과 고함, 함성이 갑자기 사라져 주변이 조용해졌다.

김석주 일행이 무사히 빠져나온 사실을 안 다두 왕국에서 병력을 물리는 바람에 전투가 더는 이어지지 않는단 뜻이다.

그렇다면 김석주 일행이 도망친 사실을 정경이 알아내는 건 시간문제다.

김석주는 일행에게 동작을 서두르라 지시했다.

조온잠이 성큼성큼 걷는 김석주 뒤를 쫓아가며 물었다.

"아군이 우릴 구하러 올 줄은 어떻게 아셨어요?"

"불화살이 우리 뒤에선 안 날아왔으니까."

"그게 왜요?"

"다두 왕국 병사들이 정말 정씨 왕국의 군영을 진심으로 공격할 계획이었으면 사방에서 닥치는 대로 불화살을 쐈겠지."

최립이 끼어들었다.

"맞소. 그래야 놈들이 더 정신 못 차릴 테니까."

최립을 힐끔 본 김석주가 말을 이어 갔다.

"한데 우리 뒤에선 불화살이 전혀 안 날아오더군. 그걸 보고 적을 돼지우리에서 떼어 놓기 위한 양동 작전임을 알았지."

"아아!"

조온잠이 감탄할 때, 일양과 최립도 새삼스러운 눈으로 김석주를 보았다. 둘은 속으로 김석주가 말은 싹수없이 해도 확실히 난놈은 난놈이라 생각했다.

잠시 후, 그들은 숲에서 기다리던 만리에와 마침내 재회했다.

김석주가 만리에 쪽으로 손을 불쑥 내밀었다.

"이번엔 그쪽 신세를 크게 졌소."

만리에가 김석주가 내민 손을 내려다보며 눈썹을 찌푸렸다.

"이건 무슨 뜻이오?"

"악수란 거요. 우리 상단의 주인이 자주 하는 행동이지."

만리에가 김석주의 손을 잡으며 물었다.

"악수엔 무슨 뜻이 담겨 있소?"

"이제 우린 친구란 뜻이 담겨 있소."

악수를 마친 뒤, 만리에가 정씨 왕국 군영 방향을 바라보며 물었다.

"미행은 없었소?"

김석주가 고개를 저었다.

"미행은 없었지만 여긴 저들의 군영과 너무 가깝소."

"같은 생각이오."

"우리 배로 가면서 이야기를 계속 나누지 않겠소?"

"좋소."

김석주는 만리에 일행이 가져온 말에 올라 배가 있는 해안으로 달리면서 이야기를 계속 나누었다.

그 결과, 몇 가지 중요한 사실을 새로 알아냈다.

만리에는 생각보다 신분이 더 대단해 현 다두 왕국의 왕인 카마찻 말로에의 서자였다.

서자인 이유는 그의 생모가 네덜란드 동인도회사가 대만에 세운 질란디아 요새에서 근무하던 상인의 아내기 때문이다.

물론, 정상적인 통혼은 아니다. 카마찻 왕이 그의 어머니를 납치해 강제로 욕보여 태어난 이가 만리에다.

그의 어머닌 얼마 안 가 병으로 세상을 등졌다. 그리고 카마찻 왕은 아들에게 그리 살가운 아버지는 아니어서 만리에는 의지할 데라곤 전혀 없는 사실상 고아나 같은 신세였다.

더 심각한 문제는 그가 다두 왕국의 적이던 네덜란드 동인도회사 여자와의 사이에서 태어난 혼혈이란 점이나.

그는 온갖 차별과 무시, 괴롭힘을 당하며 끔찍한 어린 시절을 보냈다.

그러나 그는 낭중지추란 말이 더없이 잘 어울리는 사내였다.

아무리 주머니 깊숙한 곳에 넣어도 기어코 튀어나오는 송곳 같은 그의 재능에 카마챳 왕도 결국 그를 중용하기에 이르렀다.

더욱이 지금같이 정씨 왕국과 전쟁을 벌이는 혼란한 시기엔 만리에처럼 재능을 가진 인재를 박대하기 힘들었다.

배를 정박해 둔 곳에 가까워졌을 무렵, 김석주가 불쑥 물었다.

"정씨 왕국과는 왜 싸우게 된 거요?"

"복건, 광동 지방의 한족이 섬으로 많이 넘어오면서 그들에게 줄 땅이 부족해진 정씨 왕국이 우리가 통치 중인 타이중 지역의 땅을 빼앗아 갔기 때문이오."

"승산은 있소?"

"쉽지 않소."

"정씨 왕국이 무기나 병력 면에서 더 우위이기 때문이오?"

"정씨 왕국이 보유한 육군도 까다롭긴 하지만 더 큰 문젠 수군이오."

"수군?"

"우리 다두 왕국은 그들의 수군을 상대할 수단이 없소."

"들어 보니 이해가 가는군. 정씨 왕국은 애초에 수군이 주력인 세력이니까. 아예 정성공이란 인물 자체가 중국 바다를 지배하던 수적이지 않았소?"

"이쪽의 사정을 잘 아는군."

"누구 덕분이긴 하지만……, 그 문젠 넘어갑시다. 그럼 정씨 왕국과의 전쟁에서 승산이 없단 뜻으로 받아들여도 되겠소?"

"……그렇소."

"솔직하군."

"조금 전에 당신이 날 친구라 하지 않았소?"

"그랬지."

"그렇다면 친구 사이엔 솔직해야 하지 않겠소?"

"그럼 나도 솔직하게 말하겠소."

"어떤?"

"내 권한 밖의 일이라 앞으로 어떻게 될지 모르겠지만, 최대한 상단 주인을 설득해 그대들을 도울 방법을 알아보겠소."

"그래 준다면 조선은 우리 다두 왕국의 영원한 친구로 남을 거요."

만리에와 악수한 김석주는 거기서 다두 왕국 일행과 헤어져 배에 올랐다.

선장 어용담과 피터슨 등은 무사히 돌아온 김석주 일행을 크게 반겼다. 그들 역시 걱정이 많았던 모양이다.

잠시 후, 배는 해안을 떠나 광동으로 향했다.

정씨 왕국의 해상 세력이 주변에 쫙 깔려 있어 돌다리도 안전한지 두들겨 본 뒤에 건너는 심정으로 조심조심 항해했다.

뱃전 난간에 서서 바람을 쐬는 김석주에게 일양이 걱정스러운 기색으로 다가왔다.

"그런 약속을 함부로 해도 되는 거요?"

"무슨 약속?"

"다두 왕국을 도와줄 방법을 찾겠단 약속 말이오."

"다두 왕국에 연줄을 만들었단 말을 들으면 전하께선 오히려 기뻐서 춤이라도 추실걸."

"왜 그렇소?"

"정씨 왕국은 우리가 대만에 세력을 뻗치는 상황을 싫어할 테지만 망할 위기에 처한 다두 왕국은 오히려 반길 테니까."

"대만을 거점으로 삼을 생각이오?"

"육시랄도 지금쯤은 전하의 계획을 어느 정도 눈치챘을 거 아냐?"

"바다를 통해 세계로 나간단 계획 말이오?"

"그렇지. 한데 바다가 넓어도 엔간히 넓어야 말이지. 보급 없이 항해하다간 순식간에 나자빠질 거야. 그렇다고 아무 항구나 들어가 보급받는다? 상대국에선 선전 포고로 여길걸."

"그래서 대만을 보급 기지로 삼겠단 거요?"

"정씨 왕국이 있는데 대만을 어떻게 보급 기지로 삼아?"

"그럼?"

"다두 왕국이 통치하는 지역에 항구 하나 얻는 정도겠지."

"흠, 그 정도면 성공 가능성이 있을 거 같군."

김석주의 계획을 들은 일양은 안심한 듯 표정이 풀렸다.

배는 얼마 후, 광동성 광주에 무사히 도착했다.

◆ ◇ ◆

난 언덕 위에 올라가 망원경으로 아래를 내려다보았다.

화기 사업부 연구원이 바퀴 달린 대포를 최종 점검 중이었다.

이곳은 양평에 있는 화기 사업부의 대포 시험 발사장이다.

안전과 보안상의 이유로 도성과 거리가 있으면서 아주 멀진 않은 장소를 찾다 보니 양평이 제일 적당했다.

망원경을 움직여 대포 근처에 있는 막사를 확인했다.

화포 개발을 지휘하는 프레데릭 카시니가 종종걸음으로 뛰어다니며 시험 발사 전에 문제가 없는지 세세하게 확인했다.

난 다시 망원경의 방향을 바퀴 달린 신형 대포로 옮겼다.

천둥이란 제식명을 부여받은 신형 대포는 캐논, 컬버린, 천자총통 등 동서양에 존재하는 수많은 대포의 장점만 쏙 빼 설계해 만든 역작으로 조선 포병의 근간이 될 중요한 무기다.

천둥의 가장 큰 특징은 후장식에 유압 프레스를 이용하는 주퇴 복좌기를 설치했단 점이다.

약실에 직접 장전하는 후장식은 포구에 장전하는 전장식과 비교해 장전 속도가 월등히 빠르단 장점이 있다.

주퇴 복좌기 또한 마찬가지다.

기존에 사용하던 화포는 발사하면 그 반동으로 포신의 위치가 달라질 뿐만 아니라, 포각 또한 변화가 생겨 처음부터 다시 조준해야 하는 불편함이 있다.

근데 유압 프레스를 쓰는 주퇴 복좌기를 달면 유압이 반동을 흡수해 주기 때문에 다시 조순할 필요 없이 바로 갱전할 수 있다.

천둥에 적용한 후장식, 유압 프레스 두 가지 신기술이 완벽히 기능한다면 조선 포병은 적은 숫자로도 적을 압도하는 화력을 갖출 수 있다.

말 그대로 전설의 포방부가 17세기에 등장하는 셈이다.

곧 시험장에서 대포 시험 발사 준비가 끝났단 신호가 올라왔다.

난 일어나서 팔을 올렸다가 밑으로 힘차게 내렸다.

"시작하라!"

잠시 후, 연구원들이 천둥의 약실을 열어 철환과 장약을 장전했다. 쌀쌀한 날씨임에도 손에 땀이 흐를 정도로 긴장되는 순간이다.

장전을 마친 뒤, 카시니가 긴 봉에 불을 붙여 약실 구멍에 가져다 대었다.

치이익! 약실 뒤에서 불꽃이 번쩍이며 연기가 올라왔다.

됐나?

망원경을 돌려 표적을 확인하려는데 쾅 하는 굉음이 울렸다.

뭐지?

찰나의 시간이 지나고 나서 천둥의 약실이 그대로 폭발해 그 파편이 빗살처럼 사방으로 날아가는 모습이 보였다.

난 망원경이 바닥으로 떨어지는데도 몸을 꼼짝하지 못했다.

122장. 나도 한참 멀었군.

다시 정신을 차렸을 땐 이미 시험장으로 몸이 알아서 움직였다.

"전하, 위험하옵니다!"

뒤에서 누군가 외치는 소리가 윙윙거리며 들려왔지만 멈추지 않았다.

순간적으로 여러 가지 생각이 두서없이 머릿속을 스쳐 지나갔다.

이거 수습하려면 고생 좀 하겠어.

시발, 좀 안전하게 할 것이지, 대체 왜 그런 거야? 그나저나 이번 사고 때문에 개발에 차질이 빚어지면 안 되는데.

그 순간, 이런 생각을 하는 내가 역겨워 견딜 수가 없었다.

지금은 수습이나 화포 개발을 염려할 때가 아니다.

다친 이들, 그리고 죽은 이들을 먼저 걱정해야 할 때다.

정신 차리자. 임금인 내가 여기서 어떻게 행동하느냐에 따라 많은 게 달라진다.

실패가 또 다른 실패로 이어지느냐, 아니면 실패를 교훈 삼아 더 큰 영광을 써 내려가느냐는 모두 최종 결정권자인 나하기에 달렸다.

그리고 책임질 사람을 꼭 찾아야 한다면, 그건 카시나 이번 실험을 진행한 연구원이 아니다.

바로 나다.

내가 밀어붙인 일이다.

당연히 실패 역시 내가 책임져야 마땅하다.

현장에 도착해 흑색 화약이 만든 연기를 걷으며 안으로 들어갔다. 연구원이 바닥을 기어 다니며 무언가를 찾는 모습이 보였다.

내가 달려가 부축하려는 순간, 연구원이 손으로 무언가를 집어 들었다.

파편에 잘려 나간 왼쪽 팔이다.

신경이 살아 있는지 손가락이 꿈틀거린다.

이를 악문 난 옷을 찢어 연구원의 상처부터 싸맸다.

"정신 잃으면 안 돼!"

쇼크로 의식을 자꾸 잃는 연구원을 흔들어 깨울 때, 서유럽회사 의료 사업부에서 나온 의원과 의녀들이 뒤늦게 도착했다.

"여긴 저희가 맡겠사옵니다!"

"이 친구는 피를 많이 흘렸어."

"알겠사옵니다. 여기 지혈대부터 가져와!"

의원과 의녀가 달라붙어 지혈대로 연구원의 상처를 압박했다.

난 일어나서 손바닥을 내려다보았다. 핏물이 홍건했다.

말없이 용포에 피를 닦은 난 현장을 둘러보았다.

화약 연기가 걷히며 현장이 좀 더 선명하게 드러났다.

바닥에 쓰러진 이만 10여 명이 넘는다.

그리고 그중 몇 명은 아예 미동조차 없다.

젠장!

난 부상자의 얼굴을 확인하며 대포가 있던 방향으로 달려갔다.

폭발한 대포의 파편이 지뢰처럼 사방에 박혀 있었다. 파편을 피해 가며 대포가 있던 장소에 도착해 주변을 확인했다.

카시니가 대포 바퀴 옆에 힘없이 앉아 있었다.

얼른 달려가 그의 상태부터 확인했다. 카시니가 오른손으로 엉망으로 변한 왼손을 감싸 쥐고 있었다.

다행히 그 왼손 외에 다른 상처는 보이지 않았다.

그나마 다행이네. 아마 대포가 폭발할 때 강철로 만든 바퀴 뒤로 몸을 피한 듯했다.

그러지 않았으면 대포와 가장 가까이 있던 그는 파편에 몸이 갈기갈기 찢어졌을 거다.

자꾸 옆으로 쓰러지는 그의 어깨를 부축하며 큰 소리로 물었다.

"괜찮아?"

카시니가 용케 내 얼굴을 알아본 모양이다.

앉은 자세로 고개부터 숙인다.

"황, 황송합니다, 전하."

"뭐가 황송해?"

"전, 전하께서 귀중한 재원과 시간을 투자해 주셨음에도 끝, 끝내 실험에 실패했습니다……."

"지금은 실험보다 몸이 먼저야."

"그래도 황송하옵니다……."

난 정신을 자꾸 놓으려는 카시니에게 말을 시키며 의원을 불렀다. 의원이 바로 달려와 카시니의 왼손에 소독용 알코올을 뿌렸다.

피가 씻겨 내려가며 상처가 좀 더 자세히 드러났다.

검지와 약지가 보이지 않았다.

파편에 맞아 아예 뜯겨 나간 모양이다.

21세기라면 뜯겨 나간 손가락을 찾아 봉합 수술을 해 볼 수도 있을 테지만 17세기에는 불가능한 일이다.

응급 처치를 마친 카시니가 들것에 실려 막사로 가는 모습을 잠시 지켜보다가 돌아섰다.

어느새 쫓아온 상선과 왕두석, 홍귀남, 기송일 등의 얼굴이 보였다.

다들 걱정스러운 표정으로 나와 현장을 번갈아 보았다.

뒤이어 의원과 연구원들이 달려와 내 지시를 기다렸다.

난 심호흡을 짧게 하였다.

지금은 침착해야 한다. 흥분하거나 좌절하는 모습을 보이면 그 감정이 다른 이들에게 전염된다.

"의료 사업부 책임자가 누구지?"

젊은 청년이 앞으로 나와 읍을 하였다.

"의원 장승우라 하옵니다."

"너흰 부상자를 젤 가까운 관아로 이송해 치료해라."

"예, 전하."

"인력이나 도구가 부족하면 본사에 바로 연락해."

"그리하겠사옵니다."

"화기 사업부에서 현재 직급이 제일 높은 이가 누구야?"

옷에 피가 묻은 젊은 연구원이 긴장한 얼굴로 머리를 조아렸다.

"화기 사업부의 손장의이옵니다."

"다쳤어?"

"아, 아니옵니다."

"옷은 왜 그래?"

"다친 동료들을 막사로 옮기다가 묻었사옵니다."

"안 다쳤다니 다행이네."

"황공하옵니다."

"암튼 이번 사고에서 자네처럼 다치지 않은 연구원들도 큰 충격을 받긴 마찬가지일 거야. 동료들이 죽거나, 다치는 모습을 옆에서 지켜봐야 했을 테니까."

"……."

"손 연구원이 다치지 않은 연구원들을 관아에 데려가 휴식을 취할 수 있게 조치해 줘. 여기 일은 내가 알아서 처리하지."

"성, 성은이 망극하옵니다."

"기송일 장군."

기송일이 그 자리에서 쿵 소리를 내며 한쪽 무릎을 꿇었다.

"명을 내리시옵소서!"

"금군은 폭발한 대포와 파편을 전부 수거해 본사 연구소로 가져다 놓으시오. 수습을 마치는 대로 폭발 원인을 분석하겠소."

"바로 시행하겠사옵니다."

이어 마지막으로 상선을 불러 지시했다.

"내시부는 죽은 연구원의 시신을 수습해 장례를 치를 준비를 하시오."

"알겠사옵니다."

지시받은 이들이 떠난 뒤에 난 좀 더 현장을 둘러보았다.

살펴볼 점이 남아서는 아니다. 그냥 복잡한 머릿속을 정리할 시간이 필요했을 뿐이다.

어떻게 한다?

사고가 났단 이유로 화포 개발을 포기하거나, 연기할 생각은 전혀 없다. 화포는 우리 조선의 생명줄과 같은 무기니까.

내가 고민하는 부분은 개발 진행 속도다.

지금처럼 계속 압박해야 하나? 아니면 이번 사고를 반면교사 삼아 좀 더 여유 있게 진행해?

고민을 거듭했지만 딱히 이거다 싶은 정답은 없다.

그런 나를 보다 못한 왕두석이 조용히 다가와 물었다.

"고민이 있으시옵니까?"

"고민이야 항상 많지."

"이번 사고 때문에 그러시옵니까?"

"반 정도는."

"소관에게 말할 순 없는 고민이옵니까?"

"응?"

"백지장도 맞들면 낫다는데 소관이 그래도 힘은 좀 세옵니다."

"말주변이 많이 늘었어."

"다 전하께 배운 거지 않겠사옵니까?"

난 고개를 돌려 처참하게 파괴된 현장을 보았다.

"내가 지금 고민하는 건 속도야."

"속도라시면, 빠르거나 늦거나 하는 거 말이옵니까?"

"맞아. 지금 같은 속도로 신형 대포 프로젝트를 진행하면 언젠가 또 이와 비슷한 사고가 터질 테지."

"조심하면 괜찮지……."

"아무리 조심해도 사람이 하는 이상, 백 퍼센트 완벽한 건 없어."

"그럼 속도를 늦출 생각이시옵니까?"

"그럴 의향이 아예 없다곤 못하지만, 그렇게 하면 내가 예상한 시점에 신형 대포를 양산하지 못한단 문제가 생기겠지."

"신형 대포를 꼭 전하께서 예상한 시점에 양산해야 하는 것이옵니까?"

"그래야 당분간은 안심할 수 있으니까."

"혹, 혹시 청이나 왜가 또 불측한 생각을?"

"우리의 적은 청이나 왜가 아냐."

"그럼 우리가 모르는 제3의 적이 있는 것이옵니까?"

"아, 내가 말을 잘못했네. 정확히 말하면 우리의 적은 청이나 왜가 다가 아냐. 이 세계엔 우리 조선을 호시탐탐 노리는 녀석들이 그놈들 외에도 아주 많아. 아직까진 눈에 보이는 위협이 없어서 다들 감지하지 못하는 중이지만."

"그렇다면 진행 속도를 오히려 더 높여야 하지 않겠사옵니까?"

"뭐? 오늘 같은 사달이 났는데도 진행 속도를 더 높이라고?"

"오늘 같은 사달이 나는 상황은 최대한 막아야겠지만……."

"겠지만?"

"국방과 관련한 문제면 어느 정도 희생은 감수할 가치가 있사옵니다."

"어째서?"

"소관이 비록 호란을 제대로 겪어 보진 않았으나, 당시 상황이 어땠는진 어른들께 귀가 닳게 들었사옵니다. 목불인견이 따로 없었다지요. 그렇다면 조선에서 그와 같은 일이 또다시 벌어지는 참사만은 반드시 막아야 하지 않겠사옵니까?"

"흠, 전형적인 대를 위해 소를 희생하자는 논리군."

사실 나도 속으론 왕두석과 같은 의견이다.

그러나 결정을 내리는 사람은 왕두석이 아니라 임금인 나다.

즉, 손에 피를 묻히는 사람은 나란 뜻이다.

결국, 양평에서 어느 것 하나 속 시원히 결정하지 못한 상태로 환궁했다.

며칠 후, 장현이 창덕궁에 들어와 피해 현황을 보고했다.

"사망 세 명에, 중상 네 명, 경상 열한 명이옵니다."

"사망자는 유족과 상의한 뒤에 최대한 예를 갖춰 장례를 치러 줘."

"예, 전하."

"부상자는 의료 사업부에서 끝까지 최선을 다해 치료하고."

"알겠사옵니다."

"유족 연금은 어떻게 하기로 했어?"

"유족에겐 사망자가 생전에 받던 녹봉을 30년간 지급할 계획이옵니다."

"상이 연금은?"

"부상자는 퇴직을 원할 경우, 퇴직금과 연금 명목으로 전에 받던 녹봉의 8할을 지급할 계획이옵니다."

"계속 근무하길 원하는 이들은?"

"부상의 경중을 따져 녹봉의 1할에서 3할을 상이 연금으로 지급할 계획이옵니다."

"적절해 보이는군."

"황송하옵니다."

"이번 연금 체계를 전 사업부에 확대 시행해."

뭔가 반대하려던 장현은 내 눈빛을 보곤 마지못해 고개를 끄덕였다.

"……알겠사옵니다."

나도 안다. 그가 뭘 걱정하는지.

아마 인건비 상승을 염려하는 거겠지.

사업은 고정비를 얼마나 줄이냐에 성패가 달려 있다. 인건비, 관리비와 같은 고정비를 줄이면 그만큼 순이익이 늘어난다.

하지만 난 인건비를 줄여 순이익을 낼 생각은 없다. 아마 내 마인드가 회사 사장이 아니라, 임금이기 때문일 거다.

이는 어쩔 수 없는 부분이다. 애초에 임금 노릇을 좀 더 잘하기 위해 사장을 하는 거니까.

본말이 전도되면 절대 안 된다.

난 가장 먼저 해야 했던 질문을 가장 늦게 던졌다.

"화기 사업부 연구원들 사기는 어때?"

"그게 저……."

"왜? 바닥이야? 다들 두려워서 연구 안 하겠대?"

"그게 아니옵니다."

"뭐?"

"그 반대이옵니다."

"반대?"

"그렇사옵니다."

"자세히 말해 봐."

"이번 실패로 다들 독기가 제대로 올랐사옵니다."

"……."

"참사가 벌어진 바로 다음 날부터 거의 전 연구원이 자발적으로 밤을 새워 가며 연구에 몰두하는 중이옵니다."

예상을 벗어나도 한참 벗어난 대답에 난 잠시 할 말을 잃었다.

그때, 사고 현장에서 손에서 피를 흘리던 카시니 모습이 떠올랐다.

"카시니는……, 카시니는 어때? 몸은 좀 추슬렀나?"

"사실 카시니가 가장 문제이옵니다."

"뭐가 문젠데?"

"카시니가 자꾸 성치 않은 몸으로 연구소에 출근하려 드는 바람에 제가 몇 번이나 직접 가서 말려야 했사옵니다."

"왜 그러는진 물어봤어?"

"그렇사옵니다."

"이유가 뭐래?"

"이번 사고로 죽은 연구원의 영혼을 달래는 방법은 신형 대포를 우리 손으로 완성하는 것밖에 없단 말을 하였사옵니다……."

"가 보자."

"예?"

"내 눈으로 봐야겠어."

"모시겠사옵니다."

난 장현을 앞세워 명동 본사를 찾았다.

일반 직원은 거의 다 퇴근한 뒤라 소동은 일어나지 않았다.

몰래 화기 연구소를 찾아 창문으로 안을 들여다보았다.

적게 잡아도 20명이 넘는 젊은 연구원이 불을 대낮처럼 밝힌 연구소 안에서 박살 난 신형 대포의 파편을 조사했다.

그렇지! 지금은 뭐가 문제였는지를 알아내는 게 우선이니까.

그 옆에선 카시니가 나이 든 연구원들과 칠판에 그려 둔 신형 대포 설계도를 바라보며 열띤 토론을 이어 가는 중이었다.

카시니는 다친 왼손으로 칠판에 있는 설계도 중에서 약실 부분을 계속해서 가리키며 열변을 토했다.

음, 역시 카시니도 이번 사고의 원인이 약실 개폐에 있음을 아는군. 그렇다면 내가 굳이 참견할 필욘 없겠어.

한참을 구경하는데 장현이 다가와 조심스레 물었다.

"연구원들을 만나 보시겠사옵니까?"

"아니, 그냥 연구하게 놔둬. 내가 지금 가 봐야 방해만 될 거야."

"알겠사옵니다……."

난 잠시 지켜보다가 대궐로 돌아갔다.

나도 한참 멀었군.

솔직히 카시니가 겁을 먹어 연구에서 손을 뗄 줄 알았다. 적어도 사고의 트라우마를 극복할 때까지는.

근데 아니었다.

이번 사고는 오히려 카시니의 가슴속에 잠들어 있던 화산을 깨웠다.

지금까지 그가 누구보다 이해타산적인 성격이라 생각했다.

하지만 그 손해 보지 않으려는 성격 속에 화포 제조 분야에선 자신이 최고라는 엔지니어의 자존심이 깔려 있음을 알지 못했다.

난 서유럽회사 정문을 넘기 전, 고개를 슬쩍 돌려 화기 연구소 방향을 보았다.

이미 달이 저물기 시작한 지 오래지만, 화기 연구소를 밝히는 등불이 꺼질 기미가 전혀 없었다.

흠, 어쩌면 이번 사고가 전화위복이 될지도 모르겠는데.

123장. 이해해 줘서 고맙군.

　예상대로 사고는 전화위복이 되었다.

　한마음으로 똘똘 뭉쳐 양평 사고를 보란 듯이 극복해 낸 화기 연구소는 그로부터 불과 한 달 뒤에 두 번째 실험에 착수하는 기염을 토했다. 심지어 그들은 실험 장소조차 바꾸지 않을 정도로 자신감이 넘쳤다.

　누구나 한번 실패한 장소에선 다시 도전하길 꺼리는데 화기 연구소는 불운조차 이겨 낼 수 있다는 듯 거리낌이 없었다.

　난 사고를 지켜본 그 언덕에 다시 올라 망원경을 들었다.

　카시니의 모습이 가장 먼저 눈에 들어왔다. 아직 붕대조차 풀지 못한 그는 두 번째 실험 준비에 여념이 없었다.

망원경의 방향을 신형 대포 쪽으로 옮겼다.

신형 대포는 저번 실험에 쓴 대포에서 하나만 달라졌다.

바로 약실 폐쇄기다.

전에는 약실 폐쇄기가 고리를 걸어 잠그는 자물쇠 형태였다면 지금은 금고처럼 금속 바를 돌려 여닫는 형태다.

신형 대포 설계도에는 처음부터 금고 형태로 되어 있었지만, 개발 단계에서 제조가 쉽지 않단 이유로 자물쇠 형태가 낙점되었다.

하지만 전의 사고에서 자물쇠 형태는 약실을 완벽히 폐쇄하지 못함을 깨달은 연구원들이 한 달 동안 밤낮을 잊어 가며 연구한 끝에 금고 형태의 약실 폐쇄기를 만드는 데 성공했다.

내가 봐도 이번에는 성공할 것 같았다.

그래도 사람 일은 모르는 법이지. 난 왕두석을 손짓했다.

왕두석이 바로 달려와 머리를 조아렸다.

"찾으셨사옵니까?"

"의료 사업부는 도착했어?"

"예, 전하. 이번엔 백광현 부장이 직접 왔사옵니다."

"잘됐군."

잠시 후, 실험장에서 깃발이 올라왔다.

발사 준비를 마쳤단 신호다.

난 즉시 팔을 밑으로 크게 저으며 명령했다.

"시격히라!"

곧 연구원들이 분주히 움직였다.

그들은 우선 포신 각도를 조정한 뒤에 금속 바를 돌려 약실 폐쇄기를 열었다.

열린 약실에는 철환과 장약을 조심스레 장전했다.

장약 아래쪽에는 도화선이 꼬리처럼 나와 있었다.

그들은 그 도화선을 약실 폐쇄기의 구멍을 통해 빼냈다.

마지막에는 금속 바를 반대로 돌려 약실 폐쇄기를 잠갔다.

금속 바가 더는 돌아가지 않을 때까지 약실 폐쇄기를 꽉 조인 뒤에 카시니가 불을 붙인 금속 봉을 도화선으로 가져갔다.

난 망원경으로 불을 붙이는 카시니의 얼굴을 확인했다.

놀랍게도 카시니의 표정은 담담했다.

정말 대단하군. 아직 트라우마가 있을 텐데 가장 위험한 일을 또 떠맡다니.

곧 약실 뒤에서 도화선이 타며 연기가 올라왔다.

점화되었군!

그 순간, 지축을 흔드는 포성이 울리며 대포가 몸을 떨었다.

그와 동시에 망원경을 돌려 표적을 확인했다.

표적은 나무로 만든 10여 미터 크기의 거대한 수레다. 시커먼 빛살 한 줄기가 수레 위 3미터 상공을 스치며 빗나갔다.

이번 실험이 포병 훈련이었다면 실망스러운 결과일 거다.

그러나 지금은 상관없다.

지금은 불발이 나지 않았단 점이 더 중요하다.

일단 약실 폐쇄기가 제대로 작동한단 뜻이니까.

화기 연구소 연구원들은 차분한 표정으로 재장전에 들어

갔다.

금속 바를 돌려 약실을 다시 연 뒤에 헝겊 봉으로 포신 내부를 닦아 냈다. 포신 내부에 생긴 그을음을 그냥 두면 불발이 나거나, 포신이 폭발할 수 있다.

청소를 마친 뒤에는 철환과 장약을 넣어 장전을 완료했다.

연구원 한 명은 그 틈에 조준기로 표적을 새로 조준했다.

기존에 쓰던 캐논이었다면 반동으로 위치를 이탈한 포신을 다시 원래 자리로 돌려놓기 위해 야단법석을 떨었을 거다.

그러나 지금은 그럴 필요가 없다. 주퇴 복좌기가 반동을 흡수해 포신이 원래 자리를 거의 벗어나지 않은 덕분이다.

재장전에는 총 55초의 시간이 소요되었다. 시계 사업부가 진상한 시계로 확인한 수치라 오차는 크지 않다.

캐논이 재장전에 3분에서 4분이 걸린단 사실을 감안하면 신형 대포는 시간을 거의 3분의 2가량 단축한 셈이다.

그때, 카시니가 점화봉으로 도화선에 다시 불을 붙였다.

곧 포성이 울리며 대포가 철환을 표적으로 발사했다.

콰앙! 수레가 박살 나며 그 파편이 수십 미터까지 튀었다.

됐다! 난 양 주먹을 움켜쥐며 승리 포즈를 취했다.

긴장하며 지켜보던 연구원들도 환호성을 터트렸다.

서로 부둥켜안거나, 울음을 터트리는 연구원도 적지 않았다.

사고 직후부터 지금까지, 그들이 어떤 마음가짐으로 이번 실험을 준비했는지 알 수 있는 장면이다.

난 바로 실험장으로 내려가 카시니와 연구원들을 만났다.

"모두 고생 많았다!"

카시니를 비롯한 연구원들이 일제히 무릎을 꿇었다.

"황송하옵니다!"

"이번에 고생한 화기 연구소 직원 전원에게 보름간 유급 휴가를 주겠다! 쉬면서 그동안 쌓인 피로를 풀도록 해라!"

"와아아!"

연구원들이 전보다 더 큰 환호성을 질렀다. 휴가만으로도 이렇게 기뻐하는데 다음 말을 들으면 까무러치겠군.

"그리고 휴가 가기 전에 총무과에 꼭 들르도록! 이번 실험의 성공에 대한 성과급으로 1년 치 녹봉을 받아 갈 수 있을 테니까!"

"우와아아아아!"

까무러친 연구원은 없었지만 하나같이 다들 열광적으로 환호했다. 하긴 금융 치료보다 좋은 칭찬은 없으니까.

난 막사에서 카시니를 따로 만났다.

"이번엔 네가 고생이 정말 많았다."

카시니도 감격한 듯 눈자위가 금세 붉어졌다.

"황송하옵니다."

"이런 분위기에서 일 얘길 꺼내 초를 치는 것 같긴 하다만 만난 김에 몇 가지 지시를 내려야겠다."

"명하시옵소서."

"휴가에서 돌아오는 대로 화기 사업부는 기존 화포와 함포를 수거해 천둥으로 개조하는 작업에 들어가라. 물론, 가장 좋은 방법은 천둥을 새로 양산해 배치하는 걸 테지만 그렇게 하기엔 시간이 너무 많이 걸린다."

"알겠사옵니다."

"그리고 개조가 끝나면 바로 우레와 벼락 연구를 시작해라."

"바로 말이옵니까?"

"다른 나라도 천둥과 같은 신무기를 개발 중이지 말란 법이 없다."

"그건 그렇지요……."

"우린 그들이 따라붙기 전에 항상 한 발자국 앞서 나가야 한다. 그것만이 우리 조선이 살아남을 수 있는 유일한 방법이다."

"전하의 뜻이 그러시다면……, 명하신 대로 하겠사옵니다."

"이해해 줘서 고맙군."

카시니가 왼손에 감은 붕대를 만지작거리다가 고개를 들었다.

"전하는 참 특이한 분이시옵니다."

"뭐가?"

"다른 나라의 군주라면 이해해 줘 고맙단 말 같은 건 절대 하지 않을 것이옵니다. 군주의 위엄을 훼손하는 것처럼 느껴질 테니까요."

"위엄은 그딴 것에서 나오는 게 아니야. 실력에서 나오는 거지."

"옳은 말씀이옵니다."

"그럼 휴가 잘 보내."

"예, 전하."

카시니와 헤어진 뒤 도성으로 돌아갔다.

가는 길에 의료 사업부 부장 백광현과 동행했는데 마침 보고할 사안이 몇 가지 있단 말에 노상에서 말을 달리며 보고받았다.

백광현은 로데오 경기에 처음 나선 카우보이처럼 말 위에서 춤을 추었다. 더구나 멀미까지 하는지 얼굴이 허옇게 질렸다.

난 어이가 없어 물었다.

"마의가 말을 못 타?"

"꼭, 꼭 말을 탈 줄 알아야만 말의 병을 고칠 수 있는 것은 아니옵니다."

"아니, 그것도 정도가 있지."

"소, 소관은 어려서부터 말이나 마차를 타면 꼭 멀미를, 우, 웁."

난 백광현이 토하기 전에 거리를 좀 더 벌리며 물었다.

"그래서 뭘 보고하겠단 건데?"

"도, 도성, 경기도, 강원도, 황해도에서 종두법 백신 접종을 완료했사옵니다."

"그럼 이제 삼남 차롄가?"

"황, 황공하오나 계획을 약간 수정했사옵니다."

"왜?"

"논, 논의해 본 결과, 마마가 창궐한 지역부터 빠르게 접종하는 편이 백성의 목숨을 살릴 수 있단 판단에서였사옵니다."

"그럼 그렇게 해."

"황, 황송하옵니다."

"보고는 그게 끝이야?"

"한, 한 가지 더 있사옵니다."

"뭔데?"

"의, 의료 연구소 산하에 세운 대학병원에서 학생들을 받아 가르칠 준비가 끝났사옵니다."

"교수진은 정해졌어?"

"그, 그렇사옵니다. 전, 전하께서 일전에 하사하신 의서가 큰 도움이 되었사옵니다."

"내 말대로 학생을 받는 데 제한을 두진 않았겠지?"

"물, 물론이옵니다."

"의료 장비는 개발은 얼마나 진행됐어?"

"기, 기본적인 장비는 개발이 거의 끝났사옵니다."

"제약과 의료 기술 쪽의 연구도 계속하는 중이겠지?"

"그, 그렇사옵니다."

시간을 더 끌면 진짜 토할 거 같아 바로 마지막 질문으로 넘어갔다.

"에보켄은 언제 결혼한대?"

백광현의 하얀 도화지 같은 얼굴에 처음으로 미소가 걸렸다.

"열, 열흘 후이옵니다."

"전에 약속한 대로 내가 주례를 봐 준다고 전해."

"성, 성은이 망극……, 우웁."

닌 급히 기리를 벌린 뒤에 양두서을 불렀다.

"두석아!"

"예, 전하."

"백 부장에게 승마술 좀 가르쳐 줘라."

"마의가 말을 탈 줄 모른단 말씀이시옵니까?"

"그러니까 가르쳐 주라는 거지."

"염려 마시옵소서."

"자신 있어?"

"승마에 소질이 없는 자라도 소관이 붙어 딱 하루만 가르치면 적토마를 탄 관우 못지않게 만들 자신이 있사옵니다."

우쭐거리면서 기수를 돌린 왕두석이 백광현 옆으로 달려갔다.

백광현은 거의 한계에 다다른 모양이다.

말 등에 거의 엎드려 있다시피 하였다.

왕두석이 그런 백광현의 등을 팡팡 두들기며 낄낄거렸다.

"흐흐, 전직 마의가 말을 못 탄다는 게 말이나 됩니……, 어, 부장님 안색이?"

그 순간, 갑자기 상체를 세운 백광현이 왕두석 얼굴에 토악질하였다. 졸지에 토사물을 뒤집어쓴 왕두석이 내 쪽으로 고개를 돌렸다.

난 모르는 척 주변 풍경을 감상했다.

"오, 여기 멋진데. 별장 하나 세워서 휴가 때 쓰면 딱이겠어."

상선이 바로 맞장구를 쳤다.

"역시 전하의 안목은 훌륭하시옵니다."

"하하, 내 안목을 알아보는 상선의 안목도 대단하오."

해프닝이 있긴 했지만 어쨌든 도성에 무사히 도착했다.

열흘 후에는 진짜로 에보켄과 백광현 여동생의 혼례에 참석해 주례를 봐 주었다.

내가 결혼 지도사는 아니지만, 커플은 많을수록 좋다.

백성의 숫자도 국력의 큰 부분을 차지하니까.

◆ ◈ ◆

광동에 도착한 김석주 일행은 뇌물과 경정충의 인맥으로 상가희, 상지신 부자와 접선을 시도했다.

그러나 결과는 좋지 않았다.

상가희와 상지신이 반목하는 바람에 양측 다 김석주 일행을 만나 줄 여유가 없었다.

김석주는 찔러볼 틈이 있을까 싶어 열심히 정보를 끌어모았지만, 불행히도 틈을 찾지 못했다.

그 대신이라긴 뭐하지만 어쨌든 그 와중에 상씨 부자가 반목하는 이유를 알아냈다. 상가희는 여전히 청 황실에 충성하는 반면에 상지신은 삼번끼리 뭉쳐 뭔갈 도모해 보자는 쪽이어서 필연적으로 부딪칠 수밖에 없는 상황이었다.

헛심만 쓴 김석주 일행은 결국 광동을 포기해야 했다.

대만에 이어 두 번째 실패인 셈이다.

최립이 툴툴거렸다.

"첫 끗발이 개 끗발이라더니 그 말이 딱 맞네."

옆에서 조온잠이 장단을 맞췄다.

"맞습니다. 경정충을 제대로 구워삶아 기뻐했더니만 대만, 광동에서 연달아 실패할 줄 누가 알았겠습니까."

고연내가 한숨을 푹 내쉬었다.

"듣기론 평서왕 오삼계가 삼번 중에서 제일 세력이 크다는데 운남에서마저 실패하면 전하를 뵐 면목이 없을 것입니다."

일양이 불호를 외웠다.

"나무아미타불……, 운남에선 끗발이 좋길 빌어야겠지요."

대화를 나누던 일행의 시선이 일제히 김석주 쪽으로 향했다.

김석주가 책임자인 만큼, 그가 가장 큰 부담을 느낄 것은 자명한 이치다.

김석주도 애써 담담한 척하긴 했지만, 속으론 부담을 느끼는 중이다.

역시 경정충 하나론 뭔가 부족했다.

그러나 경정충에 오삼계를 묶어 임금에게 가져간다면?

성공이 아니라, 대성공이다.

아마 그땐 그 지독한 임금도 뭐라 하지 못할 거다.

물론, 다 운남에서 성공한단 전제하에 하는 이야기다.

해안을 따라 항해하던 배가 마침내 운남에 도착했다.

오삼계의 평서왕부는 운남 내륙인 곤명에 있어 항구에서 한참을 들어가야 나왔다.

다행히 곤명에서는 경정충의 직인이 찍힌 문서가 꽤 효력을 발휘해 삼 일쯤 객점에 머물다가 오삼계의 부름을 받았다.

50대 초반의 오삼계는 청 황제마저 밤잠을 이루지 못하게 만든단 소문과 달리, 이웃집 아저씨처럼 푸근한 인상의 소유자였다.

김석주 일행을 대하는 태도 역시 아주 부드러워 사람을 평가하는 데 아주 인색한 김석주마저 엄지를 치켜들 정도다.

덕분에 협상도 순조롭게 이어졌다.

운남의 풍족한 지하자원을 조선이 가진 은 혹은 무기로 교환하는 협상이 성공을 거둬 이제 평서왕 옥새가 찍힌 공식 문서를 받는 일만 남았다.

공식 문서를 전해 받기로 한 날 새벽.

잠이 일찍 깬 김석주가 왕부 안을 산책하는데 산책로 옆에서 갑자기 커다란 개들이 튀어나와 그를 식겁하게 하였다.

"이놈들아, 난 니네 주인의 중요한 손님이야! 날 물면 네놈들 모두 사이좋게 끓는 솥 안으로 들어가야 할걸!"

김석주가 고래고래 소리를 지르며 뒷걸음질 치는데 등에 무언가가 닿는 느낌이 들었다.

"누구요!"

급히 고개를 돌리는 순간, 정신이 아득해지며 시야가 흐려졌다.

의식을 잃기 직전에 마지막으로 본 건 얼굴에 부처 가면을 쓴 이상한 사내가 쓰러지는 그의 몸을 가볍게 받아 드는 장면이다.

124장. 이젠 정말 시간과의 싸움이다.

정신을 차린 김석주는 재빨리 주변을 확인했다.

그는 지금 석실 가운데 놓인 의자에 묶여 있었다.

석실은 생김새가 독특했다.

정사각형 형태였는데 문이라 부를 만한 틈이 보이지 않는다.

김석주는 묶인 몸에 힘을 주어 이리저리 움직여 보았다.

그러나 의자가 석실과 붙어 있어 꿈쩍하지 않았다.

김석주는 평생 당황해 본 적이 없는 사람이다.

아, 아니다. 전에 딱 한 번 있었다.

임금에게 서유럽회사로 가란 말을 들었을 때 당황했으니까,

근데 그때 이후로 지금이 가장 당황스러운 순간이다.

그 부처 가면을 쓴 놈은 대체 누구지?

왜 날 이곳에 가둔 거지? 무슨 목적으로?

한창 상대의 의도를 헤아려 보는 중일 때. 갑자기 석실 천장에서 사내의 목소리가 웅웅 울리며 들려왔다.

"이름과 소속을 말해라."

김석주는 고개를 홱 들어 천장을 보았다.

천장 가운데에 직사각형 형태의 문이 뚫려 있었는데 방금 들은 목소리는 그 문 뒤에서 메아리처럼 울리며 들려왔다.

인제 보니 문은 벽이 아니라 천장에 있었다.

하지만 문의 존재를 알고 나서 오히려 더 절망스러웠다.

벽의 높이가 3미터가 넘는 데다, 벽면은 거울처럼 매끄러웠다. 3미터 높이로 뛰어오를 능력이 없는 이상, 이곳은 말 그대로 완벽한 감옥이다.

이는 또한 상대가 상당한 능력의 소유자란 증거도 된다.

아무나 이런 기이한 감옥을 만들 순 없을 테니까.

어쩌면 평서왕과 관련 있는 자일지도…….

이거 잘못 걸려도 된통 걸린 것 같은데.

하지만 김석주는 본심을 숨기기 위해 오히려 더 세게 나갔다.

"그딴 식으로 질문하면 누가 순순히 대답해 주겠냐?"

한참을 기다린 뒤에야 천장의 목소리가 그의 말에 반응했다.

"……무슨 뜻이지?"

"최소한 고문하는 시늉이라도 해야 대답하든지 말든지 할 거 아냐?"

"재밌는 녀석이군."

"평소에도 그런 말 많이 듣지."

"……네놈 따위를 상대하는 데 고문은 필요 없다."

"그건 날 너무 우습게 본 거 같은……."

상대를 쏘아붙이던 김석주가 갑자기 머리를 좌우로 마구 흔들었다.

그때, 천장 구멍에서 같은 질문이 다시 내려왔다.

"이름과 소속을 말해라."

"……이름은 김석주, 소속은 조선 서유럽회사 상단의 이사입니다."

"서유럽회사의 주인은 누구지?"

"조선의 왕입니다."

"역시 그렇군. 서유럽회사란 곳에 대해 좀 더 자세히 말해봐라."

김석주는 말 잘 듣는 착한 아이처럼 물어볼 때마다 굳이 말할 필요 없는 내용까지 상세히 덧붙여 대답했다.

그로부터 한참이 지나서.

"흠, 시간이 벌써 다 되었군. 마지막으로 하나만 더 물어보지."

"하문하십시오."

"조선 임금이 EHS를 언급한 적 있나?"

"……없습니다."

김석주의 대답을 끝으로 더는 목소리가 들려오지 않았다.

얼마 후, 김석주는 또다시 시야가 점점 흐려지다가 의식을 완전히 잃었다.

◆ ◈ ◆

김석주가 다시 눈을 뜬 장소는 숙소에 있는 자기 침상 위였다.

그를 걱정하며 내려다보던 조온잠과 고연내가 급히 물었다.

"괜찮아요?"

"어떻게 된 겁니까?"

김석주가 미간을 찌푸리며 손짓했다.

"나 안 죽었으니까 좀 떨어져서 말해. 얼굴에 침 떨어지잖아."

조온잠과 고연내가 머쓱한 표정으로 비켜설 때.

김석주가 상체를 세우며 일어나 조온잠에게 물었다.

"어떻게 된 거야?"

"그건 우리가 해야 하는 질문 같은데요."

"그래서 어떻게 된 일이냐니까?"

대답은 기둥에 등을 기댄 자세로 서 있던 최립이 하였다.

"아침에 나가 보니까 산책로 중간에 당신이 쓰러져 있었어."

"그래서?"

"그래서는 무슨 그래서야. 숙소로 데려와 침상에 눕혀 놓
았지."

"염병할이 직접?"

"그래."

"고맙군. 찬 바닥에 누워 있었으면 입 돌아갔을 테니까."

"그보다 정말 말 안 해 줄 거야?"

"뭘?"

"당신이 산책로 중간에 기절해 있던 이유."

턱을 쓰다듬으며 생각에 잠긴 김석주가 갑자기 고개를 저었다.

"그게 문제야."

어느새 나타난 일양이 죽 그릇을 김석주 앞에 놓아주며 물었다.

"뭐가 문제란 거요?"

"깨어난 직후부터 지금까지 계속 골머리를 싸매 가며 노력했는데도 내가 산책로에서 기절한 이유가 생각나지 않아. 기억나는 거라곤 사나운 개 몇 마리와 이상한……."

"이상한?"

김석주가 갑자기 앞에 놓인 죽그릇을 보며 일양에게 물었다.

"이 죽은 육시랄이 직접 끓였어?"

"소승이 끓였으면?"

"그럼 못 먹지. 죽에다 무슨 짓을 했는지 어떻게 알고."

"불행히도 소승이 아니라, 왕부 숙수에게 부탁해 끓인 죽이오. 깨어나면 배고플 거 같아서."

"그럼 맛있게 먹어야지."

죽 그릇을 집은 김석주가 걸신들린 거지처럼 죽을 입에 퍼넣었다.

그때, 최립이 김석주의 손을 낚아채듯 붙잡으며 으르렁거렸다.

"좀 전엔 왜 말을 하다 만 거요?"

김석주가 최립의 손을 거칠게 뿌리쳤다.

"정말이라니까! 지금은 기억나는 게 없어."

"휴, 알겠소. 암튼 죽이나 빨리 드시오. 평서왕을 기다리게 할 순 없으니까."

잠시 후, 김석주 일행은 평서왕 오삼계를 다시 만나 정식으로 교역 협정을 체결했다.

협정 체결 뒤에 열린 성대한 연회에서 김석주는 오삼계와 담소를 나누는 틈틈이 주변을 세심히 관찰했다.

평서왕부 대전에 평서왕의 가족과 신하 수십 명이 있었지만, 부처 가면을 쓴 그 이상한 사내로 보이는 자는 보이지 않았다.

물론, 가면을 벗어 알아내지 못하는 가능성도 생각해야 했다.

연회가 끝난 뒤에 김석주 일행은 평서왕 부하들의 감시 겸 호위를 받으며 해안으로 이동해 타고 온 배에 다시 올랐다.

김석주 일행이 곤명에 가 있는 동안, 선장 어용담이 물과 식량 같은 생필품을 미리 구매해 둔 터라, 기다릴 필요 없이 바로 출항했다.

항해는 순조로웠다. 정남왕이 발급한 통행증만으로도 든든한데 이젠 거기에 평서왕의 직인이 찍힌 통행증까지 있다.

간이 배 밖으로 나온 놈이 아닌 이상, 감히 남중국해에서 그들을 건드릴 만큼 배짱 있는 세력은 많지 않았다.

배는 운남, 해남도, 광동을 차례로 지나 복건으로 항해했다.

복건에 잠시 정박해 생필품을 대거 사들인 뒤에는 마침내 2년이 넘은 긴 여정의 마침표를 찍기 위해 조선으로 떠났다.

그러던 어느 날, 대만해협을 지나 항로를 북동으로 막 바꾸었을 무렵. 선수 돛대 망루를 지키던 견시병이 고함을 질렀다.

"45도 방향에서 거동이 수상한 선박 1척이 급속도로 접근 중!"

견시병에게 보고받은 갑판장이 함교 안으로 뛰어 들어갔다.

"45도 방향에서 거동이 수상한 선박 1척이 급속도로 접근 중입니다!"

"뭣이!"

선장 어용담은 자리에서 튕기듯이 일어나 선수로 뛰어나갔다. 45도는 북동쪽이다. 그리고 북동쪽은 그들이 가려는 방향과 정확히 일치한다.

즉, 항로를 계산한 적의 매복일 가능성이 크단 뜻이다.

어용담은 목에 걸어 둔 망원경으로 북동 해상을 재빨리 훑었다. 사방이 똑같은 풍경의 바다인 데다, 파도까지 너울지며 치는 바람에 손톱보다 작은 선박을 발견하기란 정말 쉽지 않다.

하지만 서유럽회사에서 제일 실력이 뛰어난 선장인 어용담은 얼마 지나지 않아 견시병이 본 선박을 정확히 찾아냈다.

선박은 견시병 말대로 확실히 수상했다.

우리가 상대를 발견했단 말은 상대도 우릴 발견했단 뜻과 같은데 상대는 항로를 바꾸긴커녕, 오히려 돛을 활짝 폈다.

상대의 이런 행동은 적대 의사를 드러내는 것과 같다.

동아시아 바다는 현재 에스파냐, 포르투갈, 네덜란드, 대만

등이 제해권을 차지하기 위해 치열한 각축을 벌이는 전장이다.

그래서 같은 바다에서 마주쳤을 때, 전력 차가 크지 않다면 거의 언제나 싸움이 벌어지는데 그 싸움의 첫 번째 단계가 지금처럼 최대한 빠른 속도로 상대에게 접근하는 거다.

전투나 싸움이나 선빵 때린 놈이 훨씬 유리하니까.

어용담은 급히 돌아서서 부하들에게 지시했다.

"긴급 전투 배치!"

어용담의 명령은 부함장 등의 입을 통해 빠르게 전파되었다.

"긴급 전투 배치!"

"긴급 전투 배치!"

잠시 후, 선원, 전투원 가릴 거 없이 전부 무기고에서 가져온 무기로 무장한 뒤에 맡은 위치로 전속력을 다해 달렸다.

김석주 일행도 그냥 있진 않았다. 각자 알아서 무장을 마친 그들은 바로 어용담 등과 합류했다.

김석주가 망원경으로 정체불명의 선박을 관찰하는 어용담에게 물었다.

"어느 나라 배인지 알아볼 수 있겠나?"

"이건 망원경이지 천리안은 아니오."

"지금은 알 수 없단 뜻이군."

얼마 후, 이젠 육안으로도 정체불명의 선박이 선명히 보일 정도로 거리가 가까워졌다. 그 덕분에 김석주도 어용담에게 두 번 묻는 수고를 덜 수 있었다.

선수에 걸린 깃발에 '정'이란 글자가 적혀 있었다.

즉, 정체불명의 선박은 대만 정씨 왕국의 군함인 거다.

약간 초조한 표정의 어용담이 부함장에게 물었다.

"전투 배치는 끝났나?"

"방금 완료했습니다!"

"좋아."

그때, 일양이 어용담 반대편에 서서 조심스레 말을 꺼냈다.

"적대 의사 없이 접근해 오는 경우도 고려해야 할 겁니다."

"뭔 소리요?"

"자칫하다간 우리 배로 인해 조선과 정씨 왕국 사이에 큰 전쟁이 벌어질 수도 있단 의미에서 드리는 말씀입니다."

어용담이 김석주 쪽으로 고개를 핵 돌렸다.

"김 이사도 같은 생각이오?"

잠시 고민하던 김석주가 물었다.

"지금이라도 도주할 수 있겠나?"

"지금은 어렵소. 놈들이 순풍을 타서 우리보다 훨씬 빠르니까."

"그럼 놈들이 적대 의사를 확실히 밝히면 그때 반격하지. 그래야 우리도 임금님을 만났을 때, 변명거리가 있지 않겠어?"

"……알겠소."

그 순간, 누구도 예상치 못한 일이 발생했다.

어느새 포격 사정거리까지 다가온 정씨 왕국 대형 군함의 뒤쪽에서 소형 군함 두 척이 튀어나와 함대를 구성한 거다.

"빌어먹을, 놈들이 꼬리에 배를 숨겨 놓았소!"

뱃전 난간을 쾅 후려친 어용담이 김석주를 쏘아보며 물었다.

"이 정도면 적대 의사를 밝힌 듯한데 김 이사 생각은 어떻소?"

김석주가 눈에 살기를 드러냈다.

"전투를 꼭 해야 한다면 적을 한 명도 살려 보내지 않겠단 각오로 해야 해. 그래야 최소한 시간이라도 벌 수 있으니까."

"알겠소!"

투구를 덮어쓴 어용담은 바로 함교로 뛰어 들어갔다.

김석주는 일양을 힐끔 보았다. 일양도 지금은 어쩔 수 없다는 듯 조용히 염주만 굴릴 뿐이다.

한편, 어용담은 조타수 뒤에서 본격적인 지시를 내리기 시작했다.

"활과 총을 든 인원은 전원 우현으로 이동해 내 명을 기다려라!"

"예!"

"그리고 우현 포반에는 내가 명령하기 전까진 손가락 하나 까딱해선 안 된단 지시를 전해라. 지시를 어기는 놈은 내가 직접 포를 떠 물고기 먹잇감으로 줄 것이다!"

부함장이 급히 물었다.

"좌현 포반에도 같은 지시를 내립니까?"

"아니, 좌현 포반에는 장전해 둔 철환을 조란환으로 전부 교체한 뒤에 내 발포 명령을 기다리라 전해라."

"예!"

전령 세 명이 우현과 좌현 포반, 우현 포반으로 각각 달려가고 나서 부함장이 어용담만 들을 수 있도록 목소리를 낮춰 물었다.

"어떻게 하실 생각입니까?"

"수로는 우리가 불리하다."

"그럼?"

"어쩔 수 없이 기책을 써야겠지."

그사이, 활과 총을 든 인원 전원이 우현으로 이동해 대기했다.

선수 견시병이 소리쳤다.

"소형 군함 두 척이 양쪽으로 갈라져 우리 좌현과 우현으로 접근해 옵니다!"

"역시!"

주먹을 꽉 쥔 어용담은 함교에 설치한 창문으로 적의 소형 군함 두 척이 포위하듯 양쪽에서 덮쳐 오는 모습을 확인했다.

"우현 공격 준비!"

부함장이 바로 어용담의 명령을 복창했다.

"우현 공격 준비!"

선수 견시병이 비명을 지르듯 고함쳤다.

"적이 옵니아아아아!"

"이번 전투가 끝나면 선수 견시병부터 갈아치워야겠군."

곧 적의 소형 군함 두 척이 좌우측을 막아 퇴로를 차단했다.

"함장님!"

부함장이 다급한 표정으로 어용담을 보았다.

그러나 어용담은 정면만 노려볼 뿐 지시를 내리지 않았다.

쉭쉭쉭!

곧 퇴로를 차단한 소형 군함 두 척에서 갈고리가 달린 밧줄 수십 개가 허공을 가르며 날아와 뱃전 곳곳에 틀어박혔다.

부함장이 입술을 깨물었다.

밧줄에 걸리면서 배의 속도가 점차 느려졌기 때문이다.

이렇게 되면 거미줄에 걸린 나방처럼 옴짝달싹 못 한다.

그때, 소형 군함에 있던 정씨 왕국 병사 수십 명이 방패로 몸을 보호한 상태에서 밧줄 위를 평지처럼 달려왔다.

슬쩍 밖을 내다본 어용담이 고함치듯 지시를 내렸다.

"지금이다! 우현에 대기 중인 전 선원은 즉시 사격하라!"

"전원 사격!"

"사격하라!"

곧 선원들이 발사한 총알과 화살 수십 발이 밧줄을 타고 넘어오던 적들을 폭풍처럼 한 번에 쓸어가 바다에 쑤셔 박았다.

어용담의 지시가 이어졌다.

"우현에 대기 중인 전 선원은 도끼로 밧줄을 잘라라!"

"도끼로 밧줄을 잘라라!"

"밧줄을 잘라라!"

곧 선원들이 준비한 도끼로 적이 건 밧줄을 찍어 잘라 냈다.

어용담의 고개가 좌현 쪽으로 홱 돌아갔다.

"좌현 전 포 발사!"

"좌현 전 포 발사!"

"포격하라!"

그 즉시, 좌현 포반에 대기 중이던 포반 선원들이 위장하기 위해 가려 둔 널빤지를 치운 뒤에 미리 장전해 둔 조란환을 동시에 발사했다.

쉬익쉬익쉬익!

근거리에서 조란환 수천 발을 동시에 얻어맞은 좌측 소형 군함이 선체가 벌집으로 변해 성한 구석을 찾아보기 힘들었다.

어용담은 좌측 소형 군함의 상태를 확인할 필요도 없다는 듯이 앞에 있는 조타수의 어깨를 움켜쥐듯 강하게 붙잡았다.

"변침, 좌현 5도!"

"변침, 좌현 5도!"

복창한 조타수가 목에 핏대까지 세워 가며 키를 힘겹게 돌렸다.

끼끼끼기긱!

선체가 부서질 거 같은 소리를 내며 변침한 배는 밧줄로 이어진 좌측 군함을 무게추처럼 이용해 빠른 속도로 회전했다.

회전할 때 생기는 원심력을 이용한 방법이다.

선수 견시병이 또다시 비명을 질렀다.

"으악, 이대로 가다간 적의 대형 기함과 충돌합니다!"

견시병의 보고에 다들 얼굴이 하얗게 질렸지만, 오직 어용담 한 사람만은 끝까지 냉정을 잃지 않았다.

"전 선원 충격 대비!"

"전 선원 충격 대비!"

"충격 대비!"

견시병의 우려대로 원심력을 이용해 빠르게 회전한 배가 적 대형 군함의 선수 측면을 그대로 들이받았다.

콰아아아앙!

충격을 받은 적의 대형 군함이 빙판 위를 미끄러지듯이 옆으로 밀려났다. 그 순간, 어용담의 마지막 지시가 떨어졌다.

"우현 전 포 발사!"

"우현 전 포 발사!"

"포격하라!"

마지막까지 아껴 둔 우현 캐논 20문이 포문을 연 뒤에 철환 20발을 발사했다.

철환은 딱딱한 쇳덩이에 불과하지만 발사할 때 생긴 에너지만으로도 나무로 건조한 범선 따윈 손쉽게 박살 낼 수 있다.

더구나 코가 닿을 정도로 가까운 거리다. 빗나갈 위험도 없다.

콰콰콰쾅!

철환 20발을 얻어맞은 대형 군함은 곧장 전투 불능에 빠졌다.

절묘한 솜씨로 적 군함 세 척을 곤죽으로 만든 어용담은 해역을 돌며 이미 전의를 상실한 적들을 무차별 학살했다.

김석주 말대로 이미 전투를 벌인 이상, 전부 수장시켜 최대한 시간을 벌 생각인 거다.

소탕 작업을 꼼꼼히 펼친 배는 모든 돛을 펼친 상태에서 최대 속도로 조선으로 향했다.

이젠 정말 시간과의 싸움이다.

125장. 별거 아니니 미리 걱정할 필요 없소.

제물포에서 낭보가 들어왔다. 2차 범선 사업이 완료되어
50척이 넘는 새 무역선이 생긴 거다.

물론, 이번에도 군선과 조운선, 민간 선박을 개조해 만든
거긴 하지만 중국 강남 정도는 충분히 오갈 능력을 갖췄다.

거기다 제물포 조선소에서 비밀리에 건조 중이던 조선 수군
기함의 진수식까지 열린단 소식에 만사 제쳐 놓고 달려갔다.

제물포로 말을 달리며 왕두석에게 물었다.

"그쪽엔 누굴 보냈어?"

"특별히 신경 쓰시는 듯하여 쌍둥이를 보냈사옵니다."

"오, 많이 컸네."

"예?"

"일 처리가 아주 매끄러워져서 하는 말이야."

"황송하옵니다."

다음 날 오후엔 제물포지사에 도착해 지사장 우윤학과 무역 사업 본부 본부장 박연을 만나 몇 가지 사안을 보고받았다.

내가 국사와 서유럽회사 다른 일로 정신없이 바쁜 탓에 무역 사업 본부와 관련한 일은 전부 이 두 사람이 도맡아 처리했다.

성과는 그야말로 어메이징했다.

무역 사업 본부가 주도하는 마츠에, 복건, 제물포 삼각 무역이 성공해 서유럽회사는 매 분기 흑자 수치를 경신하는 중이다.

덕분에 조선 재정 상황도 요즘 들어 아주 좋아졌다.

서유럽회사가 조정에 내는 세금이 엄청나게 늘어났으니까.

다음 날 아침, 새벽같이 일어나 제물포항을 찾았다.

제물포항이 서유럽회사의 모항이 된 뒤부터 부두도 증축을 거쳐 범선 열 척이 동시에 정박할 수 있는 규모를 갖추었다.

부두는 복건에서 막 귀환한 선단의 화물을 하역하느라 정신없었다.

급한 대로 원시적인 기중기까지 만들어 하역 작업을 돕곤 있지만, 그래도 물량이 워낙 많아 수백 명이 넘는 노동자가 새벽 댓바람부터 땀을 뻘뻘 흘리며 일했다.

난 옆에 붙어서 이것저것 설명해 주는 박연에게 물었다.

"이번엔 복건에서 뭘 들어왔어?"

"비단, 도자기, 향신료이옵니다. 그리고 그 세 가지 외에 화약에 들어가는 초석과 대금으로 받은 금 3천 관이 있사옵니다."

"비단과 도자기, 향신료는 마츠에로 가는 물건인가?"

"그렇사옵니다."

"복건 쪽으론 요즘에 뭘 많이 수출해?"

"왜은과 인삼, 시계, 보라매, 백신 등이옵니다."

"백신? 종두법 백신?"

"그렇사옵니다. 지금은 오히려 백신이 시계나 보라매보다 주문량이 더 많사옵니다. 가격도 갈수록 올라 같은 무게의 금보다 비싸지요."

"복건 애들이 우리에게 종두법 백신이 있는 건 어떻게 알았대?"

"그게 참 공교롭사옵니다."

들어 보니 정말 공교롭긴 했다.

복건항에 도착해 물건을 하역한 선단 선원들이 복건 현지 객점에 머물며 여독을 푸는데 갑자기 천연두가 기승을 부렸다.

하루에도 복건 남부에서만 수백 명이 죽어 나가는, 그리고 수만 명이 병에 전염되는 문자 그대로 목불인견의 상황이었다.

근데 우리 선단 선원들은 천연두 환자와 접촉이 많았음에도 병에 걸린 이가 없었다.

이를 수상히 여긴 복건 상인들이 우리 선단 선원에게 뇌물을 주어 조선에 천연두를 막아 주는 백신이 있음을 알아냈다.

조선이 만든 천연두 백신 소문은 금세 사방으로 퍼졌다.

급기야 소문이 경정충의 귀에까지 들어가며 상황이 급변했다. 경정충이 조선으로 복귀하는 선단을 통해 백신을 주문한 거다.

서유럽회사 본사 사장 장현과 지사장 우윤학, 그리고 본부장 박연은 이를 어떻게 처리할지를 놓고 치열한 논의를 펼쳤다.

그리고 논의 끝에 일단 시도는 해 보는 쪽으로 결론 났다.

경정충은 현재 서유럽회사 최대 고객이다. 그런 고객과의 사이가 틀어지는 일만큼은 최대한 피해야 해서 결국 의료 사업부에 물량이 있는지 타진하기에 이르렀다.

마침 의료 사업부가 백신 생산량을 크게 늘린 때여서 그중 일부를 전달받아 경정충에게 보냈다.

그리고 정남왕부가 조선 백신을 수입하는 데 성공했단 정보를 접한 복건, 광동, 절강 등에 있는 중국 상단이 너 나 할 거 없이 주문을 넣는 바람에 지금과 같은 상황에 이른 거다.

난 고개를 갸웃거렸다.

"난 왜 그 소식을 듣지 못한 거지?"

"당시 전하께서 너무 바쁘시어 장현 사장이 서면으로 보고한 것으로 아옵니다."

"아, 그렇구만."

장현이 몇 달 전에 그런 보고서를 올린 거 같긴 했다.

다만, 아이들을 가르치는 일로 눈코 뜰 새 없이 바쁠 때라, 장현에게 알아서 처리하라 했는데 그게 이런 결과를 낳은 거다.

"수출하느라, 우리 백성이 맞을 백신이 부족해지진 않았겠지?"

"백신 물량은 충분하단 답변을 받았사옵니다."

"그래?"

"오히려 인력이 부족해 물량을 다 소화 못 할 정도라 하옵니다."

"그럼 다행이군."

난 박연, 우윤학 등과 부두 망루에 올랐다.

망루에 올라 아래를 내려다보니 항구 형태가 좀 더 직관적으로 드러났다.

항구는 바다 쪽으로 뻗어 나간 다섯 개의 부두와 대게의 집게발을 닮은 두꺼운 방파제로 이루어져 있었다.

방파제 가운데가 뚫려 있어 배는 그 사이를 오갈 수 있지만, 태풍이나 해일이 만든 파도는 통과하지 못한다.

난 시선을 들어 방파제 쪽을 보았다. 그곳에 2차 범선 사업으로 확보한 무역선 50척이 열을 지어 늘어서 있었다.

밥을 안 먹어도 배부르단 말은 이럴 때 쓰는 거겠지.

1차 범선 사업에서 확보한 무역선 100척에 이번 사업으로 확보한 50척을 더하면 총 150척의 무역선을 거느리게 된다.

물론, 그중 일곱 척은 노후화, 사고, 화재 등으로 잃어 정확히 말하며 143척이지만 어쨌든 동아시아 무역을 주도하는 데는 무리가 없는 숫자다.

난 바로 무역선 50척에 버프를 걸었다.

신문왕의 만파식적!

이순신의 해전!

어영담의 물길!

만파식적과 해전은 SSS급 스킬이라 수명이 적지 않게 들어가지만, 사람과 배를 같이 잃는 거보단 수명을 투자하는 편이 훨씬 이득이다.

이왕 팍팍 쓰기로 한 김에 하나 더 쓰자.

난 얼마 전에 검색으로 찾아낸 버프를 확인했다.

허준의 동의보감! (SS)

병에 걸렸을 때, 약제와 치료의 효과가 크게 높아집니다.

버프 기준: 반경 500미터

광역 범위: 반경 5킬로미터

지속 시간: 500일

허준이 가진 명성답게 아주 좋은 스킬이다.

이미 완벽한 선단에 방패 하나를 더 달아 주기 위해 허준의 동의보감 버프를 쓰려는 찰나.

※경고: 버프는 3개까지만 중복으로 적용됩니다!

※경고: 버프는 3개까지만 중복으로 적용됩니다!

※경고: 버프는 3개까지만 중복으로 적용됩니다!

뭐? 3개까지만 중복으로 적용된다고?

그런 거였으면 진작 좀 알려 주지!

그럼 좀 더 신중하게 버프를 걸었을 거 아냐.

이미 버프 세 개를 건 상태라, 허준의 동의보감은 결국 포기했다.

그래도 소득이 전혀 없진 않았다.

버프는 세 개까지만 걸린단 사실을 알아냈으니까.

모르는 상태로 지내다가 중요할 때 당하는 것보단 백배 낫다.

아쉬움을 뒤로한 채, 제물포항 남쪽으로 이동했다.

제물포항 남쪽에는 인천항이 있다.

그리고 그 인천항 가장 깊숙한 곳에 조선군에서 가장 중요한 비밀이라 할 수 있는 군함 건조용 조선소가 있다.

난 수군 조선소 메인 드라이 도크를 천천히 둘러보았다.

도크 안에는 지금 전 세계에서 가장 큰 군함, 아니 전함이 있었다.

도크를 둘러본 뒤에 느낌 감상은 하나다.

정말 엄청나네.

이 세계로 넘어온 뒤 처음으로 무언가에 압도당하는 느낌을 받았다.

이건 배가 아니라, 작은 산 하나를 옮겨다 놓은 것 같구만.

그럴 수밖에 없었다.

전함은 메인 마스트 세 개에 보조 마스터가 따로 두 개나 더 필요할 정도로 배수량이 어마어마했다.

무장 능력도 엄청났다.

천둥포 80문을 탑재한 덕에 전 세계 어떤 전함을 가져다 놔도 화력 면에서는 일대일로 이 배를 이길 수 없다.

더욱이 아직 기초 단계이긴 하지만 대유동과 운산 제련소에서 만든 강철판으로 격벽을 만들어 방어 능력 또한 우수하다.

난 돌아서서 조선 사업부 직원들의 노고를 위로했다.

"다들 정말 고생 많았다. 그리고 곧 고생한 만큼 보상을 받을 수 있을 거다."

신형 전함 건조를 처음부터 끝까지 책임진 조선 사업부 부장 순구도 그동안의 고생이 떠오른 듯 살짝 물기 어린 목소리로 대답했다.

"황송하옵니다, 전하."

난 고개를 돌려 뒤를 힐끔 보았다.

이번 전함 진수식의 찐 주인공이 도착했단 소식을 받아서다.

얼마 후, 중년 부인이 쌍둥이의 에스코트를 받으며 나타났다.

난 입구까지 직접 나가 중년 부인에게 물었다.

"오는 데 불편함은 없었소?"

중년 부인은 임금이 마중을 나와 당황한 듯했다.

바로 큰절을 올린 뒤에 떨리는 목소리로 대답했다.

"궁에서 나온 분들이 도와주셔서 불편한 점은 없었사옵니다."

"다행이요. 안 그랬으면 쌍둥이는 오늘 제삿날이었을 테니까."

내 말에 쌍둥이가 가슴을 쓸어내리며 안도했다.

난 중년 부인을 도크에 있는 전함 앞으로 데려가며 설명했다.

"저기 보이는 엄청나게 큰 배가 바로 조선 수군 기함으로 취역 예정인 여해호요. 이름에서 알 수 있듯이 충무공의 자를 따라 지은 거지."

"황, 황송하옵니다. 분명 하늘에 계시는 시어른께서도 크게 기뻐하실 것이옵니다."

중년 부인은 바로 충무공 집안의 종부다.

저번 수군 지휘관을 선발할 때 충무공 집안을 조사했는데 안타깝게도 사내들은 나이가 너무 많거나, 아니면 반대로 너무 적어 제독 후보에 들지 못했다.

그래서 충무공의 기운을 다른 방식으로 빌려 볼까 싶어 충무공 집안의 종부를 이번 진수식에 초청했다.

종부가 날 따라오면서 걱정이 담긴 목소리로 물었다.

"오면서 듣기론 소첩이 진수식에서 해야 할 일이 있다는데 맞사옵니까?"

"별거 아니니 미리 걱정할 필요 없소."

"그래도 소첩이 실수하여 큰일을 망치기라도 하면 죽어서 시어른을 뵐 낯이……."

"정말 간단한 일이오. 그러니 겁부터 먹을 필요 없소."

난 종부를 미리 준비한 자리로 데려가 손에 망치를 쥐여 주었다.

"이 망치로 앞에 있는 술병을 깨트리기만 하면 되오."

"정, 정말이옵니까?"

"그렇소."

종부는 충무공 집안의 종부답게 이내 긴장을 푼 뒤에 비장한 표정으로 망치를 힘껏 내리쳤다.

콰직!

술병이 깨지면서 쏟아진 술이 전함 선체 위로 흘러내렸다.

난 흡족한 표정으로 고개를 끄덕였다.

"역시 충무공 집안의 맏며느리답게 아주 훌륭했소!"

"황, 황공하옵니다."

"이제 자리에 앉아 배가 바다로 처음 나가는 영광스러운 모습을 같이 지켜봅시다!"

"예, 마마."

난 종부와 나란히 앉아 진수식을 보았다.

곧 드라이 도크에 있던 방수문이 열리며 바닷물이 도크 안으로 쏟아져 들어왔다.

아무리 무거운 배라도 바다가 가진 광대한 힘에는 어쩔 수 없는 법.

도크의 수위가 빠르게 높아짐에 따라 좌우로 요동치던 여해함도 마침내 균형을 찾으며 진수식이 성공리에 끝났다.

이제야 대양해군으로 가는 첫걸음을 뗀 거 같은 기분이군.

속으로 뿌듯해하는데.

홍귀남이 굳은 얼굴로 다가와 속삭였다.

"전하, 정체를 알 수 없는 대규모의 해상 세력이 제주도에 쳐들어왔다는 장계가 방금 올라왔사옵니다."

흠칫한 난 고개를 돌려 웅장한 자태를 자랑하는 여해함을 보았다.

여해함의 진수식을 한 날, 적이 쳐들어오다니!

충무공께서 또 한 번 우리 민족을 지켜 주신단 뜻일까?

아무튼 경사에 초친 놈들은 그 대가를 톡톡히 치러야 하리라.

〈6권에서 계속〉